最世文化
Shanghai ZUI co.,Ltd

梁清散 著

a novel by Liang Qingsan

From *The New Daily News*
MECHANICAL WONDERS

新新日报馆：机械崛起

CNS

湖南文艺出版社
HUNAN LITERATURE AND ART PUBLISHING HOUSE

博集天卷
CS-BOOKY

献给

怕给我添麻烦一直等着我截稿之后才悄然离去的老黑猫

目　录

From *The New Daily News*

MECHANICAL WONDERS

序章：
黄浦

吴淞口过后，就是灯火通明的黄浦滩。

光绪三十二年（1906 年）初，上海黄浦滩已经是电气路灯照耀下的世界。在宽阔的沿江街道上，隔不多远就是一根乌黑的灯杆，灯杆上悬挂着的就是白瓷罩子里的电灯。这样的电气路灯，要比几年前才刚刚换上的自来火灯要明亮许多。一边是万国建筑群的高楼广厦，一边是江边大小码头挤满了洋人的蒸汽轮船。

而与外黄浦滩的明亮形成鲜明对比的，除了入夜后便漆黑一片的黄浦江以外，里黄浦滩，也就是浦东陆家嘴一边，同样乌漆墨黑，看上去杳无人烟。

不过，实际上在浦西的地界已经变得寸土寸金的时代，洋人们纷纷把目光都投向了黄浦江的对岸。陆家嘴的近几年，工厂已然如冒了头的笋一样迅猛地长了出来。造船厂、炼铜炼铁厂、烟草厂、纺织厂日益占领这片新的土地。码头自然也搭建了不少，虽然没有外黄浦滩那边那样拥挤，却也是停靠了不少货轮。

浦东还没有浦西的照明系统，一入夜便是一片漆黑……

“你还有一分钟的时间。”

一艘已经熄火停靠在码头的英国明轮蒸汽船的最底层动力舱中，有什么人在低声对话。

“知道了。”被催促的人也低声回复，声音虽然也尽量压低，但还是能听出被催得开始闹情绪了，“别拿洋人的计时方法来催我。”

这个闹情绪的，听起来不过是十岁左右的小男孩的声音。

“哦？你拆的轮船零件，也都是洋人的玩意儿。”催促的人明显不是真的着急，而只是为了揶揄一下那个小男孩，“还有四十五秒。巡逻的人应该已经下到最底层了。”

“别催了！”小男孩的声音因为着急而变得有些尖厉，同时还可以听到有扳手扭动螺母的声音，并不匀速，忽快忽慢。

“三十秒。”

扭动螺母的声音变得更慌乱了些。

“二十秒。”

“不行！你这个扳手太难用了！”

“十秒。”

和螺母的声音相伴随的，有逐渐靠近的脚步声。

“五秒。”

只剩下了靠近的脚步声。

“撤。”

声音极低，根本不容小男孩抗议，这个男人一把就将骨瘦如柴的小男孩提了起来，夹在了腋下。一侧身，从近在咫尺的夜巡人员灯光边缘消失了。

直到男人夹着那个小男孩从甲板一跃而起，在轮船的巨大明轮边飞过，落到码头的木板上之后，才把小男孩放到地上。两人又沿着阴影向远处走了一段距离，小男孩才终于嘀咕起来，显然是对两手空空的结局表示不满。

“还是不行呀，疏于练习了吧。”

“都怪你的扳手。”

那个男人倒是没多说什么，轻轻拍了一下小男孩的后脑勺，走到了前面。

浦东陆家嘴一带已经建起了不少的工厂，然而由于没有特别好地规划，使得各家工厂围墙外的路变得崎岖狭窄。

两个人并没有打算离开荒僻的浦东陆家嘴，而是越走越深。没有路灯，到了夜晚，全凭黑夜里的眼力行走。不过，看起来他们对这条路实在太过熟悉，就算摸黑也不会走错。东转西绕，很快就到了中心地段——外国坟山，也就是洋人所造的公墓。

公墓也有围墙，从外面只能看到建在公墓里高高在上样貌阴森的哥特式天主教堂。两人沿着公墓的围墙继续走，完全绕过外国坟山，再走不远，就到了一座孤零零的三层楼高的坡顶厂房前，厂房的后面再没什么工厂，只是一片树林。

这个厂房，就算是一大一小两个人的住所了。

小男孩直接推开厂房大门，头也不回地进去了，看上去还是在赌气。而那个男人并没有直接跟进去，先是抬头看了看厂房屋顶。那里有一个伞骨样子的金属网，伞把儿一样的探头指向浦西的上空。他看到探头没有变过角度，而厂房异常高耸的烟囱也冒着滚滚黑烟，这才放下心似的进到厂房里。

一进厂房门，扑面而来的是一股和阴冷的上海冬季极不相称的带有硫黄味的热气。

在厂房里，与大门正对的是个有一层楼高的乌黑锅炉。炉门已经被刚才进去的小男孩给打开，整间厂房里唯有敞开的炉门照着一片暗红的光。而那个小男孩早已脱掉了上衣，光着膀子站在那里，干瘦的身影映着红光，闷头向锅炉里铲煤。

“行了，别闹别扭了，帮我把这个箱子搬到车上来，今晚我得把它送到一个朋友那儿去。这东西的试验该开始了。”男人知道这孩子还是在因为刚才去拆洋人的船一无所获而闹着脾气，但他也懒得搭理这个正处在叛逆期的孩子。

而被那个男人称为朋友的人，在此时却还根本不知道自己已然如此被推动着，正一步步走向时代巨浪的顶端。

彗星篇

From *The New Daily News*

MECHANICAL WONDERS

新新日报馆：
机械崛起

第一话・人偶

梁启一直很苦恼。

很多人以为他是梁启超，他只好一次次地解释。

特别是在光绪三十一年（1905年）底，他从日本留学归来，竟也到了上海，去了家报馆，做了编辑兼撰稿工作。这样一来，更是被同事们拿他的名字开涮。不过，玩笑归玩笑，不予理睬也就罢了，偏偏报馆的经理（类似于如今的报社社长一职）把他的名字当了真："你看，你不能辜负了自己名字里有梁任公名中两字之多的厚望。"所以，虽然是刚刚入职的小辈，竟要每天承担起日报一半的版面新闻。

报馆叫作新新日报馆，光绪三十一年初才刚刚开办起来的新报，名不见经传，销量也不怎么样。偶尔有空在街头巷尾的零售点看看，大多时候也只能看到《申报》《新闻报》《时报》这些响当当的大报，自己的报纸则鲜有可见。报馆的经理倒是毫不在意，并且总是跟编辑啦、主笔啦等人说“慢慢来，我们做的是态度”之类的话。不过，态度到底是什么样的态度，梁启同样不会在乎，他有他自己做新闻的态度。

既然找到了工作，梁启也就租住在了租界内，一栋临街英式住宅楼二层的一间，房间不大，但通风不错，还算满意。而一身行头倒也好办，配好一副伪装用的圆框平光眼镜，穿上一身西装，戴上顶软趴趴的鸭舌帽，多少像那么回事了。

一切都如梁启所愿地安顿好了，各方面似乎都顺风顺水，但唯独工作实在太忙。

每天必须出两篇本埠新闻、两篇外埠新闻，有时候还需要帮助翻译西文的先生一起从《字林西报》里偷偷翻译转载几篇西文新闻中关于中国的新闻。虽然要闻啦、时评啦，都不会让自己这样的小辈来做，但那些现有的内容已经压得梁启喘不上气来，总是熬通宵来赶稿，即便过年也不休息。况且所谓的年味儿，在上海的公共租界区本就是相当淡薄的，又是在报馆，更是只有工作了。忙忙碌碌竟也就进入了光绪三十二年。

一日晚间，同事们早早收工，就像洋人们一样按时下了班，梁启却独自守在一盏笔筒一样细长的煤气灯前，冻得缩手缩脚，啃着笔杆发呆。本埠观察员又迟迟不来，恐怕这一日的本埠新闻还要自己来编不可了。看着太阳完全落山，街巷外望平街上的电气路灯也都亮起，气得梁启在报馆里跺脚。

忽然听到有登楼梯的脚步声。

以为是观察员终于良心发现送来些什么消息，管他是谁家丢了阿猫阿狗，还是谁家丢了阿婆阿公，写上去就好。可惜借着煤气灯的光看到走进屋来的根本就不是那个该死的观察员，而是一身短打扮的精瘦男人。

“啊？！”梁启看到这个人不禁有点吃惊。

倒不是说这个男人跟自己是什么仇家，或者说是他昔日的好友。这个男人是个侠士，到底叫什么名字谁也不知道，梁启在南京读水师学堂时，他总是跑来也不上课也不捣乱地在院子里练剑。梁启问他怎么想的，他却说觉得梁启的名字逗，便给自己起了个新名叫谭四，从此二人成了朋友。

“别这么一惊一乍，看了报纸就知道你回国了。”谭四随手从旁边的桌上抓起一张前几日的报纸，好似是自己刚买了认真阅读了一样。

“所以，你也知道我现在是真的编不出新闻来了？”

“自然。”

“……”自己编的新闻到底是有多不接地气呢，梁启不禁更加沮丧。

“去你家看看如何？”

“这么晚……”

“我是说刚好有东西要搬到你家去寄放几天。”

“可是我这稿子还没……”

“婆婆妈妈的，烦死了！”

这家伙果然不是来叙旧的。

无奈之下，梁启只好跟着谭四离开了报馆，一边继续绞尽脑汁地构思着当天的本埠新闻，一边跟在谭四的身后像是要去他家一样地往自己家的方向快步走去。

这家伙的辫子还是那个样子，根本没好好打理过，像是拧了几股的马尾巴……

到了自己租住的公寓楼下，发现门口围了不少人。

是有什么突发新闻？梁启刚要激动地赶过去打听，就见谭四抢先一步把那些人像赶苍蝇一样地轰散了。人群散开，倒能看见他们在围着看的东西：一个极为可疑的大木箱子锁在了公寓大门前的铁栅栏上。

“过来搭把手，先抬上去。”谭四打开了铁链锁。

“天！这么沉！”

随后两个人无声地抬着木箱上楼。

终于，在没有引起房东先生怀疑的情况下，两人把大木箱搬进了梁启的房间。虽然才过了年，天气阴冷得很，但梁启还是冒了一头的汗。好久没有干过这种强度的体力活儿了。

没等梁启缓过气来问谭四，谭四反倒先发话了。

“说是来找你，结果好几天都不在家。干脆把东西先运过来，然后去报馆叫你。”

“你……你怎么知道我住在这儿？”

谭四撇了撇嘴，用右手食指敲了敲自己的脑壳，懒得回答梁启。

“看看报纸就知道你在报馆写稿有多痛苦了。兄弟我来解救你于苦海，帮你在家里完成稿子。”

近几年电气在上海逐渐普及，自来火也就是煤气的价格也还是降不下来。对梁启来说，电自然用不起，自来火也负担不起，所以这间屋里只有盏比蜡烛稍亮一些的豆油灯，用来照明。懂得些西医常识的梁启实在不想毁坏自己的视力，因此在这样的光线下，他是坚决不写稿的。

谭四自然看得出梁启的意思。不多说，拍了拍大木箱。

“靠这个玩意儿来搞定。”

什么东西？难不成是个可以隔空取电的电灯？

梁启不禁看了看自己的书桌，那盏枣核形灯座扣着个油乎乎胖肚子玻璃灯罩的豆油灯，只是有气无力地亮着微弱的火苗，房间里影影绰绰的。

谭四把木箱打开。梁启探头去看，昏暗光线下正看见一双直勾勾盯着外面的眼睛。

着实吓了梁启一跳。不过，当谭四把箱子里的东西搬出来以后，梁启也就看出那是个什么东西。

“只是个写字人钟而已。”

对好友视为稀罕玩意儿的这个东西，梁启多少有些不屑。自从认识谭四以来，就知道这家伙很是聪明，眼界也开阔，但自己好歹也是从日本留学回来的人，亲眼见识到的西洋奇器早已超出了这东西的水平。随后，又觉得谭四可怜了。好好的人才，只是因为没有出国的机会，已经开始要被时代抛弃了吗？

可是谭四也同样一脸的不屑。

要说不一样，倒也有之。这个被谭四小心翼翼从大木箱里抬出来的人偶，个头可是大得有点吓人。梁启在东京见过的写字人钟，多是自鸣钟大小，也有更小一些的，但从未见过与人身高相当的。

谭四把人偶搬出摆到一边后，梁启提起灯走近来看。

结构上倒是和写字人钟差不多。人偶穿着暗红色带花边的大领子洋服，圆圆的脑袋上顶着金褐色的自来卷头发，裸露在外的脸、手、腿全由木制，做工雕琢都算得上精细，眼睛虽然没有什么神，但贴有睫毛，还可以转动。这不稀奇，梁启见过的更有整个头部以及眼珠都可以与手同步转动的，只要连到同一个轴上，并且有足够的动力即可实现。

再转到人偶的背面来看。和绝大多数写字人钟一样，人偶的背面是敞开的，内部的机械元件大体可以看见一二。在昏黄的豆油灯光下，看到元件都很精致，横横竖竖、错落有致的金红色铜件，铜轴粗细各异，拨片和大小轴承弧线清晰，充满了西方的科学美感。看来也的确有令梁启惊讶的地方。怪不得会这么大个儿，原来它的内部有三个纵向凸轮组，每一组又是三根凸轮。一般来说只需一组，就可以写出不少句子而非单字了，这里面竟有三组。另外一点不大相同的地方是，在人偶的尾部，并没有通常该有的可以选择书写内容的字母或者汉字轮盘，而是又一组复杂的齿轮组件。并没有更深的机械知识的梁启，能看得懂的恐怕只是这个组件最外端有三个方向的斜齿轮，就像真的有条尾巴一样。

看来是要继续安装其他部件了。

“喂！过来搭把手，把窗子前面收拾收拾。”

只见谭四搬了个小煤炉一样的东西到窗边，正在架烟囱。

“房东不许在屋里生火的。”

“不会有烟，只是防止一氧化碳中毒。而且，我搬这个东西过来，一是为了给你解燃眉之急，二是也需要有个试验过程。就算咱兄弟俩互助了，将就将就，瞒着房东让这家伙工作工作可好？”

话都说到这份儿上了，梁启也不好反驳，只好和谭四一起把窗前的废纸闲书都堆到了另外一边，将小煤炉在窗下架好，伸出小小的烟囱到窗外。

架好煤炉之后，又和谭四从木箱中搬出四个方方正正的小木箱，垂直于窗子按照某种只有谭四知道的顺序摆成一个凸字形。

在摆放的过程中，梁启有一搭没一搭地问起了谭四的近况。聊起来之后才知道在自己留学的几年里，谭四也一点没有荒废时间。虽然没有出国，但也不知是在哪儿学了外语，不仅日语了得，英语、德语也都很是精通。语言没有障碍后，谭四就开始博览群书，从那个舞枪弄剑的侠士摇身一变成了懂得科学的新人。

凸字形方阵已经摆好后，两人便把人偶小心地搬到了比中间的高度略低一点的木箱上。位置调整合适后，谭四分别把另外三个木箱朝向人偶方向的一个小门打开，刚才被梁启认为的人偶的尾巴，咔咔几声便扣了进去。再把梁启的书桌挪到人偶面前。此时，这个张大着眼睛、手握毛笔的人偶，还真像是煞有介事了。

随后是将煤炉和三个木箱上预留的洞口用铜管连接到一起，谭四用梁启看着新鲜的活动扳手将所有螺口一一拧紧。

“没办法，猜到你这里没通自来火，通电更不可能，所以只好用蒸汽机了。”

“这个？”梁启指着那个黑乎乎的小煤炉问。

“功率低很多，但总比发条要强。”

“可是这玩意儿……”

正想问这么个怪模怪样的大型写字人钟到底和自己编不出来的新闻有什么关系的时候，谭四已经将梁启留着晚上洗脸擦身的水统统灌进了蒸汽机里。拧上水箱的盖子，点燃了引燃纸塞进原本就有木柴和煤块的燃料舱中。

过不多久，水温上升，人偶身旁品字形摆放的三个木箱都发出了咔嗒咔嗒的齿轮咬合声。再过了一会儿，水应该是开始沸腾了，三个木箱听起来完全进入了工作状态。

“去拿纸，再给毛笔蘸点墨。这个写字机器人太大了，不会自动蘸墨。”

按照谭四的吩咐，处理好后，两人就都直勾勾地盯着笔尖了。

且听咔嗒咔嗒声之后，似乎是什么小珠突然快速滚动起来的声音，同时是疑似轮盘的东西旋转的声音，一连串不明所以的声音之后，人偶的手动了起来，毛笔尖落到纸上，字写了出来，而同样的声音又从另外一个木箱中传出。就这样，人偶写写停停，竟是把一张纸都写满了字。随后，谭四按下蒸汽机上的一个阀门，人偶在逐渐缓速下来的齿轮咬合声中停了笔。

梁启立刻把那张纸拿过来看，字迹略失风骨却也不难看，工工整整。

这不稀奇，但看着文字梁启还是大吃一惊，竟然不是随便写写画画，或者只是写一些市面上随处可见的吉祥话，而是一篇像模像样的新闻文章。读起来，虽然略显生涩，遣词造句也略有一点古怪，但这样一篇本埠新闻发在明天的日报上，倒是完全没问题。

“啊！这是今天的新闻？”

“和你每天编的新闻一样，也许是，也许不是。”

“什……什么意思？”

“就是说，你读到的内容也是随便编的。只不过编新闻的不是人，而是它。”

梁启说不出话来，只是目瞪口呆地看看手里的稿子，又看看拿着笔还想写什么东西的人偶。在梁启发呆时，谭四则去旋转每一个小木箱上的摇把，直到咔的一声什么东西归了位为止，而后又按动蒸汽机的阀门，熟悉的咔嗒声再起。

“到底是什么原理？”

谭四却笑而不语，一脸神秘。

真是可恶，这个时候卖关子，好像自己就搞不明白似的。梁启在心里懊悔刚才不走脑子就问了原理。

“我还要赶回去办点事。”谭四又看了看那张写了新闻的纸，觉得满意了，“回头咱们再叙旧。这机器你先用着，也算是试验期，我需要收集一些结果。不过，你倒是不必向我汇报什么，每天的《新新日报》就是绝佳的试验数据。”

随后，谭四起身便走了。

待到梁启想起该问一下谭四到底住在哪里时，趴在窗口去看，谭四已经匆匆地走进公寓楼下熙熙攘攘的人群，往大马路（南京路）方向去了。

屋里只剩下这个双眼无神却能在一连串不知所以的咔嗒声后编出新闻的人偶。它在小蒸汽机的余热下，仍旧咔嗒咔嗒地响着，跃跃欲试要写下一篇新闻。

反正这个东西放在这里，谭四终究还会再过来。既然它真的能写新闻，不如就先用着。梁启就像屈服于什么似的，检查了一下蒸汽机的水位表，而后再次启动，收获了一篇新的新闻，完成了当天的任务。

虽然这东西很占地方，而且咔嗒咔嗒响起来总怕惹来房东，但两篇本埠新闻稿子，只要一缸水就可以搞定，也实在是给梁启解决了不小的苦恼。

况且，稿子的质量还真不错。就连写了一阵子新闻逐渐成了熟手的梁启，看到人偶写出的新闻都会觉得有不少值得学习的地方。什么“黄姓仆人之女被拐，主犯诱之而逃……”，什么“静安寺后叶姓家昨晚被盗贼入室内窃丝绸衣服多件……”，等等，事件起因、经过、结果一应俱全，文字又凝练得体。从此，只要不发生重大突发事件不得不报，本埠新闻完全可以放手交给那台聪明的写稿人偶完成了。

每天少写两篇稿子的梁启，生活都变得轻松许多，偶尔还能在傍晚时沿着四马路走到黄浦滩去看看黄浦江，看看洋人们的轮船，再等到晚上也好好欣赏一下白瓷罩子里的电灯。如五线谱一般的电线间，乌黑的灯杆上，电灯放着比月光还要亮的白光，照得黄浦江也更雄浑许多。梁启都觉得自己来到上海的选择很明智了。

直到大概两个星期之后的一天，经理找梁启来谈话。

一开始，梁启以为是写稿人偶终于败露，可结果却是得到了经理对自己的大加赞赏。

“本埠新闻写得相当好呀。新鲜有趣，果然有着梁任公一半以上的才华了。”

虽然深知经理只是为了让自己多干活儿才这样说，但听到这样的高度评价，梁启也只有哭笑不得的份儿了。

梁启终究还是个文人。所谓文人，也终究还是有一点自命不凡的骨气。因此，被经理如此夸奖，心里反倒觉得像是受到了什么羞辱一般突然醒悟。

可不是滋味归不是滋味，却迟迟没能付诸行动来解决。

回到住处后，第一件事仍是给蒸汽机灌水，点火开机，等着这一天的稿子生成。

梁启的确已经习惯于有写稿人偶为自己代劳，所以只有把希望寄托在谭四身上，盼着谭四能快些来把这个东西拿走，好重新找回自尊。可一旦想起谭四这个人时，梁启又意识到，也许他正偷偷躲在什么地方，看着人偶写出的新闻并嘲笑我梁启的无能呢。

至少……至少我要把原理搞清楚吧！

梁启咬着牙盯着勤勤恳恳地写着新闻的人偶，咔嗒咔嗒的声音简直如同在给自己上着烦躁的发条。

终于，等人偶把两条本埠新闻都写好后，梁启开始了对人偶原理的探索。

按照自己所知道的写字人钟的原理来看，写出字来的机关应该正是人偶身体内所藏的凸轮。凸轮是带动人偶的手臂移动的直接部件，因此到底写什么也应该体现在凸轮上才对。然而这个写稿人偶要比写字人钟复杂得多，至少它所藏的凸轮不止一个，而是三组纵向凸轮组。

梁启趴到人偶的身后仔细看了又看凸轮组上的螺纹和齿轮构造。

因为凸轮组之间的衔接太过复杂，细小的零件和轴承错综，几乎不可能看懂它们之间的关系和凸轮组之间转换的方法。不过，当机器启动之后，观察一会儿还是发现些端倪：原来在人偶写不同的句法时，工作的凸轮组是不同的。

“啊！明白了！”梁启对着又开始写字的人偶就如同对着个活人一样喊了一声。

所以……实际上每一组纵向凸轮组就是人偶所使用的一种句法了。

怪不得总觉得人偶写出来的新闻多少有一点呆板，是因为反反复复只有三种句法在轮流使用吧。不对，不是轮流使用，更准确地说是随机使用。梁启又观察了一会儿凸轮组转换的规律以及之前所写出的新闻的句法对照，得出了如上所述的新结论。

那么，三个小木箱之中……

感觉一切问题都迎刃而解了。

因为谜题即将得以破解，梁启略有些兴奋，在人偶还没有写完一条新闻时，便关掉了蒸汽机阀门。拿了根细铁棍，将一只小木箱撬了开来。

果不其然，小木箱里正是一个轮盘，轮盘外围有一圈用隔板等分隔开的小格子。

再去将蒸汽机阀门打开，各种齿轮咬合的声音再起。

忽然，咔咔的声音停下，“啪”的一下，一颗弹珠从轮盘中心弹射出来，与此同时，轮盘也飞速地旋转起来。轮盘的旋转方向，和弹珠旋转的方向相反，但很快两边的旋转速度都降下来，弹珠撞到隔板，落入某一个沟道。随后，从木箱下面产生了某种搅力传到人偶的“尾巴”上，斜齿轮转动，连着人偶的一组纵向凸轮转动起来，胳膊随之移动，人偶落笔，一笔一画地写了一个词在纸上。

梁启去看到底写了什么，是个地名。

没有关机的情况下，被撬开的这只小木箱停止工作。而后是旁边的另一只开始响动起来。一连串与刚才完全相同的声音，凸轮组随之转动，新的词写于纸上。

接下来就是等待一条新闻完全写完了。

拿到一条新的本埠新闻后，梁启看了又看。又认真思索了一阵子，再根据木箱的工作顺序和呈现出来的文字判断，梁启一下子完全明白了这个写稿人偶的原理。

不过就是用“名词箱”（也就是刚才撬开的那只）、“动词箱”和“虚词箱”，根据“句法”的不同而轮番启动，随机选出一个词，然后写到纸上。

这个自己以前也想过的呀。

梁启不禁想起刚回国来到新新日报馆开始学习写新闻时的自己，不是也发现写新闻有新闻八股，句法单一，用词固定。因此准备偷懒从《申报》时报》这些大报里多找些新闻高频词，以备不时之需。可是万万没想到的是，自以为已经很聪明的偷懒办法，竟被谭四这小子用个机器人偶彻底自动化地实现了。

真是……真是感觉自己一下子被谭四给甩开了不小的距离。

不甚服气，梁启决定倒要看看谭四都用了哪些词，在科学方面自己是比他不过了，至少在文字敏感度上要胜他一筹才好。

然而，当梁启真的把几个词库箱都拆开以后才发现，无论是轮盘的上方还是下方，都根本没有任何标注。轮盘直接连接在各种精密的齿轮之上。了解西方科学的梁启，深知越是精密的仪器就越不能随便乱动，就像一台精细的自鸣钟，只要拆开了，假若没有专业的知识和技能，也没有钟的结构图纸，那就等同于亲手将钟报废。钟已如此，更何况这个能写新闻的机器。因此……

顾不了那么多了，梁启胆战心惊地又将三个词库箱凭记忆重新装好。随后，再次打开蒸汽机阀门，听到一切运转声音正常，才终于放心了些，不再多想什么。

拆开又重新组装上人偶的重要部件的事，自然不能告诉谭四，也不能让谭四发现。所幸的是，装上之后，人偶仍然可以工作。

一切都顺利如初。

松了一口气的梁启，再也不去多想什么文人的尊严或者人偶的原理了。

然而，该发生的终究还是会发生，只是早晚之差别。

大概一个月的时间过去了，谭四没有再出现过，也不知道这家伙到底去干什么了，忘了这个人偶了吗？还是躲什么仇家去了？

倒不是梁启有多想念这位旧友，因为人偶已经使用了一个月之久，即便自己没有动过那个人偶一颗螺丝，它多少也该重新调试、进行一次全面检修了，更何况……

可是，谭四不出现，梁启也完全不知该如何联系到他。甚至连利用自己的小小权限登报寻人这样的极端方法都想过，但因为实在太铤而走险，容易泄露自己的本埠新闻全是由人偶写出的秘密，终于放弃。

并不是梁启杞人忧天，在长时间没有检修的情况下，人偶的确开始出现问题。

大概又过了不到一个星期的时间，在启动蒸汽机后，人偶的反应开始变慢。怎样变慢呢？一开始并不容易发现，只是如同心理作用的隐约觉察。但几天后，那种细微的变化开始明显。人偶的每一步动作之间，曾经都是紧密相连，可是现在，梁启发现这家伙都要停顿片刻，就像是需要思考一下才能记起下一步该做什么一样。

真不是凭空担忧啊！看着人偶写字停顿的时间越来越长，梁启开始心焦和不安起来。

没有办法找到谭四，自己又不敢再次拆开人偶检查。只能任其病情恶化，像对待绝症病人的临终关怀。

或许是时候彻底放弃这个写稿人偶了。

实话说，观察了这个家伙一个月之久，再笨的人也差不多能掌握所有编新闻的方法了。从某种意义来说，已经不必再浪费一缸水来完成这种简单工作。特别是现在人偶写新闻的速度还没有自己干来得快。不过，大概也因为相处了足足有一个多月，对梁启来说，终究有点对其不舍。直到这一天，梁启照旧回到家里，给蒸汽机灌好了水，点燃煤炉，启动人偶。

在寂静地等待许久之后，咔嗒咔嗒的响声终于开始。然而，声音相当难听，但好像比前几天状态好些，梁启也有些期盼可以略微顺利地完成写稿任务。

人偶颤颤巍巍地将毛笔落到纸上，写起了字。不过看动作感觉它又没有什么改观。

机器这种东西，终有坏掉的一天。如果真的坏了，扔掉不用就是了，倒也没什么大不了。

人偶断断续续写着一组一组的词，看起来很努力，生怕被梁启所舍弃。

顾亚宽、烧死、于、江南制……

人偶写到这里似乎又卡住了。梁启等了半天实在有些不耐烦，就走过去看它到底还能写出什么来。

顾亚宽？谁呀？

这家伙居然都开始写具体姓名了，万一要是真有这么个人，发出新闻来岂不是要惹麻烦？这个该死的人偶越来越离谱了！不仅速度变慢，而且未免把莫须有的事情编得太过分了些吧！

烦躁起来的梁启，三下两下把那张纸团了扔进纸篓，没好气地把笔从人偶手中抽出。不再给这家伙任何重来的机会。

他也终于下定决心重操旧业，自己的新闻还是要自己来编！

变得孤零零坐在窗边手里没有笔可以握的人偶怎么办？等谭四来处理吧。

把书桌重新搬回来，手握毛笔准备起笔写作的梁启，心情竟变得好了起来。

科学，真是容易掉链子的没用的东西呀。

第二话·试炮

在耀眼的路灯下不必害怕。

对谭四来说，确是如此。或者说，谭四从来也没害怕过什么。虽然他感到正有人迅速接近，从他的身后。

这是谭四把写稿人偶搬到梁启住处那天的事。也正因此，使得之后一个来月谭四没能再去找梁启一次，帮他检修人偶。

那天晚上，谭四从梁启的公寓出来后，本打算徒步溜达到黄浦滩找条私渡，渡到黄浦江对岸的陆家嘴，回自己那个秘密基地继续一个持续已久的实验。而且还有那个毛小子在那儿。

街上熙熙攘攘，一幅冬季都市的繁华夜晚景象，偶尔还有些许爆竹声，算是延续着点年味。

或许是大马路上替代掉自来火灯的那些电气灯，即便被罩在玻璃球里依然太过光亮耀眼，让谭四的脚步多少放慢了一些。本是走走看看时而还感慨一下的谭四，忽而就察觉到了身后的那个人。

似乎并没有什么杀气，谭四便继续向前走着，像方才一样东张西望、优哉游哉。

那人很快就走到了谭四的身边。不出所料，那人并没在夜上海的明亮路灯下袭击自己，只是到了谭四耳边，用极低的声音说了一句“大姐头回国了，就在上海，跟我来一趟”后，不减速地从谭四身边掠过，步子不停地继续向前走。

这个“大姐头”，正是谭四近年来一直跟随的一位女侠。她的人生倒也相当崎岖，先是婚变跑到了日本，又带着新思想杀回了国，组了队伍，专为新的理念四处奔波。

看着那个人因为走得太快，发现谭四根本没有跟上来而焦躁地在马路中间快步打了个转的滑稽样子，谭四也只好加快了些脚步跟了上去。

那人感觉到谭四跟紧，便不回头只是闷头前行。

大马路转开，仍走大路，从江西路一路往上，直到吴淞江，过了河，再往上走，没走多远，就从一个过街楼下面钻进了一条里弄。

虽然仍属公共租界地，但这里的大街远比吴淞江以南要萧条许多，然而一旦从大街钻进弄堂，立刻如同进了另一个世界。在昏暗的茶楼、客栈的煤油灯照明下，污浊浊混杂着各式味道的里弄里，骤然间又变得乌烟瘴气、人头攒动、嘈杂喧闹。卖蒸点的、卖馄饨的、卖烟的、卖茶的、卖唱的、卖笑的，炒菜的、洗衣的、晾尿布的、刮鱼鳞的、打孩子的，统统拥挤在这个极小的封闭空间内吵闹繁乱、热气腾腾，甚至将冬季的寒风都赶到了弄堂外面的世界。

跟着那人，从那些满身汗臭或者饭菜油烟味的人身边挤过，就又钻进了一条狭窄无光的支弄里去。一转瞬，阒然无声。这条支弄看起来是死路，前端不通而被其他弄堂的建筑所阻挡，再加上两旁的木砖式小楼没有一点照明，只有一线天可见弯月，要比里弄更漆黑得多。

摸着黑上了二楼，走到把角的一间厢房前，站住了脚。

谭四知道，这间厢房内自然是有什么要给自己。那人却没有去开门，把一把钥匙递给了谭四后，依然用低声说："屋里是大姐头从铁爵爷那里抢来的……死光机。"

短短一句话说到结尾处，明显可以听出这个人微微地打起战来。

是在害怕？看起来倒不是怕被什么人发现，而是单纯地害怕屋里所放的死光机。

谭四在掌心里捏了捏那把钥匙，倒是觉得有趣起来。

死光机？只是多少有些传闻而已的东西。竟然真的存在？那些传闻是从一帮南方的剿夷激进分子那里传开，什么只要一瞬人就能被死光烧成黑炭，神乎其神。而且又是从铁爵爷那里抢来的，恐怕还真是有点意思。那位"铁爵爷"呢，叫爱新觉罗·奕梼，论辈分该是当今光绪帝的叔叔，但因为是庶出的庶出，父辈又没立过什么功，爵位已经落到不入八分辅国公。不过，多少也是奕字辈的皇族，手上的权力自然不小，雇了一大批人专攻西洋奇器。以前偷偷跑到他的府邸仓库里看过，算是给谭四大开了一次眼界。那把可以调节卡口尺寸的活动扳手，就是在铁爵爷家的仓库里看到后自己照葫芦画瓢打出来的。

“大姐头说让你来鼓弄鼓弄，看看到底怎么用。”

那人又说了这么一句后，如同逃离火灾现场一样，窜到了楼道里，一路小跑下了楼。

谭四撇了撇嘴，摸着黑，把钥匙捅进锁眼，咔嗒一声，锁开了。

铁爵爷是个很有意思的人，虽然凭一己之力就引进了那么多西洋奇器，但他本人却又是对洋人恨之入骨。估计算是“师夷长技以制夷”思想贯彻得最为彻底的一位。再加上他极度保守，反对任何新变，使得他和大姐头一派也是完全对立。

不过这些对谭四来说都无所谓，他现在唯独念着的只有那台所谓的死光机。

屋里一片漆黑，什么都看不清楚。谭四根本不在意被任何潜在的敌人发现，找到了一盏豆油灯，点亮。

灯光虽然昏暗，但一眼就看到了那个死光机，躺在房间的正中间。从摆放的方式看来，死光机也让摆放者多少有些害怕。

所谓的死光机，却并没有什么特别吓人的外观。细长，像个画筒。

谭四把豆油灯放到死光机旁边，借着微弱的灯光继续仔细察看。

通体光滑，是精心打磨过的木筒外壳。木筒两头分别可以看到些金属内件。一头是密闭的金属壳和像枪口一样的小孔，大概所谓的死光就是从这个地方发出。另一头则像是还需要连接上什么东西一样，预留了几个接口。

看着接口，谭四打算拆开这个死光机继续研究。可惜光线太暗再加上手头没有工具，因而作罢。

待在这里终究不可能再有什么进展，所幸的是死光机旁还有个手提箱，刚好可以把这个圆筒状沉甸甸的东西装进去。

在收拾死光机时，谭四发现有什么人躲在支弄里以及窗下，监视着这间屋子里的动静。绝不是刚才的那个人，那么恐怕是铁爵爷的人了。不过，谭四相信在此时他们不会出手，所以也并不在意。

装好死光机，提着手提箱，谭四重新上路，回黄浦江对岸的陆家嘴了。

下了私渡后，站在光秃秃、破破烂烂的码头上往回看，并没有看到再过来什么船，大概那些人没打算继续跟踪。只看到浦西的夜上海，夜上海在更换了电气灯后，更加明亮。可惜沿岸几里，统统挤满了大小码头，停靠着渡轮、货轮、私家小船，明亮的万国建筑，没有一点倒影在江中。

当然，与浦西相比，浦东这边什么也没有，只是一片漆黑。

私渡的码头都是简陋的，在旁边不远处，则是大型码头，也停靠着英美的轮船。乌黑的船身，在浦东一侧更显得巨大。乌黑巨大，多少是令人感到恐惧和强烈的压迫感的，但谭四却是这些轮船的常客——在夜深人静的晚上。那个写稿人偶身上的不少零件，就是在这些船上卸下来组装到一起的。慢慢拆掉一艘洋人的轮船，多少也算是剿夷了吧。实际上，谭四根本不在乎这些。

谭四提着沉甸甸的手提箱走出码头，走进了陆家嘴的工厂区。

从工厂区崎岖狭窄的小路东拐西绕，再绕过外国坟山，就回到了谭四的那座秘密厂房。

推开厂房的厚重大门，那个十来岁的小男孩正在锅炉前。

小男孩的正经名字没谁在意过，所有人都是称呼他“大招”，是大人们胡乱给他起的，到底是要招些什么，却没有谁特意说明过。原本是宝山县的渔民孩子，不知是穷还是家里孩子太多，在他还很小的时候，便自己到了上海。差点饿死在上海街头姑且不说，后来在法租界跟了一拨所谓的剿夷志士。剿夷行动倒是干过几次，打过一个法国老头，还抢过两次法国商人的包。大概因为那时的大招年龄太小，第二次抢包跑在了最后面，眼看就要被巡捕给逮住，让刚好路过的谭四给救了，从此就跟了谭四。

跟着谭四，也有崇拜他的一面，拳脚了得，还懂科学，可是谁让他正处在叛逆期，结果对谭四总是爱搭不理地没个正脸。

看着大招一身炭黑，冒着汗还一锹一锹地往锅炉里送煤，就知道这小子大概还在赌气。多说无益，谭四便提着煤油灯从金属楼梯上到锅炉的颈部位置，去检查气压表。几个表头数字都检查了一遍，没发现异常，谭四才算松了口气。这小子虽然赌气，倒是没乱来。放下心来，轻轻拍了拍锅炉的炉壁，像是安抚一只孤独在家等着主人回来的大型犬一样。

“休息休息吧，不用添这么多煤。”下了锅炉楼梯的谭四又走到大招旁，“给你看个好东西。”

大招自然不会做出什么直接的反应。谭四太了解这小子的脾气，也没多说，只是走到锅炉的另一端，那里有几个机械操纵杆，用力推上一根后，听到因为飞轮快速旋转而有的蜂鸣声。蜂鸣声响了略有一瞬，厂房内一下明亮起来。是四盏电灯，在厂房高高的屋顶上方同时点亮。

这就是谭四的世界。

当然，仅仅只是一座乌黑的锅炉不可能点亮电灯，在锅炉旁还有一个庞大的在电灯下闪烁着金属光芒的家伙，那才是这个厂房里的电力之源。一人高的飞轮在摇臂轴有力的带动下旋转着，电力也就从飞轮所联动的皮带的另一头产生。

这是一台 85 马力蒸汽发电机。

在光绪三十二年的上海，一台 85 马力的蒸汽机所带动的发电机根本算不上什么先进设备，想点亮租界区所有的电气路灯，几组 85 马力的蒸汽机根本不够。但对谭四所需要的电能来说，这个量已经足够。

蒸汽发电机当然不是谭四造的，那是十年前英国人在这里建的一个小型发电试验厂，试验成功后就废弃了工厂。在上次大姐头回国的时候，谭四跟着她跑到陆家嘴做炸药试验，偶然发现这个废弃工厂。后来，大姐头再去日本，谭四则谁也没告诉，独自把旧蒸汽机和发电机整修了一遍，将这个地方变成了自己的秘密基地。

“喂！费电！”大招终于停下手里的铁锹，戳在地上扭头瞪着谭四。

“大姐头给的东西，不过来看算了。”

听到“大姐头”三个字，大招倒是立刻不再躁动，拿起条毛巾擦了擦身上的黑汗，像模像样地跟在谭四的后面。

“什么鬼东西……”大招凑过去看到那个木质外壳圆筒状的东西从手提箱中被拿出，皱着眉头看了又看。

“说是从铁爵爷那里抢来的死光机。”谭四特意把“死光”两个字加重说出，果然收到十足的效果，大招微微后退了半步。

“不妨试试看呗。”谭四又摆弄了摆弄死光机。在白炽灯下看得清楚多了，原来一端的那些预留接口，不过是几个需要连接电线的电口。

谭四心里更有数了些，叫大招去拿几根电线，再拿个电闸。大招嘴上很不乐意，但还是跑去拿了，并且提了工具箱，跟在谭四后面上了二楼。

说是二楼，实际上只是在厂房的较高位置搭了个平台。那个在半空中的平台，完全是谭四为了节省宝贵的电线长度而搭的。因为在二楼与蒸汽发电机相对的另一端，一张桌子上摆着谭四近半年多来视为至宝的东西——一架三柱凿孔机。

路过这架三柱凿孔机时，谭四和大招都条件反射般地放轻了脚步，生怕因为微小的震动影响了它的数据结果。当然，自启动它直至此时有半年之久，插在机器里的纸条尚未动过一分一毫。

谭四抱着死光机向二楼所通往的屋顶平台走去时，瞥了一眼三柱凿孔机，没说什么，只是多少有点失望。

在大招的帮助下，很快就将死光机的电路接好。谭四一手举着死光机，一手拿着电闸，在厂房的屋顶平台上寻找合适的位置。夜已深了，浦东不说，望向浦西，也只有灯光，再无人声。最终，选定朝向不远处的那个外国坟山来试炮。虽然大招还是有些害怕，但依然凑近了些，想看得清楚。

与此同时，谭四看到有人影在厂房前的树林中，大概四五个人，但他们并没有靠近。还是跟到了这里吗？无所谓了，既然已经找到这里，早晚把他们打跑就是了。

“那么，我要通电了。”谭四毫不在意那几个匆匆离去的人影，将死光机扛到右肩上对准坟山，左手按到电闸上，扭头跟大招说。

大招微微咬着嘴唇，并没有退后，只是点了点头，大概表示自己做好了准备。

不知道谭四有没有再回想那些关于死光机的传闻，电闸便在他手里合上。厂房内的四盏白炽灯同时变暗了许多，然后……

大概是与想象的完全不同吧。

扛着死光机的谭四和站在旁边目不转睛地盯着坟山的大招，全都愣了一下，然后才意识到，电闸按下，除了灯变暗了，似乎其他什么都没有发生。死光呢？想象中即便不会是一道黑光那样玄之又玄，也该有道蓝光红光才对，可是什么颜色的光束都没能从死光机中射出。再望向坟山，也看不到丝毫被破坏的痕迹，再……

突然听到厂房内发出了“嗒嗒嗒”的声音。谭四闻声立刻将电闸打开，断掉了死光机的电。不出所料，那声音也一同停止，白炽灯重新恢复了一开始的亮度。

“刚才是什么声音？”

看来大招也听到了，那么一定没错了。谭四把死光机从肩上卸下，小心翼翼地先将其放到地上，叫着大招就回了厂房二楼。

“怎么根本没射出死光？”

谭四却没有在意大招的问题，只是走到凿孔机前，看到有一小段纸条被打了孔吐了出来。大招见谭四对自己置之不理，便孩子气地又问了一遍。谭四终于耐不住这小子的纠缠，用眼神瞥了一下天台，眼珠一转，说：“电力不够。”

“啊？那怎么办？我再去给锅炉里多添点煤？”

“完全不是一回事……”谭四看过打了孔的纸条后心里更有数了，“走，今天夜里我带你拆轮船去。”

“真的吗？！”

一说到拆船，大招立刻兴奋不已，完全把没见到死光什么的忘到脑后。

不等谭四多说，大招已经跑下楼拿了工具箱，等在了厂房门口。

拆船，自然不是为了搞破坏，谭四没那么无聊，他的目的只有一个，就是拆来足够的零部件，改造发电机，提高它的功率。

有大招的协助，不到一个月的时间，发电机的初步改造就完成了。再听那台巨大的发电机旋转的声音，都觉得酣畅许多。而在改造发电机之余，他们还拆了一些不关痛痒的钢管螺扣之类，给死光机量身打造了一个结结实实的支架，搭在了厂房的屋顶上。朝向上海黄浦滩的公共租界区上空。

发电机改造完成，支架也搭好了，两人却还没有停下来。一来大招玩得开心，搭起支架后还是意犹未尽，二来谭四也认为还少点什么东西，便继续带着大招夜探货轮。从而拆掉了几块船员休息舱里的厚厚的舱窗，打磨出了数块尺寸不一的凸透镜，做了个大型的瞄准镜样子的东西。

不过，即便是再做多少东西出来，大招都不会满足吧。看着一切准备就绪、终于完工的天台布置，大招又开始闹别扭。嘟囔着还要再做个大转盘，让死光机可以 360° 自由旋转。这样的旋转毫无意义，谭四自然直接拒绝了大招的提议。大招看在死光机上肯定是没的可玩，便赌气说以后不再干活，也不再帮忙给锅炉铲煤，除非谭四带自己去张园坐过山车玩。几年前，就有洋人马戏团在张园搭了过山车，轨道像驼峰一样上下起伏，据说坐在小车里跑上一圈刺激极了。可惜别说去坐，就算张园，来上海这么多年也从来没去过。

“那可是洋人的东西，你不是最恨洋人吗？”

“这不也是。”大招指着发电机，“我不管。”

谭四笑而不语。谁管你那些，张园那个地方，弹子房、电光影院、舞场、书场，乱七八糟什么都有，还通宵达旦歌舞升平，闹都闹死了，无聊的人才会去那种地方。谭四根本不再管大招怎么软磨硬泡甚至威逼利诱，也懒得搭理。

大招无计可施，就又央求谭四教自己拳脚。

然而这个更是不教的。谭四认为拳脚这东西早晚会过时，孩子早学无益，不如先学科学，长大后学上三两招防身即可。所以随便教了大招一个计算弹道曲线的算式，对付了过去。

“可是……咱们的是死光机，发射的是光吧？也能和炮弹一样画出曲线？”

“问题太多了。”

“这回真的能发射出死光吗？”

大招继续喋喋不休地问着。谭四却早就把他扔到一边，自己去检查改造好的发电机。

之后，只剩下等待。谭四说要等来晴朗的夜晚再试炮。

过了年的上海，还没进入梅雨季，却也是阴天多晴天少。晴天终于等来了，不过，等来的同时，也等来了那一拨不速之客。

阴雨连绵一个星期之后，天晴了。入了夜，见依然没有一丝阴云，大招便知终于该开始了。大招主动跑到锅炉前，卖力地给锅炉添煤。锅炉的火烧得更旺。谭四再次检查了所有表头的数据，确保一切运转正常，便叫着又是一身炭黑的大招，擦擦身子，穿好衣服，一起上了二楼爬到厂房屋顶。

屋顶的小平台上，一个铁制支架像一门土炮一样立在最前端，死光机稳固地架在支架上，尾部几根电线连接电闸以及厂房中的发电机。同在这个支架上，与死光机保持平行的，还有另外一根金属圆筒，头尾两端皆是玻璃镜片，样子更加像是死光机的瞄准镜了。

也就在此时，看到有人影穿过厂房前的小树林。

大招也看到了人影，立刻紧张起来，想要问谭四那些人是谁，却又不敢出声。

人影移动奇快，再看到时已经近在咫尺，到了小树林与厂房前空地的交界处。借着夜色和厂房内的灯光，谭四定睛看了一下，一共五人，身材高大。五人都穿着铁锈红色的短衫，胸前有“铁”字，是铁爵爷的私兵无疑。

五人也察觉到已被发现，本打算突袭，现在却停了脚步。

终于还是打算抢回死光机？再看五个人影，三个腰里挂着单刀，两个手托朴刀。谭四一看就笑了，没用的一帮人，一个带枪的都没有。

要以快制胜，在树林里更有利于自己。谭四没交代任何事情，当机立断冲回厂房，跳下二楼冲出大门朝树林奔去。

面前正是一个拿着朴刀的，那人也发现了谭四，刚要举刀来劈，谭四已经近身，双手接住刀柄，借惯性侧身向下一推挑起刀柄末端，正中他胯下要害，力道十足，恐怕不可能爬得起来。夺下朴刀，借势转身砍进后面扑来的辫子兵的大腿。

另外两人同时扑来。

谭四闷声用朴刀格开双刀，手震得发麻，深知不宜久战。朴刀又用得极不顺手，便趁格开时的三步身位，将朴刀用力抛出正中一人右肩，同时已近身到另一人面前，单拳轰在咽喉。

转瞬四个辫子兵已经全部倒地呻吟。

但还有一人。

在黑暗的树林里，谭四正要寻找。就听到大招高喊“再靠近我就开死光炮了！”随后听到有人重重摔在地上慌张逃跑的声音。

谭四赶回厂房平台下方，看到有一条绳索连接在平台与最近的一棵树间。

看来那人不敢贸然进厂房，看到平台上只有个小孩，便打算走个捷径。

“怎么样？”站在下面的谭四微微喘着气向平台喊。

“我……我没事，可是……”

大招还没说完，谭四已经又回了厂房。五个人已经跑了一个于事无补，其余四个就随他们去吧。上到平台，正看到大招坐在地上，手里拿着死光机的电闸。

“我……我把电闸已经合上了……”

谭四却没有要责骂的意思，只是“哦”了一声，走到被启动了却仍旧没有任何变化的死光机前来看。

先检查了电路，没有问题，又回头看了看那架伞形天线，方向没有变。而后走近死光机，微欠身将眼睛凑到金属圆筒的镜片前。在不动任何角度的情况下，谭四仔细调整着看似是瞄准镜实际上可以说是望远镜的焦距。

静下心来，隐约都能听到远处黄浦江的浪声。

透过望远镜，谭四又看了许久，不断地调整着镜片间的细微距离。终于，在不知又过了多久之后，他严肃的脸上浮出了笑容。

“还真让你歪打正着了。”

“什么？”

“没什么。也吓得你够呛，赶紧睡觉去吧。”

“谁……谁被吓到了……”

大招虽然嘴上还硬，但全身仍旧颤抖着，看来还没有从刚才的惊吓中缓过劲来。便也不多犟嘴，嘟囔着自己回了厂房。

谭四又看了看树林里，确保没有埋伏，便也回去。走到凿孔机前，看了看这台几乎没有工作过的机器。默不作声中，只能听见发电机的飞轮被蒸汽机探出的摇臂用力转动，为这个厂房里所有默默运转着的家伙们供着电。

真是可笑呀，这帮家伙。竟然真的认为那个是什么死光机，还豁出性命地抢来抢去。谭四不屑地笑着，坐到了凿孔机旁，准备就在此静候结果了。不过，到底需要等多久呢，谭四自己也不清楚。

大招在下面找了个暖和的地方睡熟了。窗外的夜色更深，随后又有了黎明时分的一丝清冷白光。

突然，就在谭四也开始昏昏欲睡的时候，那台半年来只在上次死光机拿来通电试验时工作过一次的三柱凿孔机，突然响动起来。是齿轮带动开始走纸的声音。

谭四一跃而起凑到了凿孔机前，看到架在纸条两侧的打孔柱开始在移动的纸条上打起了某种规律排序的小孔。

竟然真的有结果了？

没错。当看到凿孔机源源不断地在纸条上敲打着，才终于敢肯定这个信号并非什么干扰，而一定是自己想要的。静候半年之久，一切似乎都变得一发不可收拾，凿孔机完全是在宣泄一般地将接收到的信号译为摩尔斯电码呈现在纸条上。

听到凿孔机有节奏的响动，大招也醒了过来，睡眼蒙眬地爬上了二楼，正看到凿孔机异常努力地吐着纸条。

“什么呀那是？”

“现在跟你讲你也听不懂。”

谭四懒得搭理大招，一心只是捧着纸条看。在谭四脑中，已经开始了对摩尔斯电码的破解计算。的确没错，这就是半年来自己梦寐以求的。谭四的大脑高速运转了许久后，才终于解读出一点信息，但仅是这一丁点，就已经证明打满孔的纸条上的信息正是自己所要的。

“来，帮忙把外面的电闸关了吧。”谭四终于想起搭理大招，“小心地上的纸条，别踩到。”

大招被这样支使着，自然不乐意，但终究架不住好奇心，决定先忍住，问个清楚再说。

“到底是什么呀？”关好电闸后又回来的大招劈头盖脸地问。

谭四却不着急，将已经打了孔的纸条小心地卷好放入盒子里之后，才慢条斯理地跟大招说：“现在还没完成，等我去朋友那里取回个东西，让那家伙来完成最后一步，到时候你看了自然明白。”

大招实在太了解谭四的脾气，知道再追问下去也不可能有什么结果，只好甩了句“随便你，记得带我去张园玩就行”，坐到了一边。

不多说什么，谭四才懒得给予什么承诺，扔下了大招，独自走出了厂房。

一夜过去，外面的天，湿漉漉地阴沉下来，又要下雨的样子，从下而上透着上海晚冬的阴冷。树林里还有昨晚恶斗留下的血迹，看到血迹，谭四忽然意识到昨晚打斗中就隐约感觉到有些异样的东西。至少，流下来的血太少了些吧。

砍上去的手感也不大对劲。

但也无从深究，只好以后遇到再多加注意。几只硕大的灰耗子在那血迹旁徘徊，等待着谭四走远后去舔舐充饥。

因为厂房里热气蒸腾，乍一出来多少有些不甚适应，打了个寒战的谭四并没有回去添些衣物抑或拿把雨伞，只是一心想着借助机械的力量转码的可行性，向码头而去。

第三话·打赌

没有谁不觉得这个世界变化得太快。几千年的科举制度都能说没就没了，再来什么变化，人们大概都会习以为常。

然而，梁启对近来自身的变化仍旧觉得有些不大自在，报馆竟然要派自己出去兼观察员的工作。经理还特意与其谈话说这是重视他的才华，在西方，报馆里有才华的人才会被如此重用，在他们那里这是一个新职位：记者。

经理的话，听起来倒不无道理。见过外面世界的梁启对于“记者”并没有什么直观的情绪，更何况来到报馆的几个月来，自己也深受无能的本埠观察员折磨，还不如亲自上阵来得痛快。

然而得到这个新身份的时间却令梁启耿耿于怀。

光绪三十二年初春，在南昌发生了震惊中外的“南昌教案”，南昌知县江召棠被教士王安之设鸿门宴杀害。案件本身倒不复杂，但案子却意外地震动了全国报业舆论界，特别是在上海。在上海的诸多外资报纸开始大量书写时评，认为江知县根本就是自杀，北京的《京话日报》、上海的《时报》《南方报》等报纸迅速发表文章痛斥与反驳，中外媒体论战就此开始，将一起刑事案件彻底升级。

原本是历史性的事件，梁启也跃跃欲试要就此施展才能，可任职也偏偏是在此时，一下子被架空到了事件之外，让梁启感到不快，却又无可奈何，只好忍耐从命、伺机表现。

怀才不遇的文人情绪就让其归为情绪，按时去上班仍是一成不变，这大概正是梁启来到上海后给自己定下的人生底线。只要自己活得认认真真，就问心无愧。

直到这天清早，房门突然被打开，梁启知道自己精心调整的生活可能又要被迫激起波澜。

站在门口的自然是那位旧友谭四。

自从上次一别足足两个月没再见的谭四，毫不叙旧，推开门看了一眼梁启的屋子便问："我的人偶呢？"

梁启本打算抱怨几句"也不来检修"之类，想想也没必要，便没说出口，只是用下巴指了指墙角。谭四看过去才发现自己的人偶被拆卸开堆在了墙角。

"坏了。而且太占地方。"

谭四倒也不介意，一步走到人偶前，抱起那家伙看了看，又翻开人偶背后的机械元件，一手托着下巴思考了片刻，嘴里自言自语地嘀咕起来："不行，转码和写稿果然不能通用……动力大概也不够……动力改造倒是好办……"

"没事，能用。赶紧起床，帮忙搬到我那儿去，我急用。"谭四把人偶又放回了原处。

"要上班啊。"

"旷一天工，兄弟带你开开眼界。"

"别逗了……楼下等我。"梁启皱起了眉。

在楼下，谭四等了有一阵子，梁启才下了楼。

梁启的穿着还是与两个月之前没什么两样，一身洋服、皮鞋，戴着顶鸭舌帽和圆框眼镜，手里还拄着一把长伞，就像英国绅士手里的文明杖。

谭四本以为梁启是要旷一天工，结果看到这么一身穿着，也知道不可能了，便跟梁启说要再去一趟他屋里。

很快谭四又下了楼，没有拿其他的词语箱，身后单独背着那个人偶。

幸好是反着来背，人偶的机械元件都没有露在外面，不会因此招来什么没必要的围观。

“刚好我也要再转转，一起走吧。”虽然背着个怪异的人偶，谭四说话依旧泰然自若。

梁启上下打量谭四，心想，在上海光怪陆离的奇人异事多了去了，谭四这样顶多也只是惹得路人回头看看，引不起什么骚动，说是个要去张园摆摊子卖艺的流浪汉，都能有几分可信度，便没有阻止，点头后率先出了公寓楼门。

街道边，退去清晨的冷清，已经是一片繁忙景象，蒸腾着阴沉的天。在路上，谭四惊异地发现：卖早点的小贩也好，趴活儿拉洋车的车夫也好，酸腐的教书先生也好，在洋行打工的雇员也好，通事买办也好，哪怕是巡警甚至洋人，竟都或多或少地认识梁启，主动跟他打个招呼问个早。

对于谭四，这些人里面有不少都根本不屑交往，或者说根本没时间去交往，没想到初来乍到的梁启竟跟这个三教九流的世界迅速融为了一体。

这家伙还真是够能混人缘的啊。谭四一边跟着一边心里嘀咕。

“你去哪儿？”继续向前走，谭四还是有点好奇，问了去向，看梁启走在街上转弯前行都不犹豫，恐怕是有想好的目的地。

“四马路。”

谭四不禁“哟”了一声。四马路的名声之大，可以说早已溢出上海，声色犬马的地方，说是茶馆、戏楼都只不过是掩饰，无人不晓那里妓馆云集。

“别想多了，到那儿就知道是什么地方了。”

本来没多想的谭四，跟着梁启一起到了四马路，穿行于熙攘人流，在一家有相当规模的妓馆门口停下。这一停，谭四不想多也不容易。

梁启没有理会谭四的不屑，走进了妓馆。

看样子是相当熟的客人，上来迎接的侍女不多说话，领着两人便上二楼。途中只是偷偷看过两眼谭四身后背着的人偶。

走到二楼正中央的房间。房间的门帘悬着，说明没有客人，侍女微微探身向里面说了声“妙卿姐，梁启爷来了”之后便扭头走了。

妙卿？正是上海妓女起名的一大喜好，用《红楼梦》里的人物名。大概这是用了妙玉和秦可卿吧。谭四背着人偶，与梁启一起进了妙卿的屋。梁启很懂规矩地将门帘放下。

“今天来得这么晚，还直接带了朋友？”一个懒洋洋的声音从房间一角传来，“啊，那背的是什么鬼东西？”

那个声音轻声惊呼了一下，梁启立刻食指抵到嘴前，让她消声。

谭四倒是无所谓，心想梁启愿意怎么寻欢作乐就随他好了，正好有个房间，自己继续鼓弄鼓弄这个人偶。然而，他还是不经意地向声音方向看去，房间那角正是一张床，床上侧躺着位女子，那女子……谭四把人偶放下，不禁又看了一眼，那女子长相可以说是相当标致，但看到男人进来，眼神里冷得简直就像一块石头，完全没有青楼女子的样子。

再看梁启，根本没有去女子那边，而是坐到了屋里的一张书桌前，书桌上笔墨纸砚早已准备齐全，看起来是什么日常工作。

依然轻声轻语的梁启，招呼放好了人偶的谭四过来，低声说：“我是在这里办公呀。”

谭四更加疑惑了。

“妙卿姑娘呢，某些方面过于冷淡了，现在根本没有客人点她，这刚好行了我的方便。在妓馆，客人们最守规矩。”

“那也不必偏要在这种地方。”

“错了，正是因为这种地方鱼龙混杂，上至达官贵人，下至落魄书生，什么人都会来到这里。而且跟你说吧，后来我还发现，也有很多党派人士同样借这种地方集会。只要仔细，天下大事全能听来。”

不多时，真就有脚步声清晰可闻了。

梁启笑了笑，摆出一副认真去听的样子，随后轻声说：“这是怡和洋行的人。哦，还有中西女学的老师。”

“这都能听出来？”

梁启没有回答，妙卿示意谭四到她那边去。

“听多了自然就能听出来。”妙卿懒懒地说。

“你也能听出来？”

“没太大兴趣费那个神。”妙卿往床里面歪了歪，让谭四坐下，“不过，前段时间还有革命党的人来过，说要刺杀什么亲王，也全让梁先生给听到了。”

也许妙卿还想说些什么，但她却只是嘀咕了一句“说白了，我看他也只是跑到我这里来偷闲”，便重归刚才懒洋洋的样子歪在那里，像一只肆意伸展开的野猫。

这话，梁启当然也听得到，不过他不动声色，仍旧是一本正经的样子，坐在那里，看起来无比认真负责地在工作。

谭四被妙卿带得正要起身伸个懒腰伸展伸展筋骨，然后回到人偶前再琢磨琢磨改造的方法，就看见门外帘子下面有一双脚走过。仅从步伐的节奏来看就感觉有点不大对劲。果不其然，那双脚很快就又回到帘子下面，紧接着帘子被掀起。

那人还没完全进屋，梁启便已经开口说：“喂，盛少爷，您这是闯房间啊！太不守规矩了。”

“谁管得了，反正你在房间里也不做那种事，怕什么。”随后那人走了进来。

刚刚站起来的谭四上下打量了一下这位盛少爷，感觉此人非同一般。长相倒是说不上好看，和梁启同样是一身洋服、皮鞋的装扮，但无论从做工还是面料，一眼就能看出远远超出了梁启好几个档次。

“我要那个。”盛少爷指着墙角放着的人偶，“开个价吧，多少钱。”

谭四一听不禁笑了，心想这位少爷倒真识货。看他要怎么闹下去。

“盛少爷……那是我朋友的东西。咱们先互相认识认识，再谈生意。”

梁启也不慌不忙地站了起来。

“好呀。”

这位盛少爷倒是个性格爽朗的人，看穿着就知道出身绝不一般，却一点没拿腔拿调，也算少有。

“这位是盛司琮盛少爷。”梁启站到两人中间，“就是盛宣怀盛大老板的公子。”

听到盛宣怀，谭四突然眼前一亮。假若是其他人，梁启一定会认为这个人财迷心窍，听到了上海甚至全国首富的名字就立刻开始给自己算起账来，看能借机捞上多少。但现在这个人是谭四，梁启毫不怀疑地认为他虽然也在迅速盘算着什么，却一定和钱无关。

“这位是我朋友，谭四……”

“开价吧，多少钱。”盛司琮已然不耐烦地再次询价。

“呵，我不卖东西。”谭四倒也是不卑不亢地回答着。

“那怎么办，我就是想要那个。”

谭四却只是笑了笑，不予回答。

“别卖关子了……”

同时，盛司琮还偷偷看了一眼屋子一角躺在床上的那位。貌似妙卿已经因为太过无聊而睡着了。这些人……还真是不一般了。盛司琮无奈地开始寻思新的对策。

“我不卖东西，规矩不破，但我们可以来打赌。我要是输了，这个人偶直接就归你。”

“哦？有意思，那赌什么题？”

“当然是您来定，不然像是我特意来下套了。”

“你已经想好要我什么东西了吧？”

“自然。”

“嘿，说说看。”

“韦斯登收报机。”

谭四脱口而出，可是因为这个赌注太过跳脱，不仅盛司琮，就连梁启也一时愣住，迟迟没能反应过来这样的赌注是怎么冒出来的。

“您父亲掌管全国的电报，不可能没有多余的韦斯登收报机吧。”

“嘿，这么一说，我倒还真觉得你是要特意下套让我往里跳了。”

“哪儿有，您完全可以选择不要我的人偶。”

“果然有你的，行，那我就来出题。”

说完后，盛司琮却陷入了沉思。谭四和梁启两人也不急。梁启心想，既然要开赌局，也许这两天的新闻都够写的了，反正现在所有人都只关注南昌教案，自己写什么也不会有人在意，从而更不在意隔壁几间房间的动静了。

大概两三分钟过去的样子，其中妙卿还醒过一次，睡眼蒙眬地看了看屋里的三个人，随后说了一声“哦，盛少爷今天也来我这儿凑热闹了”，就又接着睡了过去。盛司琮终于像是想好了方法，得意地一笑之后，说下楼去打电话，一会儿在门口见，随后就出去了。

屋里两人不得不赞叹有钱人家的公子就是不一样，虽然也会来老百姓常来的妓馆，却专门安装了电话可以打。

又过了一阵子，听到楼下有叮叮当当的车声，两人猜到应该是盛司琮家的，便跟妙卿告了声别，一同下了楼。

妓馆门口停了辆四轮的西洋皮篷马车，盛司琮已经坐在里面，看来没错了。马车的样子相当气派，似轿似船，篷顶四角皆有铜铃，四只金属车轮全有橡胶包裹，再看装潢更是选料精良、雕工华丽。

不过，梁启本以为盛司琮会叫来一辆只有盛家那样的富豪才会拥有的汽车，最好还是德国产的来坐一坐。一看只是普通的四轮马车，略有一些失望。

两人坐进马车，盛司琮看到谭四抱着人偶，甚为满意，并要让人偶坐在自己身边。谭四倒无所谓，将人偶放了过去。马车走起，盛司琮则一直像个上学背着先生偷玩手里的蛐蛐的孩子一样，时不时地偷看身边人偶背后裸露出来的机械元件，却又胆怯不敢动手。

马车一路往市外走，眼看着已经过了吴淞江，随后出了公共租界区，驶在了乡间小路上。也不知到底要去往何处。

东拐西绕，马车终于停下。车外是一片空场，以及两个长相完全一样的男人。大概是双胞胎？虽然身材看上去并不魁梧彪悍，但从眼神和身形也不难看出两人都是练家子，不容小视。

马车停稳，盛司琮也不等站在外面的人来开门，自己便迫不及待地打开车门跳了出去，问了声：“都准备好了吗？”

两人用完全相同的声音同时回答：“少爷放心。”

梁启和谭四先后下了马车，人偶则放在了车上。一来谭四懒得总是背着它，二来外面是沙地，也没地方可放，要是不小心弄进了沙子，清理起来也麻烦得要命。

梁、谭二人下了车，看到那对双胞胎的其中一位也不知从什么地方抱来了一个铁匣子。

盛司琮指了指铁匣子，让那人也放进马车里，说：“我的赌注。”

谭四瞥了一眼，就知八九不离十，再加上对这位盛少爷的接触，大体上可以判断他不会在这方面弄虚作假。

"那好吧，我们开始了。"盛司琮说着，走在前面，往空场一角的房间而去。

双胞胎紧随其后，梁、谭二人也就跟了过去。

梁启再观察了一下这个地方的环境，又仔细观察走在前面的双胞胎，心里大概也对接下来的赌局有所猜测了。

等五人都站在小屋门前时，盛司琮对谭四说："现在还能反悔，我可以出大价钱买，或者干脆拿那个收报机来换。我的这两位朋友，可都是高手。"

"没关系，反正我也闲得无聊。"谭四回答得倒是轻松。

是比武吗？梁启不禁继续猜测。看这两位都不是一般人，又在盛少爷的身边，大概是保镖？那武功估计都不差。谭四那小子能打得过吗？看来这人偶是有点保不住了。随他去吧，反正也不是自己的东西，谭四他愿意怎么处理都是他自己的事。

加油吧，兄弟。身为记者的梁启，最爱做的自然就是旁观。

"好，那么二对二的比试就此开始。"

什么？二对二？梁启听到盛司琮这样宣布，一下子愣住，有些不知所措。

盛司琮自然是看在眼里，更感得意，亲自推开了小屋的门，小屋里只有一张桌子，桌子上摆着四把样貌完全相同的毛瑟手枪。

看到四把手枪，谭四"哦"了一声，并没多说什么。

"不用怕，不是让你们互射，我没兴趣看什么血腥场面。"

此时，有人在空场的另一头立上了一排靶子。梁启明白过来，大概这里就是相传热爱射击的盛少爷的私人射击场了。可是，他刚才说"二对二"，拿枪这件事，自己真的做不到啊。梁启左右为难，又怕拖累了朋友。

然而看看谭四倒是满不在乎，等着听盛司琮说规则了。

“规则非常简单，就是快枪比赛。枪，大家也都看到了，我这是轻型毛瑟手枪，每把装有五发子弹，一人一把，去打靶子。只要有一人打完枪里的五发子弹，比赛就立刻结束。随后统计你我两队各击中靶心的数量，数多者胜。”

怪不得会找一对双胞胎，他们一定会配合得相当默契，并且，恐怕这两人也都是快枪手，很有可能他们会同时以最快速度射完。那样比赛结束时，说是一人射完比赛即结束，但他们同时射完十发子弹的可能性更大，看来他们的胜算实在太高。

“不用那么麻烦，由我一个人应战即可。”谭四依然满不在乎、轻描淡写地说。

盛司琮盯着谭四看了看，说：“不许用双枪。”

“没问题，不用双枪。还有其他限制吗？”

盛司琮自信地一笑，说：“没有了，这样一来你已经没胜算了。好，你先来挑枪吧。”

“没有其他限制就好。我不用挑枪了。”随后，谭四从自己怀里掏出了一把枪，“我用我自己的。”

“喂！你怎么随身带枪呀！”不仅盛司琮和那双胞胎兄弟，即便是梁启，也被谭四随手就掏出了一把枪的行为给吓到了。

“最近不太平，带着防身。”

盛司琮倒也并不小气，虽然被惊到，但很快也就平静下来，只顾盯着谭四手里的那把枪看。这把枪的确长得略有些独特，乌黑枪身，实木枪柄，口径不小，但只不过是老旧的转轮手枪。实话说，当谭四自己拿出枪时，盛司琮还以为他拿的是满堂十发子弹的毛瑟手枪，心中正要懊悔不该用平时随便玩的轻型款。但看到谭四的转轮手枪，盛司琮又重新信心满满。转轮手枪只能装六发子弹，原本自带枪支有可能出现的优势立刻全无，并且转轮手枪换子弹需要用退弹杆一个一个地将弹壳推出来，耗时得很，又是它的一大劣势。

“你们要不要换枪？用正经的十发子弹。”

谭四竟也说到了盛司琮心坎里去，盛司琮先是一愣，随即略带生气地说：“不用！摆不下那么多靶子……”

“那太好了，我也没那么多子弹。”

“……”

“我们开始吧。”谭四反倒催促起盛司琮来。

就此三人各站好自己的位置。双胞胎兄弟动作相同，横握枪柄，一看便知是行家，完全懂得使用毛瑟手枪的最佳方法。谭四也不逊色，举起右手，枪口指向远方属于自己的十个靶子之一。

盛司琮亲自指挥，高喊：“预备——开始！”

声音方落，三把枪几乎同时响起枪声。

不出梁启所料，双胞胎兄弟开枪的节奏重叠，几乎像是同一个人在打枪，甚至两人连手腕的抖动幅度以及枪口的转动角度都完全一致，只见远处的靶子一对一对地被同时击穿，并且射击速率极高，完全看不出他们需要瞄准即可立即开枪。

然而，就在双响炮一样的枪声之间，还夹杂了更为快速的枪响，那就是谭四手里的转轮手枪发出的。还没等梁启注意到谭四的射击情况，他枪中的六发子弹已经射完。

盛司琮自然也在期待这一时刻的到来。果然是个快枪手，竟然如此神速，但再快又有什么用，顶多打中六个靶子，等你换好子弹，比赛已经结束。盛司琮想着，不怀好意地笑了出来。

可是正在盛司琮一闪念认为胜利到手的时候，谭四毫不慌张用左手一拍枪身，那个转轮竟一下侧滑从左侧推出了枪膛。右手一抖，转轮整体滑落。与此同时，左手已经从怀里又掏出新的装满子弹的转轮，咔的一声装上推回了枪膛。紧接着继续毫无间断地连发四弹结束了比赛。

整个换弹动作仅在一瞬之间，而正在这一瞬，谭四竟还有暇说上一句“也是自己改造的”，来解释为什么这个转轮可以从枪膛侧面推出来还能整体换轮。

不仅梁启看得惊呆，甚至连盛司琮都一下子没能反应过来，恍惚间以为谭四的枪里原本就有十发子弹了。

双胞胎兄弟自然也不可能反应得过来，在谭四射完十发子弹率先结束以后，他们仍旧按节奏打完了接下来的两发。两发子弹自然也都击中靶子，但谁先谁后，所有人都心知肚明。

比赛结束，略微平静下来的盛司琮，远远看看靶子，笑了起来。

“有意思有意思，你赢，这回算你赢了。”

谭四说了句“承让”，弯腰捡起了地上那个只有弹壳的空转轮。

双胞胎兄弟依然站在那里，看来没有盛司琮的命令，他们是不会有多余的动作。而盛司琮倒还是一脸笑容。对于这样的局面，梁启的确一点也不会担心：一来他了解盛少爷这位公子哥的脾气，虽然任性得很，但总还是相当讲道义，不会胡来；二来谭四的枪里还剩两发子弹，以谭四的本事，更是一种威慑。

“那个什么收报机拿走拿走。我叫马车送你们回去。不过，你得记着，你的人偶我早晚还是能弄过来。对了，还有你这把枪，我一概都相中了。哈哈哈，有意思，今天玩得真是有意思了。”

盛司琮叫双胞胎兄弟在自己一左一右往射击场的休息室走去。看着他们三人在夕阳西下的射击场上走远，也真是有些英雄远去后会有期的豪迈了——当然，假若天气能再晴朗一些，不像现在这样阴沉沉冷飕飕的话。

梁启和谭四相视一笑，也不必辜负了盛少爷的好意，又上了马车，拿着人偶和战利品一起回了市区。

这回不必再回四马路，直接到了梁启的住处下车。谭四背起人偶，抱着赢来的收报机，满意极了，告诉了梁启自己的住处，邀他有兴趣可以过去看看，随后跟梁启告了个别，也往黄浦滩方向走去，搭船回陆家嘴去了。

在回去的路上，谭四猛地看到了昨天晚上被自己砍伤大腿的那个辫子兵蹲在弄堂与街巷转角的阴影处。从他蹲着的样子来看，一点都看不出在前一天刚刚受了重伤。这一点谭四看在眼里，更是意识到这其中一定有什么蹊跷。

谭四本来打算趁机引诱那家伙到没人的地方逮起来拷问一些情报出来，却惊奇地发现他似乎根本不认识自己了。那么这个辫子兵是在伏击谁呢？不想那么多了，先赶紧回去再说。

因为怕在晚上背着人偶太过惹眼而没走大马路、穿行于小巷里的谭四，更是加紧了一些脚步。

第四话·兄弟

在公共租界和法租界的交界处，发生了一起爆炸案。当天下午，刚刚开始热闹起来的咖啡馆，突然爆炸。死伤惨重，其中有两对法国夫妇、一名英国绅士，以及包括一名美国主厨、三名中国服务员在内的咖啡馆全部员工，所有在咖啡馆内部的人，统统被当场炸死。咖啡馆门口一名中国的卖报纸小贩和一名洋车车夫，还有三个行人被炸成重伤。

英美法巡捕联合介入。爆炸现场也是围观者众多。说实在的，看尸体本就是人们茶余饭后的一个谈资爱好，特别是被炸得血肉模糊的洋人的尸体。

而在围观群众中，出现了谭四的身影，并非偶然。

谭四是特意前来调查情况的。他必须确认这起爆炸事件是否跟大姐头有关。因为，一来他没有接到大姐头给出的指令，二来他极为反对这样毫无意义的恐怖式爆炸行为。然而，由于围观群众太多，再加上西捕（洋人警察）拉了警戒线无法靠近，也就不能根据炸药痕迹来判断爆炸案是否源于大姐头的组织。但就在谭四感到将要无功而返的时候，在人群中他有了意外的收获。

一个极不起眼、矮小的身影从人群中悄悄挤了出来，钻进小巷。

假若是旁人，大概不会注意到这样的细节。但刚好这个身影对谭四来说实在太熟悉了，他不可能不注意到。

那个人，正是当年一起习武的伙伴——刘龙。

刘龙和谭四算得上是发小了。在谭四还是大招那么大的毛头小子时，他便在北京城外不远的通州一家武馆习武。虽说是武馆，但并没有固定的流派，杂七杂八什么功夫都有。然而，由于距离北京很近，当时赫赫有名的武林豪杰大刀王五王正谊会时常亲临指点，使得小小的武馆反倒是人才辈出，各个学徒皆是一身好武艺。

其中最为出类拔萃的，正是谭四和刘龙两人。

年少的谭四就以长剑著称，比武无败绩，并且长剑舞起来又优雅轻盈，甚至连大刀王五都赞不绝口。而与谭四齐名的刘龙却是另一番境遇。他生来身材矮小，矮小到没有人认为他是习武的料。但刘龙却另辟蹊径地练得一手出神入化的匕首技，再加上打得一手百发百中的飞刀，令人见之便已经不寒而栗。虽然说起来，刘龙就像一条毒蜥蜴一样，但实际上那只是功夫层面，而其为人仍是不失习武少年应有的洒脱。

谭四和刘龙两人，因为从小一起习武相伴，也时常互相切磋，却又不分伯仲。鉴于少年英才，被当时的人们戏称为“京东双杰”。

不过，庚子之变，洋人入京，先就是通州沦陷。武馆就此解散，一场混战之后，京东双杰也失散了。

确实是久违了的身影。

谭四看着刘龙的背影，不禁回想起太多往事。真没想到竟然多年以后会在上海再次相遇，真想立刻赶上去相认一番。不过……与此同时，在爆炸案喧闹的现场，也有了一丝不祥的预感笼罩。

就在谭四打算先跟上去探个究竟的时候，忽而又一个熟悉的身影轻步跟踪着刘龙也进了小巷。

谭四笑了，那不是梁启吗？是来看爆炸案现场好写新闻吧。怎么盯上刘龙的？不得不说，这家伙……敏感度还真是高呀。

但就以梁启的那点功夫，走不上两条街就肯定会被发现。为了避免有什么不必要的冲突发生，谭四迅速绕路先赶到了这条小巷的另一头，抢先与刘龙碰头。

“真没想到居然能在这儿碰到。”

在巷口被谭四拦到的刘龙，除了低声惊呼了一声“啊”以外，并没有太多过激反应，依然是老样子，一脸满不在乎的开朗笑容，只是说起话来声音变得沙哑了些。

“可不是吗，看背影约莫着就是你。追过来一看，果然是。”

“这一转眼都六年过去了，真没想到咱还能活着相见。”

相遇自然惊讶不已。由于距离爆炸案现场不远，人多眼杂，谭四和刘龙只是简单相约了个地点，待第二天傍晚再聚。

不过，约好之后谭四又回到了爆炸案现场，在旁边的一家茶楼等到了夜里。

六年前，也就是庚子之变洋人入京的时候，对于谭四来说真是没什么好回忆的。一群义愤填膺的年轻人，还没喊出杀气来，就统统被包围到死角里，整齐有序地让洋兵们用洋枪把脑袋崩开了花。整场战役，耗时不过一刻钟，简直如同胡闹一般地就白白死掉了几十个苦练武艺多年的年轻人。

再之前些的事，倒是有些值得回忆。比如说，两人总是私下切磋武艺，切磋则有胜负，结束后总还要讨论如何改进对方的招式。

还有比如武馆里的人实际上最怕的就是大刀王五来，虽然他是赫赫有名的豪杰，但他每次来都会把所有人给揍个半死，然后给出一个极为严酷的训练计划，让所有人都更加苦不堪言，却还不敢有什么怨言。

只有谭四和刘龙两人不觉得这些有什么艰难，面对大刀王五和他的各种挑战，无不信心满满，乐在其中。

也只有大刀王五来了，武馆里才算有点意思，不至于那么无聊。即便现在回忆起来，谭四依然这么觉得。

爆炸案现场虽然尚未解除戒严，但一来围观群众已经散去，尸体也都运走，二来洋人巡捕也纷纷下班，只留了两名看起来资历尚浅、只能干脏活累活的华人巡捕。

有了潜入的好机会，谭四自然不会放过。绕到被炸烂的咖啡馆的后面，一翻墙而入。

破碎的瓦砾废墟中，弥漫着各种焦煳的混浊味道，烧焦的纺织物的臭气和闹不清是些什么食材混合后燃烧的味道，伴着咖啡豆再次过度烘焙后的焦煳香气，几乎完全覆盖了下午血肉模糊的尸体味道。

爆炸的劲道相当强，整栋咖啡馆小楼完全坍塌。幸好这里不是那种连排小楼而是独栋，不然旁边的建筑都得遭殃。不过，爆炸劲道反过来也可以说明安装炸药的人并不专业。炸药安放的位置过于重叠，作用也相互干扰。可以说，是一次相当铺张浪费的爆炸攻击，外行得惨不忍睹。

观察了炸药的位置之后，谭四走近一个爆炸点，仔细观看炸药残留的痕迹。

黑灰色里还带有不少土黄色粉末，显然是相当古老的炸药了。这样想来，竟能完成这么强的爆破力，倒也令人有一点钦佩。但使用这么劣质的炸药，也必然不可能是大姐头他们所为。这倒是让谭四松了口气，实话说，一直以来他都不希望也不喜欢大姐头他们做这样的傻事。

那么恐怕……

正在谭四刚刚翻墙而出准备回去的时候，忽然听到远处有急促的警铃开道声。

谭四立即看了看天色。

这么晚……恐怕出了不小的事。

听声音是在法租界内，不如赶过去看看情况。

事发地点并不难找，街上四处可以看到骑着警用自行车的华人巡捕向某个方向赶去。

不过，尚没能抵达，就看到街巷远远地被戒严了。

无法靠近，只好暗地里打听。围着戒严圈走了一周，也就明白了个大概。是个法国海关检查员一家被杀。包括检查员和他妻子以及一对儿女还有保姆下人在内，一共死了七人。原本是神不知鬼不觉就被杀了个干净，但哪知检查员还有个小儿子，趁乱跑了出来，在大街上大哭大喊，才让人们发现，报了警。

谭四在心中盘算了一下。首先，没有枪声。其次，能如此高效地就杀掉大宅子里的七个人。恐怕只有……

谭四回想起多年前在通州的武馆里，他闲暇无聊时和刘龙讨论过如何一个人单枪匹马攻破一个大宅。宅子的难度主要在于逃生出口多，一个人不容易将所有人全部击杀。因此，第一重要的就是不能让宅子里的人互相通知，只要有所知会，就必定会有逃走的人。而逐一击破并不是万全保险的，说得玄一些，当开始有人被杀，那种杀气迟早会蔓延开来，总会有人在没见到杀手之前就察觉到异样。因此，速度则是更为关键的。在这一点上，刘龙的匕首技的优势就显现出来，再加上他本身身材矮小，是天生的暗杀者。可是虽然他们会讨论这些，但那只限于纸上谈兵，谭四也好刘龙也罢，都不是那种无脑的杀人狂。

杀人这种事，实际上最无聊了。面对一个没有功夫的人，无论你杀得多精彩，都一点值得荣耀的地方也没有。

谭四正想着，突然看到远处又有情况。

浓烟冒起。方向西北。

火警铃声响起，在海关检查员家宅这里还没清理完现场，另外的地方就又折腾了起来。

喂！搞什么呢！

谭四看着远处火光冲天的样子，奔波了两个地方后，已经有点累得茫然了。闹得也太过分了点吧。

这回倒是听到枪响。一天闹出这么多大事，巡捕再不戒备抓人都说不过去了。

而当谭四又赶到新的案发现场时，街道又已经被戒严。即便是方才的枪战现场，也靠近不得。

不出所料，第四起案发。

公共租界区北部全面停电，一家英国电气公司被捣毁。

谭四再赶到电气公司时，已经累得上气不接下气。

哪里不太对劲了。他一直以为是刘龙所为，可是如此密集的连续作案，一个人怎么可能完成。但要是组织行为，为什么不同时开始，线性完成危险度太大。而且以时间间隔来说……也的确是个脚程不错的练家子跑过去的时间。

顾不上思考更多，第五起、第六起、第七起案件继续接连不断地发生……

太阳终于升起，光明照亮整个上海租界，却也是一片狼藉。

同样，谭四也被折腾得两脚发麻、头发晕。抬头一看，正在四马路附近，干脆不回去，在这里等到傍晚算了。

妙卿原本还懒洋洋地斜靠在床上打盹儿，门帘掀开时，半抬起眼一看，竟然是谭四，着实吓了一跳。

“最近你们俩都是怎么回事？！都不打声招呼就来。”

“我交了钱了……”谭四疲惫得已经半合上眼，晃晃悠悠就往妙卿的床走去。

“喂喂喂！别过来！我只是在这儿混饭吃的，我不能……”

谭四把妙卿推到一边，一头扎到床上迅速睡着了。

“什么呀，这俩人……”

坐在床脚的妙卿，看谭四的眼神反倒温柔了几分。

一觉睡醒，刚好到了傍晚，谭四向妙卿道了谢，便急匆匆地走了。

租界区里依然人心惶惶，一夜间再加上前一天的下午，连续七起恶性事件，又将入夜，无人不心有余悸。但也有人说不用担心，所有的目标都是洋人，一看就是剿夷党所为，只要离洋人们远点，就不会出事。

这么恨洋人，还能连干七场全身而退，恐怕也只有刘龙了。但这样的话，他还会来赴约吗？以谭四对刘龙脾气的了解，他不会不来，而且一定会来，还会万分自豪地立刻告诉谭四这些就是他干的。

谭四和刘龙约在南市的一家小酒馆。那里一来没有洋人出没，二来也相对偏僻，对正犯案的人来说容易掩人耳目一些。

虽然前一天晚上被折腾得疲惫，但往南市赶去的谭四反倒倍感兴奋。这位曾经九死一生才活下来的兄弟，还真是能给自己不小的惊喜。

时值傍晚，小酒馆里却依然没什么客人。仅有两桌看起来像是车夫的华人在吃着干饼。看不出他们是哪里的人，也许是密探，但谭四觉得无所谓，看起来刘龙也不在乎。

两人要了一壶酒，一碟豆子，没有互相谦让，直入主题。

“所以说，就是你干的了？”

“天底下还能找出第二个人来？”

谭四不紧不慢地倒了两碗酒，推给刘龙一碗。刘龙却不喝，似乎在等谭四对自己的认可。

“怎么做到的？”谭四也不多兜圈子，直接问了最疑惑的地方。

这次刘龙却没有正面回答，看了看酒碗，依然没有要喝的意思，豆子也不吃，只是停顿了一下，说：“怎么样？够厉害吧。昨天晚上兄弟我才只是试试刀。过两天我一夜杀光所有洋人不在话下。”

“别逗了，一个人？”

“你是在试探我？”

“我只是好奇。”

“好！我信你。不说这个。你现在在给那个小丫头他们干？”

看来这家伙从今天凌晨到现在还是没闲着，把自己的底细也查了个遍，谭四心想。怎么能有如此体力？太不正常了。谭四回想到自己一整个白天都在妙卿那儿睡了过去，对此就更加疑惑了。

“我不管你现在跟着谁吧，虽然我一直看不惯那个丫头片子。有什么本事？大概连大刀都举不动。好，不说她，你还不如跟着兄弟我一起干。就以咱俩‘京东双杰’的本领，没两下就能打出一片天地。我跟你说，全大清国我看能赶走洋鬼子的人，就只有咱俩了。别人，全都是饭桶，根本靠不住。”

有趣是有趣，但现在是非常时刻，不能以小乱大，因为刘龙的鲁莽惹来不必要的麻烦。

“我倒是无所谓你干什么，但在上海这里，不是北京城，更不是通州，多少得守着这里的规矩。”

“你怎么现在变得这么啰唆了？”

“第一，不招惹报馆。”

“我对那帮二毛子酸文人一点兴趣没有。”

“第二，不招惹官府。”

“行吧，只要他们不卖国。”

“第三，不招惹洋人。”

“呸！合着你就是让我什么都不干了？丫头片子他们不干这些事？我不信了。”

“都一样。这些都毫无意义，何必浪费精力。”

“你什么意思？！不和我合作，还要轰我走？”

谭四不置可否地笑了笑，说:“就算你一时杀得痛快，也一点用都没有。”

“怎么没用？！杀光就是硬道理！谁敢动我大清国一根手指头，我就把匕首插到谁脑袋里头去！”

刘龙越说越激动，声音也变大了不少，引得酒馆里其他客人投来惊恐的目光。

谭四不知道为什么刘龙现在的脾气会变得如此暴躁，眼看就要引起骚乱。旁桌的人听到已经吓得悄悄叫来小二结了钱逃走，不好说谁出门就去报警。心想此地已经不能久留，只好起身，准备先撤离再说。

“你给我站住！你知道得太多了，既然不跟我合作，那就不能留你活口。”

“这是兄弟之间说出来的话吗？”

谭四只是淡淡地一说，放下酒钱，转身就走。

出了酒馆不远刚好是个小树林。谭四听到刘龙气势汹汹地追了上来，无奈只好一路小跑钻进小树林再说。

刘龙的脚力相当强劲，竟然很快就追了上来。

谭四见前面有一小片空场，又已经上了山坡，没有居民，便转身停了下来，准备就此迎战。

“行了！别跑了。这里没人，不妨就在此做个了断！”

原来刘龙也是这么想的，倒是正合谭四心意。

“你的剑呢？”

“早不用了。”

刘龙略有些失望，但手还是伸到了腰间。

谭四从怀里将那把被他改造过的转轮手枪掏了出来。

“屁用没有！昨晚上一群洋人，个个拿着枪也根本斗不过我。”

刘龙话音刚落，一抬手，三枚飞刀已经向谭四飞来。

谭四却没有躲闪，只是手起枪响，三枚飞刀已经被击落。当然，刘龙不可能只是单纯掷刀，借势他已经直握匕首向谭四扑来。

这也是谭四没有躲闪的原因之一，飞刀先将路封死，只要朝空当躲闪，正中下怀。

只见刘龙手下毫不留情，匕首已经向着致命的位置刺来。

无奈，谭四只好用最快的速度朝刘龙的大腿不伤筋骨的位置开了一枪。

子弹闷声穿过刘龙的腿，溅起血花。

但刘龙的动作流畅得如同根本没有中这一枪一样。

这不正常！

谭四脑中一个念头一闪而过。

根本没有时间给谭四多想，手中的枪向上一抬，原本瞄准了刘龙的头，但一念之差，枪口还是向下一滑，朝刘龙的胸口开了一枪。

依然毫无反应。

容不得谭四再思考什么，匕首已经直指心口。谭四手中不是长剑，不可能用手枪去格匕首，那样自己的宝贝就报废了，只好用最快的速度向一边侧身。匕首重重地在自己胸上划开了一道口子。

刘龙的匕首已经瞬间换为立握，反手向谭四后心扣来。

情急之下，谭四只好再开最后一枪。

不必去看，太了解刘龙的套路，背身一枪，正中刘龙手中的匕首。击飞匕首，紧接着顺势将刘龙推开抛出。

直到此时，大概因为失血过多，刘龙才终于对刚才的枪伤略有反应。并没有再次扑上来，只是站稳，死死地盯着谭四。

“哼！连我的匕首都不敢挡的武器有什么用？！”

他嘴里冒着血，发出如同溺水一样的声音。

谭四没有再动，他也不想再动。只是盯着刘龙胸口的枪眼，久久不能释怀。然而，他问不出口，为什么刘龙会和铁爵爷的那些奇怪的私兵有同样的体质？难不成刘龙也成了铁爵爷一伙？铁爵爷到底对他们做了什么……

而再等谭四回过神来，刘龙已经走远不见了。

谭四看着地上的血迹，思索片刻。捂着胸口的刀伤，走到了树后。

“啊！你知道我在这里？”

一直躲在树后的是梁启。

“废话……”谭四深吸一口气，抑制住刀伤的痛感，“要不然我费那么大力气把他往另一边抛干吗……”

“哦……”

“你怎么想？”

“我认为没什么值得报道的价值，算我白忙活了。”

谭四淡淡地说了一句“呵，结果还是你比较有趣了”，头也没回就走远了。

梁启只是看着谭四的身影越来越长，直到消失。

随后，听到远处谭四的一声喊：“无聊啊！”

第五话·嘀咕

终于，梁启还是拿着谭四给他的地址，穿过大马路到黄浦滩找了艘私渡过了黄浦江，去找谭四。

这已经是谭四从盛司琮手里赢得那台韦斯登收报机之后一个月的事了，在此之前梁启从没去找过谭四。虽然在陆家嘴的地址写得清清楚楚，而且梁启对那台韦斯登收报机在谭四手里的用途也满是好奇，但实在太忙了，完全脱不开身。

梁启所忙的依然不是关于“南昌教案”的大论战，在全上海报界已经彻底陷入论战的白热化阶段，无缘参与的梁启终于也接到自己报馆生涯中的第一个专题任务：访查萌新女校传言。

萌新女校原本与雨后春笋般生发出来的任何一所女校没什么两样，但在近一个来月里，却频繁有传言说该校校舍总是出没不干净的东西，闹得连校舍周围的居民也都诚惶诚恐，纷纷抱怨，要求拆除女校、建庙驱邪。

“破除迷信”本就是新报的重要职责之一，因此即便是在“南昌教案”论战如火如荼地占据了报纸的绝大多数版面的时期，关于女校传言，新新日报的经理依然重视。受命调查并进行深度报道的梁启，嗅到了终于可以施展才能的时机。

对一篇有深度的专题报道来说，仅仅只是跑到事发地点采访几个周围居民，运气好的碰到一两个愿意说上两句的当事人采访一二，这样是远远不够的。踌躇满志的梁启就更是不可能满足于此。从接到任务之后，梁启便不再去四马路的妓馆偷听，而是到了女校周围观察环境，为之后真正的暗访环节做足功课。

萌新女校的校址在南市，距离法租界比较近。办学的校长是位既有钱又有维新理想的李姓商人。根据办女校时所提供的档案看，这位李校长没有出过国，曾经考过科举但没有考上，没有捐个官做，而是做起丝绸类的小买卖，从此发家。甲午之役以后，他恨国之腐朽不堪，立志为破除时弊尽自己的微薄之力，因此从缠足之弊开始，办起女校来。

几天来，梁启一直暗自在萌新女校附近巡查。

校舍的占地面积并不算大，围墙内不过是一小块操场加上一栋三层的洋楼，有些不想回家或者无家可归的女学生会住在学校里。虽然有围墙，但在街上依然可以看到三层洋楼的样子，挤在周边的弄堂木楼之间，显得多少有些突兀。倒是有一座由上海道学着租界区里的样子自己建起来的消防瞭望塔，黑乎乎、笨乎乎的在女校附近算是怪里怪气地相得益彰了。

原本弄堂是比较封闭的，钻进石库门的铁栅栏，外来人会立刻被住户们注意到。不过，因为这里还残存了些没有搬到闸北去的小手工作坊，也变得比租借区的弄堂复杂得多。这一点对于前来暗访的梁启是相当有利的，除了因为那些小作坊的存在而使得空气中弥漫着满是煤炭燃烧的硫黄味和炼油的刺鼻味道，实在是令人有些不快。

女校旁边有一条油腻腻的小溪，溪流带着微微的腐臭流淌而过。几天来的观察，他发现小溪旁有个每天都来的馄饨担子，来吃的人不少，老板还准备了些长条板凳。相当合梁启的意，也就姑且无视奇怪的味道，坐到了馄饨担子的常客们之中。

坐在长凳上，自然不是为了吃馄饨，而是要细细地打听。

为了不引起无谓的怀疑和周围居民的反感，梁启并没有急于求成。用了两天的时间，才基本上和馄饨担子的摊主还有几个常客混熟，从而开始有一搭没一搭地聊起萌新女校。

虽然这些人也多是道听途说，但至少他们一旦说起，根本不需要梁启再运用什么暗访的技巧来引导，就你一言我一语地开了话匣子，说起来没完。

信息的确杂乱无章了一些，但从这些细节中，梁启依然整理总结出了不少有实际意义的内容，大体上，进一步地了解了事件的始末。

事件大概持续发生有十天之久，最开始只是下学回家的两三个女学生在路上聊，却被路人听到。

她们并不住校，只是听住校的女同学们说，深夜学校楼道里会忽然有男人嘀嘀咕咕的声音。大概就是住校生该就寝的时间之后不久，宿舍门外会隐隐听到有男人嘀嘀咕咕的声音。到底嘀咕些什么，也听不清楚。虽然并非每晚都有，但隔一两天就会来上一次，十分频繁。有的终于壮起胆来决定当面抓到这个人，但就在窗下嘀咕声又起，立即推开门来看时，发现外面什么都没有。原本半夜女校里有男人，这件事已经足够可怕，而此时彻底惊悚化了。

事情迅速传开，不仅学校里人心惶惶，传到校外之后更是以讹传讹得更加邪乎，什么因为女校聚集阴气过重招来恶灵之类的说法也都随之出现。只是对于女校方面，因为以信奉科学、破除一切怪力乱神为本，硬是挺着不承认是异灵作乱。不过据说已经传得满城风雨，那个门外的嘀咕声依然夜夜出现毫不收敛。

外国的信息收集小有成效，梁启便打算进一步深入调查。想要深入调查，最好的办法自然是进入到内部中去。然而，当梁启尝试想应聘成为萌新女校的教师时，却遭到了直截了当的拒绝。拒绝理由也无可厚非：学校资金有限，不缺师资。

吃了闭门羹的梁启，只想到一样东西。或许只有那样才能进到女校内部探个究竟了。

天色已经到了傍晚时分，不住校的女学生们纷纷离开后，萌新女校的铁门紧闭，夕阳余晖洒到女校的洋楼上，半面金红，看上去还真是有几分妖异。

这里面到底藏了什么样的秘密……

回到住处，梁启将房门关好，点亮豆油灯，挂到屋顶正中央垂下的悬钩上，昏暗的灯光影影绰绰地照亮了屋子。他又静了静心，走向屋子角落的一个木箱前，打开了木箱。

木箱里，在杂七杂八的日常用品下面，一块蓝印花布包裹着的，正是自己要找的那样东西。梁启把东西从蓝印花布中小心取出，一种不可思议的久违之感涌上。是一本手写的日文书。当年在日本留学时，特意从一位常驻在上野公园一株樱花树下的街头艺人那儿买来。买时多少只是一时好奇，没想到竟真的有用得上的一天。

梁启并没有多做什么，只是看到这本书依旧完好，也就放下心来，装进手提包里。又点了些钱，塞进包里，熄灭了豆油灯，走向了仍旧熙熙攘攘的街道，若无其事地向四马路而去。

无论白天还是晚上，除了梁启以外，不会再有人点妙卿，因此到了妓馆，几乎是随时到随时可以进屋。然而，在开始接待真正来妓馆寻欢作乐的客人们前来消费的夜晚时间，梁启出现在妙卿的房间里，还是让她大吃一惊。

“不会吧，你难道也要……”妙卿看着梁启熟练地将房门的布帘放下，惊得张着嘴说不出完整的话，并不由自主地向床脚的方向靠了靠。

“没有的事。”

梁启也不顾妙卿惊慌失措，只是把那本书从包里拿出来递给她看。

“全是日本字，我看不懂。”

不过，还没等梁启做什么解释，妙卿自己翻开书挑着日语里的汉字看，再看了看各种手绘图示，立刻就明白了。随后，妙卿饶有兴趣地对照着书里的几幅插图盯着梁启看，嘴里还不断地念叨着“哦？原来可以这样！”“哦？好神奇呀，我怎么从来没想到过”之类的话。

被妙卿盯着看的梁启，有些坐立不安，只好支支吾吾地说：“别……别误会……我只是工作需要……”

“还解释什么？赶紧开始吧。”

“至少让我解释一下具体是什么工作吧……”

平时永远慵懒懈怠的妙卿，此时竟是精神抖擞，根本不等梁启解释，就已经拿着那本书，看着插图猜着内容准备拿梁启开试了。

“是我跟一个街头艺人那里买来的。”

“也就是传说中日本的高超易容术了？”妙卿取来自己的梳妆盒，坐到梁启面前。

“算是吧。”

“怎么只有男扮女？所以你的趣味真的有点……”

“别管那么多了，当时有好多种，我随便挑了一本。”梁启匆匆打断了妙卿的话，闭上眼，摘掉了眼镜，任凭妙卿在自己脸上又涂又抹。

在妙卿给梁启的脸上打了厚厚的粉，还画了眉、画了唇之后，梁启还是慢慢地把萌新女校的事情讲给了妙卿听，以及最后出的这一招，准备男扮女装混进学校看个究竟，也都说了出来。

“你胆子倒是真不小呀。”

“被逼无奈，只是试试看，不成我就跑。”

刚好梁启本来样貌也很清秀，骨骼也不粗大，再加上妙卿按照那本神奇的日文书上面的步骤，一步步给梁启打扮，给梁启换上了自己的胸衣和裙子，又拆掉辫子，戴上假发，在灯光下，活脱儿就是个身材有些高大的姑娘样子了。

“原来你的喉结这么不明显呀。”就像欣赏自己的艺术作品一样，妙卿让完装后的梁启在灯前转来转去，看个不停。

梁启微微低下头，没好意思说什么。

“声音怎么办？”妙卿忽然意识到。

“书后面也写着方法……”

书上写道：只要人为地将声带抬高一个指位，保持住，说出话的声音就是女声了。

说来简单，但真的想要做到，却相当困难。练了整整一个晚上，说话的尾音还是总会不自觉地掉下来。眼看着天也亮了，就算一开始兴奋不已，妙卿现在也还是开始哈欠连天、面带倦容了。大概是因为练得有些过度，梁启已经大声说不出话，再加上声带抬高一个指位，反倒中性了许多。

不过，就算妙卿已经困得睁不开眼，梁启还是没让她直接倒头就睡。给了她一把银圆，叫她务必出一次妓馆，带自己去萌新女校。

在梁启百般央求之下，妙卿打着哈欠，终于有气无力地说了声“好”，也就换了衣服带着女装模样的梁启出了门。

一下子以女装样貌站在街上，即便是清晨还没什么行人，梁启还是紧张得不自在极了。幸好有妙卿掩护，叫来一辆洋车，不敢多说话，去了南市。

教师不需要，而学生呢，既然是送钱的主儿，没有什么理由拒绝。只要是真心想要学知识的女性，不问出身不问年龄不问学识，一概可以立即入学。

妙卿在学校的接待房给梁启办好了所有手续，拍了拍姑娘样子的梁启的肩膀，微微笑着低声在他耳边说了声“加油”后，就毫不留情地走掉了。

只留下了梁启一人，独自面对。

虽然面对学校门卫，万分紧张，但事已至此，硬着头皮也得继续了。

梁启遵照书上所说，在没有自信的情况下，多用“嗯”和“嗯？”，尽量少用完整句子的原则，还是蒙混过了这一关。

终于算是进了萌新女校的大门。一不做二不休，梁启咬着牙，走进校园。

不巧的是校园内，正遇到有一些女学生在操场自由活动。

操场上可以活动的项目看起来相当丰富，两个在打从英国学来的击球，球拍击打在往复弹跳于球网之上的球，发出着啪啪声，还有几个在球场两侧喊着应该如何击打抑或看得入神。另有三两个在操场的另一角荡秋千，以及一个正东倒西歪地学习骑两轮自行车，看上去完全没能掌握平衡。

趁她们没有注意到自己，梁启低着头迅速往教学楼里走。

梁启对自己的听力倒是颇有信心，在他匆匆穿过操场时，虽然听到有女学生开始窃窃私语，但并没有质疑自己的女性身份。从而，就像躲雨一般，梁启一路小跑，钻进了教学楼的门洞。

咚的一下，和什么人正撞个满怀。

梁启微微捂着嘴倒吸了一口气，而被撞到的人却没有发脾气。梁启抬头看，是位相貌堂堂的穿着款式考究的英式西装的年轻男子。

“密斯……梁？”男子虽然迟疑了一下，但还是说对了梁启的姓，大概自己的信息已经传进来给了教职工们。

虽然男子仍旧梳着长辫子，但无论是行为举止还是表情言谈，看上去都俨然是一位英国绅士的样子。他走近梁启，梁启依稀听到操场上的女学生们窃窃私语的声音更杂乱了。

“你好。”男子向梁启微微一笑，“我是本校的西学老师，我姓孟，叫我密斯特孟就好。”

“您好。”梁启把头低得更深了。不过，这样怯生生又不失礼的表现，实际上还是很令梁启满意。

“刚好还没到上课时间，我带你先熟悉熟悉学校环境吧。”

梁启微笑点头，跟在密斯特孟的侧后方，进了洋楼。

洋楼里就像任何一栋西洋建筑一样，有着长长的走廊，走廊昏暗且阴冷。密斯特孟和梁启的皮鞋，在石质地板上相应地嗒嗒作响。密斯特孟先带梁启去看了位于一楼的宿舍房间。看过后，他们继续走在了走廊里。

走廊的一侧是一间采光很好、有四排长桌、坐满了女学生的教室，教室的前端有一个半人高的讲台桌，讲台桌后面有一位穿着藏蓝色长衫、身材微胖、年近暮年的老先生，正在摇头晃脑地讲着什么。

“这位是我们的国学老师，是位相当有学识的老先生。”

密斯特孟走在前面，低声给梁启介绍着。这位老先生姓赵，但没有人敢直呼姓氏，都称他“先生”或者“夫子”。待走到走廊的尽头，密斯特孟才终于停下脚步，转过身来面对梁启悄悄说：“他呀，可是我们学校的异类，极端厌恶洋人，却偏偏要来这么西化的女校教学。”

“也许是因为找不到其他工作？”梁启对自己的伪装越发有了些信心，俏皮地悄悄说道。

密斯特孟哈哈地笑了起来。

二楼同样是长长的走廊，两侧的房间则是图书馆、地理教习室、化学教习室等。

“我们不教女红，只教科学。”

三楼相对狭小许多，是校长以及教师的办公室。

“一会儿是地理课，西学都是我来教，直接到地理教习室来上课就可以了。我现在要去做些准备。”密斯特孟依然彬彬有礼，和梁启用英式的握手礼告别，“希望你能喜欢我们萌新女校。一会儿见，密斯梁。”

一直待密斯特孟完全走离自己的视线后，梁启才终于放下女性姿态放松片刻。不过，胸衣对自己的束缚无论怎么也松弛不下来。

从一楼的教室里已经传来女学生们开始朗读诗文的声音。似乎是《弟子规》之类的陈腐之文，朗诵的声音也明显可以听出她们百般不耐烦。但想要识字，又没有什么专门的教材可用。

梁启独自悄声走在二楼的走廊，仔细观察整栋楼的建筑结构。

这是典型的砖石结构的洋楼，建筑时间大概不会在甲午之役以前，也就是说这是一栋不过十年的建筑。从建筑的内部走廊和两侧的房间布局来看，当初必然不是为做学校的教学楼而建，应该是西洋的什么公司。虽然距离法租界很近，但从建筑风格来看，更可能是英国的公司。再看刚才密斯特孟的做派以及门卫的风格，估计这所学校本身就和英国关系更近些。

就在梁启小心翼翼地在走廊里观察时，听到了有脚步声下楼。很快密斯特孟的身影就又出现在梁启眼前。

“密斯梁？”密斯特孟亲切地问，“怎么没进到教室里去？进来吧，她们一会儿就都上来了。”

梁启心里苦笑着，我能避开她们就避开呀，站在女学生堆里，还不瞬间就被发现……

然而，梁启也不能做出什么异样举动，只好跟着密斯特孟，走进了地理教习室。

地理教习室和一楼的教室很不相同，更加方正一些，没有一排排的桌子，而是围着一张圆桌摆了两圈木凳。圆桌上摆着一个比黄浦江上轮船的船鉾直径还要大些的巨型地球仪。教室一边有排格子木柜，木柜上摆放着些看起来是航海所用的罗盘、望远镜种种，而另一侧张贴着平面的世界地图。

有趣的是，全都是英文标识，那张世界地图也是以格林威治子午线为地图的中轴线。这些更能证明这所学校与英国的密切关系了。

“我是从英国留学回来的。”密斯特孟像是在解释为什么全都是英文标志似的，“所以，我也要用英文授课的。你学过英文吗？”

梁启微微咬着嘴唇低下头摇了摇。

“没关系，英文很简单的，等下课我来给你补习。”

密斯特孟亲切地凝视着梁启的脸，从他的目光中完全看不出是不是已经将梁启的伪装看穿。

昨天一晚上，除了让妙卿按照那本书所写给自己精心化妆易容以及进行反反复复的声音练习以外，梁启的精力全都放在反反复复地演习书后面所写的种种遇人应对方法上了。而这本书的核心精神就是：只要不露出破绽引起怀疑，装扮是什么性别，对方就会深信你是什么性别，哪怕有些细节略有偏差。而破绽源于声音、表情、姿态。

梁启牢记要点，把头低得更深，就钻到了地理教习室的角落。

此时，听到有脚步声纷纷乱地从楼道传来，不一会儿，来上课的女学生们就都挤进这间地理教习室。

庆幸的是，这个时代女扮男装十分普遍，甚至是个潮流，而男扮女装在戏院之外几乎没有，所以只要梁启尽量减少引人注意的举动，尽量少直接接触人就好。

上完地理课后，密斯特孟并不食言，留梁启在教室要教英文给他，从ABCD开始。而梁启自然不敢久留，怯生生用几乎听不到的声音说了一声“不用了”，就跟在下课的女学生们后面出了教室。

接下来的课程是：古文课、化学课、时事课。

逐渐，梁启发现女学生们似乎都很喜欢密斯特孟，只要是他来上课，她们就会很热情，回答问题也都很积极。

一天的时间迅速过去，夕阳西下，不住校的女学生们纷纷离校。

梁启自然也假意跟在她们后面，不过趁人不注意，一下子钻进了楼道的拐角，独自留在了教学楼里。

萌新女校的人员基本构成已经大致摸清。

学校的女学生人数，包括新来的梁启一共有十七名，分成两个班来上课。而教师则只有两名，分别是教西学的密斯特孟和教国学的赵夫子。显而易见的是，风趣且绅士的密斯特孟更受欢迎，并且也承担起更多的课程，而刻板保守、食古不化的赵夫子则基本上就只能受到包括密斯特孟在内全校人的冷漠待遇。不过，反过来说，因为赵夫子本人又对西洋文化极端抵触和反感，这种冷漠似乎又正是如其所愿，刚好在西学包围下独善其身了。

不过，赵夫子整日阴森森的样子，又总不能给人以儒者的感觉。甚至于，在第一眼见到他的时候，梁启不禁开始猜疑所谓的异灵事件，实际上就是这个老家伙搞的了。他实在太有化身恶鬼的潜质。

夜晚的探察，实际上更为重要。

一直等到深夜，女学生们纷纷回到了一楼的宿舍里就寝，梁启才安心地从藏身的角落里出来。

正在梁启打算继续夜探萌新女校的时候，忽而听到楼道的另一端，尽头的拐角处传来了男人的嘀咕声。

梁启一下子兴奋极了，没想到自己潜入到女校的第一个晚上，就能赶上最想查清楚的事情。

梁启把妙卿借给自己的皮鞋脱掉，用最轻的步子向走廊的另一端走去。路过了女学生的宿舍，宿舍里已经熄了灯，不知女学生们是否也听到了这一晚的嘀咕声。

然而当梁启越发靠近声源，越感觉哪里不大对劲。这个声音听起来十分耳熟，嘀嘀咕咕地似乎在说着什么羞于见人的事情。这是……

就在梁启略一迟疑的片刻，突然在传出嘀咕声的位置蹿出一个人影。是……密斯特孟？没错，那个嘀咕的声音也不会是别人的。随着密斯特孟站出来之后，又有一个女学生的身影从角落里走了出来，并且低声说了句："真讨厌呀，原来是那个新来的，不懂规矩！"

密斯特孟远远地在黑暗中盯着双手提着皮鞋的梁启，似乎面带着不怀好意的笑容。梁启僵住了片刻，但立即做出了最为正确的反应——不顾一切地掉头逃走。

梁启听到那个女学生问密斯特孟，要不要追。密斯特孟回答了什么，跑出学校洋楼的梁启没有听到。

或许是发现了真相的兴奋，梁启完全不顾街上用异样眼光看着自己的行人，一路跑回了住处。三下五除二地把妙卿的裙子、胸衣统统脱掉，终于顺畅地喘上了一口气，随后点亮那盏昏暗的豆油灯，准备把新闻稿写出来。

是丑闻呀，果然关于女校的传言都会伴随这样师生不伦恋的丑闻。

可以说，当自己第一眼见到密斯特孟时，就已经大概猜到这所女校在夜晚到底发生了什么事情。

不过，现在还不是出手的时候，虽然所谓异灵事件的真相基本明确，但还没有确凿的证据来进行报道。自己总不能在报道里写"笔者伪装成女学生而得知"之类吧。那么，今晚所见所闻便不能作数，取得可以报道又确凿的证据则是接下来工作的重点。想要取得新闻报道所用的证据倒也是有不少办法，一来是直接报警，二来是强迫密斯特孟自首。

可是……

梁启立刻认为这两种办法都不够明智。密斯特孟绝非等闲之辈，短时间内无法抓到他的把柄来威胁他，而自己又不是巡捕，毫无义务在一件事上花费太多的精力和时间。更快捷省事的办法自然是报警，可是一旦惊动巡捕，其他报馆必然也会趋之若鹜地跑来采访报道，那样独家肯定泡汤，自己这不也就白忙活了。

所以……梁启的脑袋拼命地运转，却还是想不出什么好的对策。或许等到第二天办法自然就有了。

然而，等到第二天，还没有来得及让梁启想到什么灵光一闪的对策，却先收到了线人传来的一手消息：萌新女校的西学教师孟文兴，意外死亡。

收到这条消息后的梁启愣了许久，又回想了前一天自己亲眼所见的关于萌新女校的一切，才忽然意识到自己可能是被表面的所谓真相给蒙蔽了，事情似乎还不是想象的那样，有什么又回到了原点。

第六话·瞭望

密斯特孟，本名孟文兴。

二十九岁，单身独居。

没出过国，仅在宝山一带的英国教会学校学过英文以及些许西学。

二十三岁到上海谋生，做过买办的翻译和书记员，后来经朋友介绍，伪造了留英经历，去了萌新女校任教。

这是密斯特孟事发之后，梁启立即委托线人查来的底细。

而他的死因也得到了确切的信息。正是在梁启潜入女校的第二天清晨，密斯特孟在萌新女校的洋楼楼顶坠下身亡。不过，有意思的是虽然死了一名教员，但这个消息却似乎是被封锁了一样，叽叽喳喳的女学生们，没有一个人在校外说起过，从而也不会像之前夜半嘀咕声那样传得满城风雨。甚至于因为密斯特孟本身就是个单身汉，家人也不在上海，连丧事似乎都没有人来筹办。当然，事件发生突然，还没来得及应对也是原因之一。

只有像梁启这样一直关注着萌新女校一举一动的人，才会在第一时间得知。

当梁启亲身探察到这所女校中的不伦师生恋时，的确是满心欢喜，甚至因为女学生们对密斯特孟的态度，以及那天晚上女学生说到了什么懂不懂规矩之类的话来看，很有可能这个姓孟的所染指的女学生不止那晚的那一个。对女校丑闻的报道，本来是极受大众关注的，然而此时这家伙却突然死掉了，很有可能是自杀，还没有完成的取证算是一下子断了线，并且明显可知这所女校所隐藏的事情绝非不伦师生恋这么简单了。

根据梁启手里所掌握的情报来看，这个“真相”已经近在咫尺。却因为断了线而看不清到底是什么，怎能不令人心痒。

刚好梁启也还算是这样一个心痒的有心人。只不过，梁启所能用到的手段也都用了，现在唯有去找谭四寻求可能有的帮助了。那个家伙，大概会有什么常人不能掌握的方法。

也许是唯一的办法了。

梁启拿着谭四给的地址，找了渡船，过了黄浦江。

实际上谭四所占的那栋废弃电厂并不难找，绕过外国坟山，远远地就能看到电厂高耸的冒着黑烟的烟囱。

当梁启推开电厂厂房大门时，首先看到的并非是自己那位旧友谭四，而是个光着膀子、一身黑灰、脏乎乎的干瘦小孩。

小孩看到厂房门被推开，还进来个人，如临大敌一般突然定住不动，双目死死瞪住了梁启。

幸好这时站在铁架二层的谭四也看到了进来的人是梁启，立即制止了那孩子接下来很可能要采取的暴力行动。

终于放松下来的梁启，看到那小孩所站的位置旁边铺着一张地图，地图上画着些红色标志，不禁问那是什么。

小孩心直口快，毫不掩饰地说道："是个什么女校，大姐头说要炸掉它。"

"女校？"梁启微微皱眉，意识到这里面更有隐情，"难不成是……"

此时，谭四已经下了楼，走到那个小孩身边，狠狠地拍了一下他的后脑勺，说了句"净泄露机密！"便抢先问梁启来做什么。

梁启原本就没打算隐瞒什么，把自己调查到的有关萌新女校的情报简略说了一下之后，就直截了当地问谭四有什么办法可以继续获取新的情报，以便作为报道登报的证据。

"怎么你也掺和到这件事里来了？"

看到谭四对自己调查萌新女校的反应，再联系到刚才那个孩子说奉什么大姐头之命炸掉女校，梁启立刻知道这所学校正如自己所预料，在不伦师生恋之下隐藏的才是它更真实的面目。

自己这次是不虚此行了。

虽然谭四听到梁启提及"萌新女校"四字便皱起眉头，但他也并没有要将梁启拒之门外的打算，而是叫那个孩子去管管锅炉里的火。

小男孩虽然不情不愿，但还是去了。

谭四没有解释这是要做什么。梁启也不多问，静观其变。

火焰在那个干瘦得不成样子的小孩把一锹接一锹的煤添进锅炉里去之后越烧越旺，乌黑巨大的蒸汽发电机开始带着低鸣声运转起来。同时，伴着硫黄味的潮热也在厂房里逐渐蔓延开来。

对于这一点，梁启实在不喜欢。

但当看见谭四抱着一捆打满了小孔的纸条，到那台和盛司琮打赌赢来的韦斯登收报机前时，梁启意识到这才是更为关键的一个环节，从而完全忽略掉了环境带给自己的不适。

在被改造过的韦斯登收报机旁边，连接在一起的是那个曾经跟自己朝夕相处了一个多月的写字人偶，但要说亲切感，梁启却一点都没有感到。那人偶坐在这间闷热的厂房里，散发着完全不同的气息。它手握着毛笔的样子，蓄势待发像是就要写出什么秘密。

谭四让改造的韦斯登收报机一点点吞进纸条，读取着纸条上通过疏密不一的小孔所含带的信息。

来找谭四的路上，梁启构想过谭四能提供怎样的工具。对一个继续取材的记者来说，自然是那种可以便于取材的工具，比如可以留下图片证据的照相机。然而照相机实在太笨重了，取材必然还是要暗访，那么怎么运进去藏好，怎么在关键时刻挪到正确的位置，又怎么在镁光灯爆出白光后不被发现，当然，更重要的是就算拍下来，能携带着笨重器材逃走，也几乎是不可能的事。

如果只是一台常见的照相机就可以解决问题的话，梁启也不会跑来求助于谭四。想象中，谭四大概会给他提供更轻便的照相机啦、不会发出爆炸声的镁光灯啦之类的，结果……

就算是这个人偶写出来什么证据，又有什么用？像编本埠新闻那样？那么和自己写有什么区别？但当熟悉的咔嗒声响起，人偶却没有写出一个字来，而是虚虚实实地画起了画。

人偶再次让梁启惊讶不已。

各种线条看起来杂乱无章地被人偶画到纸上。

线条逐渐勾连在一起后，画面也越发清晰明了，正中央是个空场，空场里有球场、有秋千，空场的一边是一栋三层的英式洋楼。

“这是……”梁启像第一次见到这个人偶开始工作时一样，既惊讶又略看出了点门道，欲言又止。

“昨天晚上的，我一直在采集。”

谭四从来不故弄玄虚，在被改造了的韦斯登收报机有条不紊地继续吞噬着纸条、人偶继续画着萌新女校的校园时，他又去拿来了一沓图纸。

把图纸铺开，猛地看上去，完全没有区别，都是萌新女校斜上方视角的鸟瞰图，但细节上确实有些许不同。除了院子里仅有的一株梧桐的树冠形状略有变化以外，亦有人影在不同位置出现。

“这都是它画出来的？”

要不是梁启亲眼看着那个人偶正一笔一画地画着，是完全不敢相信的。图，虽然没有照相机拍出来的那么清晰，但无论是透视效果的表现还是阴影的明暗处理，都远远强过当时风靡的画报用画水准。

“准确地说，是我摄来，再交给它画出来。”

摄来？梁启一时间满脑子的问号，但深知还不是刨根问底的时候。这些暂时与女校事件并无直接关系。

“这个人很可疑。”谭四指着每一张图里都会出现的人影说。

一开始梁启以为那是死掉的密斯特孟，根据他自己的切身调查，自然所有的问题都会指向这个色胆包天的人。但当他仔细看那个身影时，才发现那并非是穿着西服、总拿着个英国绅士的文明杖的密斯特孟，而是体形已然发福、穿着长衫的那个刻板老头赵夫子。

再看了几幅图后，梁启更为肯定那就是赵夫子。

本以为谭四会和自己一样，关注点被密斯特孟的奇异举动所吸引，却没想到他的目光是定格在了赵夫子身上。果然看问题的角度不同，所看到的问题也不尽相同，以及这所学校果然还有什么更深的阴谋。

“因为他隔三岔五就会在半夜进学校一趟。而且总是小心翼翼，走在操场上还会回头看好几次才进到楼里去。”

听谭四所言，梁启又仔细看了看图上的人影，从定格在画面上的样子看，就不难判断其行迹相当可疑了。

“那他这是要干什么？”

谭四撇撇嘴，只是说："你想办法查吧，我今晚也还要行动。"

"行动？"梁启此时才想起他一进门时，那个孩子就说过有个大姐头要让他们把萌新女校给炸掉。

可是……谭四不可能是那种暴力至上的人。

不过当听到"行动"二字时，那个满身流着一条条炭末和着汗的黑水的小孩，一下子兴奋起来。也不铲煤，跑过来问到底什么时候行动。

有这孩子一闹，恐怕更不可能从谭四那里挖出什么新东西了。

图也不是给梁启用于报道的，而是要给那个大姐头，并确定炸掉学校的必要性。眼看就要两手空空地回去，梁启才跟谭四说了关于这一天早晨密斯特孟死掉了的消息。

谭四也为之一震，立刻问："是那个穿西装的老师？属实吗？"

梁启点头。

谭四愣了片刻，眼珠在眼眶里快速转了一圈，说："反倒是我要拜托你一件事了。"

梁启继续点头。同时在心里笑了笑，正是要这样的效果。

"这所学校问题很大，然而我似乎早就被他们盯上了，一直防着，所以根本没法靠近。因此，希望你能想办法潜入到学校里面去探察一下。主要是那栋洋楼的内部结构，我从外面看不到。一定要仔细，不放过每一个细节和拐角。"

看建筑结构？难不成他真的要炸这所学校？不过，梁启依然相信谭四并不是个鲁莽的人。

"但有个条件。"梁启一本正经地在讨价还价，"就是到时候，你要以受访人的身份，接受我的采访，报道萌新女校事件的全过程。"

"没什么问题，到时候再说。"

这个时候，那个小男孩已经迫不及待地要准备晚上的行动，只是又被谭四给按了回去。

所谓“到时候再说”，多半也就黄了。但梁启并不着急，别人不敢强求和保证，但谭四这家伙还是跑不了的。

离开陆家嘴回到浦西之后，梁启直接去了四马路。

可以说在上海能给梁启帮助的人，大概除了谭四，也只有妙卿了。好歹自己也是她唯一的主顾，虽然她懒散至极，但那只是对于她自己的本职工作而已，到了该帮梁启的忙的时候，她还是相当讲义气的。

“哎哟！梁姑娘您回来啦？”

一见梁启进了门，妙卿一反常态地有精神。

梁启刚把门帘放下，回身就看到平常像只懒猫一样的妙卿正用一双如同盯住了猎物的眼盯着自己，似乎已然可以看穿他全身的一切。

在妙卿炽热的目光下，梁启不禁背后一凉。

不过，妙卿发现梁启并没有把自己借给他穿的衣服拿回来，顿时不甚高兴。梁启却顾不了那么多，总怕时间耽误不起，只好完全无视妙卿嘟起来的嘴，一板一眼地讲起早就想好了的计划。

见妙卿不耐烦地瞥了自己一眼又要睡，梁启赶紧凑过去表现得殷勤一些。妙卿倒是也受用，缓缓地继续说：“你不是看到那个叫什么的教师和女学生乱搞了吗？正好是个机会，你就说那个人也要对你非礼，我假装是你姐姐，过去闹上一闹，拖住他们，你趁机去调查咯。”

梁启听到妙卿这样说，立即表示认可。

“真是比我还木头……”妙卿低声嘀咕着，“好，反正你给足了钱，我什么事都能给你办。”

“下次再带你出去玩点新鲜的。”

“随你吧……”

不容梁启多说什么，妙卿已经开始面无表情、冷冰冰地给梁启化起妆来。而手法显然熟练多了，感觉这个慵懒的姑娘可能在梁启离开之后，照着书上的图又反复研究过。

也真是不知道她是勤奋好学还是懈怠懒散了。

这次，梁启穿得相当朴素，只是一套旧式旗袍和软绵绵的布鞋，乖巧地跟在“姐姐”妙卿的身后。而妙卿则穿得甚是华丽，头上戴着有两颗珍珠的蝴蝶簪，绒毛花边扇面高立领小坎儿配洋布面料的紧身长裙，露出雪白的小臂，无处不妩媚耀眼。当然，这并非是妙卿成心炫耀，她根本没有这个兴致，之所以这样打扮，只是为了更引人注目，好为梁启创造更大的隐蔽空间。

走到了萌新女校门前，妙卿主动去与门卫交涉。

因为前一天妙卿已经和门卫有过交集，再加上早晨又出了密斯特孟的事件，门卫本应多加防范，但妙卿也好，还是站在后面假装唯唯诺诺的梁启也好，都装作对密斯特孟的死一无所知。梁启又是已经入学的学生，为了不节外生枝，只好放他们进去。

时隔一日，再次扮成女学生的样子来到这里的梁启所思索的事情却略有不同。他不经意间开始构想谭四的那些图到底是怎么弄出来的。

朝着自己设想的方向仰头一望，正看到那座立在居民区弄堂小楼之间倍显突兀的消防瞭望塔。

别看梁启平时戴着眼镜，但那只是为了伪装而配的平光眼镜，实际上梁启的视力很好，从而一眼就看到塔尖上坐着一个人。

果然如此了。

那人正是谭四，而谭四的身边，有个黑乎乎圆筒炮样子的设备以及一个伞骨状的东西用伞把对着整个女校。

梁启忽然想起前一天谭四说过个“摄”字。难不成那个就是他所谓“摄来”所使用的法宝？想必不会有错了。

每晚他都守在那上面？今晚大概真的要有什么行动了吧。

铁门开启。梁启怯生生地跟在妙卿身后，再次踏入萌新女校。

和昨天一样，校园里依然有五六个女学生在运动，打撞击球的、练习骑自行车的、荡秋千的。然而，当她们看到梁启跟在气势汹汹的妙卿身后时，就知道来者不善，纷纷耳语起来。

梁启偷眼看向她们，从此时的表情看不出她们到底知不知道密斯特孟已经死了。不过，当进到女校洋楼内，找到管事的教务人员时，明显可以看出他眼窝深陷、一脸疲惫，必定是因为清晨密斯特孟事件忙得焦头烂额。

平时慵懒的妙卿，扮演起泼辣的姐姐，竟能拥有如此的爆发力。他们之前说好，绝不透露出知道死讯一事，一口咬死要找密斯特孟出来讨个说法。临时来处理事务的教务人员全力招架，一心只想赶紧把这两个人打发走继续忙自己的那些烂事。

妙卿不依不饶，必须要密斯特孟出来当面对质。那位教务人员急得都快哭出来了。

吵闹声下，梁启悄然撤离了教室。没有人注意到他，又因为穿着布鞋，走在楼道里掩盖在妙卿的喊叫声下，更是悄无声息。

路过宿舍走到了楼道尽头。

就在梁启准备踏上楼梯上到二层时，脑中忽然意识到一直以来忽略的细节。所谓的传言是：女生们半夜在宿舍里听到门外有男人的嘀咕声。一开始，梁启认为这件事本身就是假的，然而从谭四那里获得了新的信息之后，他对传言的内容不得不再次注意且分析起来。

这栋洋楼是砖石结构，也就是说楼上楼下的隔音效果要比中式的木制结构好很多。而所谓的嘀咕声，必然不会是像现在妙卿那样的高声力斥，既然能在宿舍里听到，发声处必然不会太远，也更不会是在二楼甚至三楼。

随即梁启又走回宿舍门口。

这个地方到底有什么玄机呢？梁启上下打量着这扇不算厚重的宿舍门。房门是再普通不过的木门，所以假若楼道里有声音，是不会有什么阻隔的。然而，传言同时也说到打开门看，楼道里空无一人。虽然宿舍距离楼梯不远，但想要迅速躲藏起来，终究要有急行的脚步声。因此，嘀咕声本身就不会是从楼道里传来。

梁启不禁推开宿舍门，进到了宿舍里面。宿舍里没有人，梁启便迅速将房门关好。

宿舍是第一次进来，面积并不大，只有六张床铺整齐地摆放着，环视了一下房间，并没有看到任何可以用于隐藏暗道的柜子、书架之类。

然而，梁启忽然意识到，这间宿舍，左侧是楼梯，右侧是教室，根本没有空间修建暗道。除非……梁启迅速走到宿舍的窗口，向外看了看。又在心里计算了一下距离。

果然有问题！

窗子与宿舍墙的距离，与窗外看到的窗的边框与洋楼一角也就是楼道尽头楼梯拐角的距离，合起来相减，并不是楼梯的宽度。之间相差的距离，粗略地算来大约有四到五尺。

是有这么厚的一堵墙吗？梁启立刻敲了敲墙壁，果然是空的。

同时，梁启又回想起了上面的样子。二楼，楼梯边是地理教室，位置应该和宿舍完全一致，也就是说房间与楼道之间同样有四到五尺的距离，而三楼……紧挨楼道有一扇门。果然是密道？可是，这个狭窄空间，根本不够建楼梯的。

那会是什么……

此时，听到妙卿肆无忌惮地喊着：“跟那个姓孟的说，想睡我妹妹？得给钱！”梁启听着也是暗自叫苦。幸好自己不是她妹妹，要不然保不齐什么时候就真被她给卖了。而且，既然妙卿把要钱的招数都使出了，也就说明她已经是强弩之末，坚持不了太久了。

梁启迅速离开了宿舍。

刚一出宿舍门，正与从楼梯下来转过来匆匆忙忙向前走的赵夫子撞了个满怀。

两个人同时低声惊叫了一下。

梁启顺势摔坐到了地上，并羞红了脸。

但赵夫子完全没有一点儒雅的样子，看也不看梁启，只是嘴里自顾自地嘟囔着“天天拈花惹草的，死了还给我添乱”，就慌慌张张地跑走了。

看着赵夫子跑远的身影，梁启微微笑了起来：“果不其然有问题呀，这个老头子。”

梁启回到了已经挤满了女学生的办公室。快哭出来的样子低着头钻回到了姐姐身旁，拉了拉妙卿的袖角。妙卿一下子停了下来，温柔地看着低着头的梁启，用拇指擦了擦他的眼角，然后狠狠地回瞪了一眼那个可怜的教务，又骂了一连串不堪入耳的话后，拉着梁启扒开人群，向外走去。

不出所料，那个教务还算机灵，追了上来，塞给妙卿一把银圆，低声说了句“求饶，千万别再声张”。而后，他见妙卿没有拒绝他的钱，也就放下心来，知趣地退了回去。

走出去很远后，妙卿才松开梁启的手，把一脸怒气全部卸掉，恢复为梁启最为熟悉的那个妙卿。

梁启本打算客套地说两句什么表示感谢。妙卿则太了解梁启这家伙了，所以根本没等梁启开口便打了个哈欠，说了句“不用不用，我要回去睡觉了”，头也不回，抬手叫了辆洋车，坐上远去了。

见夕阳已经西下，来不及回去换装了。梁启便又直接绕道回到了萌新女校旁边。

这也是他提前和谭四约好的。

在弄堂之间的小巷穿梭，很快就找到了那座消防瞭望塔。

瞭望塔外面有围墙，但并没有消防队员把守。大概是谭四通过某种关系跟他们沟通好了。在租界区外的消防队本身都是民间组织，相对来说更容易说话。

在围墙外，看到了那个叫大招的铲煤小孩。穿上了衣服以后，倒是不显得那么干瘦。

也许是因为梁启身着女装，而且脸上还有刚才假装挤出来的眼泪弄花了妆的泪痕。就连那个无时不闹别扭的大招，此时见了他都不由自主地让着他三分。帮着梁启提了手提箱，带路登上了瞭望塔。

谭四优哉游哉地坐在塔顶瞭望间外面的顶上，听见大招带着梁启上来，才一个翻身跳回到瞭望间里面。而后，看到梁启一身女装娇羞的样子，差点笑趴在地。

梁启也没办法解释什么，只好一个劲儿地催笑得直不起腰的谭四，赶紧听自己查出来的新情报。

一说到正题上，谭四自然也恢复了往常的冷静。当听到梁启说在宿舍和楼梯之间有一个狭小的夹层时，谭四忽然趴到了瞭望间的边缘，向萌新女校的洋楼望去。看了又看后，转身向大招说："行了，你拿着大姐头的名片去警局，说今晚行动。"

早就等待这一时刻到来的大招像个身经百战的士兵一样不容分说地答应了一声，便一溜烟跑下瞭望塔。

"接下来就是等着巡捕来了。"

这一次，梁启并没有阻拦报警，因为他知道如果一切推断都属实的话，除了报警也没有其他办法。而那些推断十有八九是没错了。况且，巡捕来了，直接捣毁，梁启必然是首发报道，还是相当有意义了。

"这个到底是什么？"梁启终于抽出空来，指着那个架在铁架子上对准女校的黑乎乎的圆筒状东西问。

“你……你能不能不用这种声音跟我说话……听得我浑身发酥。”

“啊！”这时梁启才意识到自己其实还在用那种把声带抬高一个指位却半细不细的声音说话。梁启觉得脸都丢尽了，干脆赌气地说了句“不能”。

“好好好……”谭四无奈地扭过头去，看着已经被夜幕笼罩下的萌新女校，女校的宿舍里亮起了电灯，“是死光炮。”

“啊？”梁启惊讶地向后退了几步。

“根本就没有什么死光。这个回头跟你说吧，正好给你看个厉害的东西。现在呀……我不想跟你说话。”

“呸。”

又过了大约一个小时，从瞭望塔上可以清晰见到在弄堂间有十来个手持洋枪的巡捕和一个干瘦的小孩往女校方向跑来。

低语一声“来了”的谭四起身从一边拿起了一个黑乎乎像是炸弹一样的球，并点燃了它的捻儿。

“这是什么？！难不成你当真要炸掉那个学校？里面还有好多无辜的学生呢！还有，巡捕就要来了，你这是闹哪一出呀？！”

“别吵……你看着。”谭四随即将点燃的黑球用力向女校的洋楼扔了出去。

转瞬黑球在洋楼的正上方炸开。

不过，和梁启所想象的完全不同，甚至于那个黑球连爆炸的声音都没有，只是炸开一团灰蒙蒙的雾朝女校洋楼沉下。

随着那团雾沉落到洋楼上，宿舍电灯同时熄灭了。

“你没看最近的《万国公报》？上面不是都介绍过这东西，可以全方向隔绝电流的粉末。我只是给改成了无声弹，更好使用而已。”

谭四见梁启还在发呆，用力拉了他一把，说了一声“赶紧下去呀”，就率先跑下了瞭望塔。

谭、梁两人跑到女校门口，刚好和巡捕们会合，不多说话，一起冲了进去。

此时，闻声探头来看的住校女学生看到这么多荷枪实弹的巡捕，吓得穿着睡衣尖叫着跑出学校。当他们冲进宿舍的时候，里面已经空无一人，只是一片狼藉了。

不容分说，两个事先准备好大锤的巡捕三下五除二地将墙面凿开。

墙内黑乎乎的，只看到中间悬挂着两条铁链。

和梁启所设想的一样，那里面果然是西方楼房里已经普遍使用的电梯。由于谭四事先用绝缘粉末停了女校的电，现在下面的人已经逃不出来。

巡捕们点起火把跳了下去，迅速砸开电梯的顶后，喊叫着冲进了地下室。

然而，当谭四背着女装的梁启也下去以后，却只是看到巡捕们愣在了原地。

松开环抱谭四肩膀的双手，梁启也进到地下室里。

不出所料的是一股鸦片味道扑面而来，然而混在鸦片味之中的，还有浓浓的血腥味。

地下室里一片死寂。

巡捕们点亮了地下室里的油灯，这下更清楚地看到眼前的一切。

这个地下室正是一个小型的鸦片烟制造作坊。堆着满地的烟膏，和成箱的半成品。这也是谭四和梁启分头调查汇总信息后推断出的，而专门负责这些的正是那个伪装成极度厌恶洋人的刻板保守的教书先生赵夫子。

然而现在，在没有走漏任何风声的情况下，这个鸦片作坊竟已经是死尸一片。

其惨状就连巡捕们也都看得不禁咋舌。

事已至此，巡捕也没有办法，只好分头验尸，检查现场。

死的包括作坊里的工人，一共七人，以及四名看起来像是保镖的人。死状极为惨烈，都是被大刀乱砍而死，没有一具全尸。

随后，在角落里找到了同样被砍得四分五裂的赵夫子，他一脸的惊恐，双眼已经暴突出来，丑陋至极。

紧接着，巡捕们又有了新发现。在地下室的另一个出口处，有一具被乱枪打死的尸体。因为尸体手握一把满是血的大刀，想必是与鸦片作坊发生冲突杀掉所有人的敌对一方。

谭四走过去看那具尸体，一下愣住了。

尸体身上全是枪眼，但面无表情，不痛苦也不惊慌。而尸体所穿的衣服，铁锈红色的短衫，胸前有“铁”字标记。

这是……铁爵爷的私兵。他怎么也掺和进了这件事？而且，这具尸体的确还是很古怪，竟然中了这么多枪，说明生命力相当顽强。谭四又一次想起当初在自己的厂房外面与铁爵爷的私兵对战的一幕，用刀砍上去的手感也完全不对劲。

然而，谭四并没有过多停留在这具尸体前面。因为他知道铁爵爷是个相当棘手的人物，恐怕巡捕们也是知道这一点，并不希望梁启也被卷入其中，便迅速离开，走到梁启身边，跟他说东说西，尽量不让他注意到这具尸体的细节。

整理了尸体，大家也就散了。

对于事件全部，虽然结局略有点出乎意料以及过于血腥惨烈，但梁启还是如愿以偿地写出了一篇震惊全城的报道。当然，报道中的记者身份是隐藏不提的，所以大概除了谭四、妙卿和大招以外，并没有其他人知道那个被密斯特孟看上的新来的漂亮女学生，正是做报道的记者梁启本人。

至于那位密斯特孟到底为什么会从楼上坠落？大概并不是因为自己的

丑闻被发现而引咎自杀这么简单了。

第七话 · 密探

盛司琮一直对谭四的人偶念念不忘。

不过与此同时，盛司琮一心想开一家属于自己的电影院的心愿也初见眉目，正忙着在虹口看地皮，根本无暇抽身。同时，他毫不犹豫地从父亲的公司调来一位据说相当厉害的密探，来为自己办事。

密探确实能力出众。在他第一次的反馈报告上，关于萌新女校事件就都给调查得清清楚楚。

“所以，那个梁启竟然能男扮女装混入女校？”听完报告后，盛司琮饶有兴趣地问道。

“也不过是些雕虫小技。”

密探习惯性地躲在阴影里，看不到他的脸，但从语调里也能明显感受到他脸上不屑的一笑。

盛司琮和密探约在张园的安垲第，那座有着淡红色砖墙和沪上最高点的观景角楼的大洋楼。

按理说，安垲第这个张园里甚至于全上海最为人杂多事的地方，本不应该成为和密探交换信息的地点。但一来刚好张园的电影院开业，盛司琮正热衷于观察这家电影院，所以长时间在张园停留，二来密探也想显示自己隐秘的高超能力，从而没有反对。当然，更主要的原因在于，在可以放下五十张桌子的大开间之外，安垲第的二楼，盛氏家族拥有自己的专属会厅，足以保证私密性。

在安垲第一楼大厅里，又是一拨愤世嫉俗、义愤填膺的人在发表演说，偶尔喊着口号，吵吵嚷嚷，让专属会厅里的密探更感觉有一种可以被环境掩盖住的安全感。

“还能更厉害？”

“比如像现在这样。”这句话在阴影里说出时，就让盛司琮听来有几分毛骨悚然，因为这声音和他自己的一模一样。

“好。”盛司琮盯着阴影处看了看，依然看不清这个密探的身形，“反正我也不关心这个。说说谭四，他有什么举动。”

密探又恢复了自己的那种毫无特点的声音，将谭四如何用人偶画出女校的实景图，又是如何突入女校剿灭地下鸦片工厂，一一讲给盛司琮听。

“原来那个人偶是干这个用的呀……”盛司琮陷入了沉思。

“在您桌子上的正是那个人偶画出来的图。”

盛司琮早就注意到了桌上的一沓图纸。大约有六七张。他随手翻了翻，都是画着同样的建筑鸟瞰图。根据密探所汇报的，应该就是那所萌新女校。有时有人、有时无人的操场的确有趣。 一幅和萌新女校的建筑鸟瞰图完全不同的图呈现在盛司琮眼前。

这幅图的确也太过特别了些。

密探一定也看到盛司琮注意到了那幅图，略微等了片刻后，说：“那幅不是女校事件时的，推断大概是春天时候画的。我发现这幅时，它已经被撕碎，不过想要拼贴回原貌并不难。”

能做到将撕碎的图纸恢复原貌，密探自然对自己这一手也很得意。特别是拼贴一张实际上被涂得漆黑、根本看不出什么特殊图案、只能靠撕开的纸片的边缘纹路的图。

盛司琮看着这张重新拼贴好的黑乎乎的图，皱着眉头。

的确看不出个所以然，只有右下角用白色的漆料细细地写着一个英文单词：Halley。

盛司琮不喜欢在别人面前表现出自己有什么事情是百思不得其解的，从而皱眉也好迟疑也罢，都只是片刻之间，随后立刻继续询问起来。

“那么他们现在在干吗？”

“现在……”一直信心满满的密探被这样一问也迟疑了片刻，“现在，他们在摆弄自行车。”

“啊？”

自行车？听到这个词，盛司琮未免有些失望。自行车根本不是什么稀罕东西，现在连女学生都会骑着上街，在上海的街头随处可见。

楼下的演说集会再次进入高潮，口号声喊得更加响亮，但也闹不清他们到底是革命一派还是维新一派。

密探并不想用自己的声音压过楼下的嘈杂，因此等到楼下进行到下一环节、安静下来之后，才开始讲述关于自行车的事件始末。

在女校事件之后，有段时间谭四频繁去找梁启。

追踪谭四是一件不大容易的事情，虽然密探对自己的隐秘能力相当有自信，但对象是谭四这样从走路身形就能看出是个练家子的人，多多少少都要更加小心。而此时，一来通过女校事件了解到了梁、谭二人的关系，二来他们也经常一起行动，所以密探开始着重跟踪梁启，从侧面继续收集有关谭四的情报。

然而也有麻烦。梁启和谭四每次碰面都会开始在上海的大街小巷漫无目的地转，一逛就是一整天，而且从每一次的路线来看，很难有什么规律可循。

一个星期尾随跟踪的结果，在晚间收工之后，密探摊开上海地图，将几天来所走过并牢牢记在脑中的路线统统画上，仔细思索。

看似毫无规律，一天是从黄浦江出发沿洋泾浜北岸的松江路一路走到跑马场，一天又到了公共租界的东区把白保罗路整整走了一遍。幸好这位密探不仅隐匿能力极强，可以跟踪任何人于不知，更有超强的记忆能力。几天下来，跟踪全过程都像是西洋的摄像技术一样事无巨细地记录在了他的脑中。

看着地图上的几条路线，密探一点点将所有细节重现于脑中。路上，他们互相说过几次话，梁启和多少个人打过招呼，午餐是吃的生煎馒头还是馄饨，街边路过的有布料铺子、西餐馆、商会、教堂、粮店、杂货铺、公园、洋行、小妓馆、自行车行……

密探忽然眼前一亮，就如同守在老鼠洞口的猫终于听到洞里有了动静一样。

自行车行？

密探再次把六天来梁、谭二人所走过的路线看了一遍，终于找到了规律……

自从自行车被洋人带到中国，惊奇过后，也就逐渐进入了富人们的日常生活，自行车行随即而生。

虽然发现了规律，但还是不大明白他们的目的。几天下来，没有看到他们和自行车行的人有过任何接触。难道只是巧合？绝不可能，世界上没有这么巧的事情，不接触也许只是在掩饰什么。

不过，密探一点不心急，他在暗处，只要有足够的耐心，掩饰的东西终究会显露出来，时间就是他的本钱。

次日，密探如往常一样到了梁启工作的新新日报馆附近，等着他们碰面。

梁启先是到了报馆，随即上了楼。报馆内部的布局，密探也早已探清。要说和全国闻名的时报馆、中报馆相比，新新日报馆简直寒酸得要命，二楼是办公区，编辑们都坐在一个不大的开间里，各有各的一张桌子，经理和主撰稿人倒是各有一间单独的房间，但面积和装潢依然没法比。而一楼，报馆经理竟然还要学时报馆，在整日接待文人雅客谈天说地的息楼，专门辟出一小块地方，弄了个“时趣小馆”。说是新新日报馆的名流俱乐部，实际上却只是三张藤椅、一张茶桌，茶桌上有两只已经满是烟灰和香烟纸卷残骸的陶罐。没看出一点新潮、雅致，只是更显得寒酸。

因为《新新日报》是日报，所以稿子在头一天晚上就要交齐，第二天一早到报馆只是打个照面。

梁启坐在时趣小馆里寒酸的藤椅上，沏了一壶茶，拿着张《申报》看得津津有味。

不一会儿，谭四也就来了。

密探悄悄退缩到街巷的更深处。

谭四走来时，密探就看出他和往常有些不大相同。手里多提了一个竹条编的筐，筐有盖子，就像要去市场买活鱼。

这又是什么新动向？还继续去有自行车行的街道？

正如密探所预料，两个人这回并没有再去什么自行车行。依然是步行前进，沿大道一路往北，走走停停，却没有跟任何人说话。偶尔梁启会跟路人打个招呼，但两个人似乎都更专注于在街头巷尾找着什么。

显然他们一直没有找到要找的东西。到了中午，两人在街边各吃了碗面，稍事休息就继续往北走去。

前面就是吴淞江。沿浙江路走过去，正对着的是改建过的钢结构大桥——垃圾桥。原先这里的河北岸是个垃圾码头，所以以“垃圾”得名。不过现在这座大桥早已和垃圾没有什么关系，改建加固之后，连电车公司的电车都能通行。

过了垃圾桥，就出了公共租界的中央区。周围的建筑也相对朴素了些。

梁、谭二人忽而又停了脚。密探立刻躲到一根乌木电线杆后面。

这回似乎是看到了一直要找的目标。窃窃私语了几句之后，谭四将竹筐交给梁启，戴上了一副与当下渐入夏季的气温极为不符的厚手套，蹑手蹑脚地向街角走去。

密探不得不承认谭四这家伙的功夫相当了得。仅仅只是这么几步，就明显能看得出他在步法上有着十年以上的功力，悄然无声。若不是一直跟踪，恐怕这样靠近自己，自己都很难能及时发现。

忽然，就在谭四悄声到了街角时，他猛地向下一扑。

听到“嗷”的半声惨叫。

密探正惊讶声音怎么戛然而止，就见谭四已经捏着一只野猫的后颈，单手提着已经一动不动的野猫走到梁启身边。梁启打开竹筐，谭四将野猫塞了进去，迅速盖上了盖子。

被关在竹筐里的野猫还叫了几声，但发现叫也无济于事，又因为竹筐底部铺着棉垫，似乎挺舒服，也就不叫了。

密探彻底迷惑了，完全想不明白到底这又是唱的哪一出。但姑且不去思考，只要现在把所有的细节都刻录到脑子里，待几天之后，终究能看出端倪。

可是紧接着却出现了密探最不想见到的事情，梁、谭两人提着装了一只野猫的竹筐，走到了吴淞江北岸的一个码头，叫了一艘私船，并不是渡河，而是沿着吴淞江向黄浦江而去。

在河道上根本无法跟踪，一艘私船跟在另一艘私船后面，实在是太明显了。如果是躲到乌篷船上，纯需要碰运气，速度和目的地都完全无法控制，况且此时又根本没有一艘船驶过。

看着梁、谭二人所乘的小船远去，密探只能站在垃圾桥上咬牙。不过，没关系！我不信你们明天还乘船！密探狠狠地挥拳砸在垃圾桥的钢架上，闷闷的，一点声音都没有，想要的发泄感全无，只是拳头生疼。

第二天密探还是轻松地跟踪上了梁、谭二人。这回他们往南市去，刚出公共租界不远，就和前一天一样，谭四出手抓到一只野猫，装进竹筐里，随后走到了黄浦江边，乘上条小船走了。

接二连三，几天来如出一辙地在抓到野猫之后被甩掉，密探终于有些慌了神。

原本密探对自己的隐秘能力是有十足的信心，但现在的情况让他不得不怀疑是不是自己已经被发现。然而，假若是被发现了，合理的应对方法是暂时停止行动才对，可是梁、谭二人又视若无睹地每天去抓野猫，一点也不像是有什么顾忌。那么坐船的动机……密探想起谭四原本就住在浦东一边，看来他们是抓到猫完成了某个任务，就直接坐船回谭四的住处了。

这样想来，感觉比较合理。

也不能掉以轻心，假若明天还有什么不对劲，就立即停止所有跟踪行动。

可是再到第二天，梁、谭二人照常在街边抓了一只野猫后，却没有去坐船，而是沿着黄浦滩走。

黄浦江上全是乌黑的各国轮船，停靠的，卸货的，登船的。也有着各种私渡小码头，在巨轮驶过的波浪中摇摆，等待着有那么一两个人愿意乘坐，渡到对岸。

由于黄浦滩大道上来来往往的人十分繁杂，密探跟踪起来反倒轻松一些。在散发着汗臭气的洋车车夫和满是香水味道的洋人身边穿梭，正是他最擅长的步调。唯独担心梁、谭二人又在什么地方，突然搭上条小船跑掉。

然而这一次他们并没有一丁点要去坐船的意思，只是一路往南走下去。

怎么回事？密探仍旧努力地思索这其中的玄机。

就在密探疑惑迟疑之际，梁、谭二人忽然抵达目的地一样停下了脚步。

今天这么快就到了？每一次都是来这里，而今天因为距离近，所以没有乘船？所有疑问立刻都合理化了。

依然是在河边，黄浦江和洋泾浜的交汇口。沿洋泾浜北岸的松江路走，路过几栋气派的洋楼建筑之后，在街巷的把角处，正是一家规模不小的自行车行。

果不其然，梁、谭二人进了那家车行。

密探自然不敢靠近，只是在外面隐蔽处等着。过不多会儿，梁、谭二人走了出来，竹篚空了。看来猫是放到了车行里。

放下猫之后，梁、谭二人就此分手，谭四向黄浦滩方向去，梁启则往新新日报馆的方向回了。

密探并没有再跟踪其中任何一人，他知道后面不必去跟，更重要的是这家自行车行了。

这家自行车行临街而建，规模不小，店内的自行车可买可租，都是明码标价。不过，真正光顾的客人多以洋人为主。穿着西装、样貌绅士的洋人，租一辆泛着银光的金属框架自行车，按一下车铃，丁零丁零地骑远，倍感神气。也有些看起来很洋气的国人会来租车骑。因为地处洋行比邻的黄浦滩一带，洋人居多自是正常。

另外，这家自行车行并不仅仅只是租赁脚踏自行车。他们还在租一种在横梁下面安装上可以烧油带动链条给予动力的自行车。这种自行车不必脚踏，只要给油就能前进，而且速度远比脚踏自行车快了许多。但由于租赁价格贵了许多，况且所烧的油的费用也需要自己来承担，所以租的人尚属少数。

“那种烧油动力的 bicycle（自行车）最近很流行嘛。”

从语气里不难听出盛司琮带有几分不屑。也难怪，在盛家是连汽车都拥有的，仅仅只是烧油的自行车，实在没有什么可稀罕的。

盛司琮更想知道的是谭四抓了那么多野猫到底和自行车行有什么关系。

密探也深知盛少爷的渴求，将近半个月来的探察结果一五一十地交代给盛司琮之后，他也就默默地从盛家在安垲第独享的房间里退了出去。在租界区的电气路灯照明下，游走在明亮背面的阴影里，向洋泾浜北岸的松江路与黄浦滩的交界口而去。

下午追踪到的自行车行，傍晚跟金主交代了情况，夜间则可以继续调查个清楚。

松江路上的这家自行车行已经打烊，虽然旁边的西餐厅或者酒吧才刚刚进入一天最为热闹的时段，但自行车行无论是门口还是内部都已经漆黑一片。

黑暗，也是密探最为喜爱的。

他先若无其事地在自行车行周围走了一圈，将所有的视角都仔细观察清楚，这样才好寻找到最为可靠的视线死角。密探并不着急，从自行车行的木房旁边侧身钻进它与旁边一家旅馆围墙之间的夹缝，无声地撬开一扇窗，一跃而入。

车行老板并不住在车行里，这实在是另一个幸运之处。

密探进了车行内部，闻到的是弥漫在室内的煤油味道，以及掺杂于其中的……猫的味道。看来那些被谭四抓来的野猫确实就放在这里了。

稍等片刻，眼睛便基本习惯了黑暗，逐渐能看得清楚房间内的布局和样貌。

这是一间相当大的开间，里面整齐地摆放着一排排自行车。以脚踏的为主，也有两排是烧油的自行车。这样的自行车，油箱都很笨重，再加上冷却系统未必一直可靠，至少对密探本人来说，是一种不可能长久、只不过是昙花一现的异种而已。

密探刚刚往前走了几步，忽而一脚踩到了什么软绵绵的东西，随着脚踩下的动作，脚下同时发出一声惨叫。他立刻意识到自己是踩到猫了。

在黑暗中，他的视力算是相当好的了。密探立刻俯身，将自己隐蔽到一辆自行车的后面，双目紧盯刚才被自己踩到的那只猫。

猫叫了一声，却也没跑远，同样满目怒光地回瞪着密探。

僵持不过十秒钟，猫的兴趣就已经转移，大摇大摆地扭头走掉。

密探见并没有因为踩到猫而被发现，便从自行车后面站起身来，继续看车行内部的情况。

在大开间的后面有个门，看起来是车行的套间。密探轻松地将套间的门打开，一侧身便进去了。

套间里井井有条地摆放着自行车的各式零件和配件，还有……

还有更多的猫。

密探略有些被面前的景象所惊到。

全都是猫。

因为密探的闯入，这些猫都惊恐地盯向了他。密探立即闭气静立，像刚才一样，僵持了一阵子，猫们才终于解除戒备。

密探小心翼翼地走到了猫聚集的地方，俯身来看。

和刚才的那只猫一样，虽然都不是什么名种猫，或者说一看就全是野猫，但每只都被洗得干干净净，毛皮干燥蓬松。已经解除戒备的猫，个个泰然自若地趴在自己早就选好的地方，舔毛的舔毛，伸了个懒腰打盹儿的继续打盹儿，也有精力充沛的，互相扑闹起来。看起来它们对人已经习以为常。

为什么要在自行车行里养这么多猫？

也许答案就在这些猫旁边那堆整齐摆放着的原理不明的金属圆筒上。

密探悄声走过去，拿起一只圆筒来看。

说是圆筒，实际上是椭圆形，更像是烧油自行车的油箱。不过，和油箱又有很多大不相同的地方，比如油箱是全封闭的，而这个有一头开了个洞，另外这个东西不仅一头开了洞，还可以打开看到内膛。拨开卡扣，打开这个椭圆形金属箱，里面是橡胶和电线。

密探把打开的椭圆形金属箱拿近闻了闻，有猫的味道。

究竟是什么？

忽然，在这间房的另一头，“哗”的一声，一道大门被打开。

密探一惊，身体却没有迟疑，条件反射般地迅速退入了令其安心的阴影里。

松江路的电气路灯明亮耀眼，房门一开，外面的灯光就泼洒进来，与室内形成鲜明的明暗对比。

橙红色光线下，看到大门门框下是两男一女三个人的身影。

逆光下本是不可能看清他们到底是谁，但由于那两个男人的身影太过熟悉，所以密探一眼就认出他们是梁、谭二人。而那个女人呢？眼睛略微习惯了光线之后，大体上可以看到她的长相。相当漂亮的脸，看起来也有些眼熟。似乎和梁启比较熟……密探想了起来，正是帮助梁启易容的那个妓馆女子。

三个人打开大门后就走了进来。密探更加小心地屏气隐藏。他们各自拿起一个密探没能弄明白用途的椭圆形金属箱，并抱起一只猫。猫们似乎和三个人很熟，被抱起来也不反抗。他们将猫放入椭圆形金属箱里，盖好盖子，猫头正好从金属箱所开的那个洞里露出来。把猫装好后，三个人又各自推了一辆自行车，将装有猫的金属箱安装到了车梁上，金属箱下面有电线，也连接到了自行车的一个动力机件上。

这……密探看得更加疑惑不解。

三人并不停留，似乎是准备就绪，便推着各自的自行车出了门，将门重新锁上。

密探终于松了一口气，想过去再看个究竟，却一下子想起了什么。似乎刚才……在他们关门的时候，谭四向自己藏身的方向看了一下并……微微一笑。

不可能……

这不可能……

三个人推着自行车走到了黄浦滩之后，才终于抑制不住地笑出了声。

那个密探实在是太滑稽了，一直被耍得团团转都没有发现。

不多说，三个人分别骑上自行车，熟练地摸了摸探在外面的猫头。猫也觉得很舒服，便扭动起身体，猫毛与特制的橡胶内层摩擦，电力立即充足，自行车“唰”的一下动了起来。

三辆速度飞快的自行车，在黄浦滩宽阔的大道，一边伴着比邻而建高大豪华的各大洋行，一边伴着漆黑一片却又波涛澎湃的黄浦江，飞驰在如同白昼般的电气路灯的灯光下。

妙卿的自行车骑得最快，似乎也最开心，梁启和谭四则并排骑行，跟在后面。

“没想到她骑自行车的技术这么好。”谭四摸着自己那只猫的猫头，猫也相当情愿地给他的自行车提供着电能。

“而且她的那只猫似乎更加听她的话。”

“果然有天赋。”

“嗯，也花了不少钱才能叫她出来散散心……”

“算计那么多干吗。”

电力远比煤油提供动力更舒适安全，猫呢，也更比机械适合女性来操控。猫电自行车，的确更适合女性来骑了。

“不过话说回来了，何必这么逗盛司琮玩？想想他也怪可怜的……”

梁启摸着猫头，有一搭没一搭地跟谭四说着。

“不然他怎么死心塌地帮咱们办事。”

“你春天时用死光机摄来的那张图对他的诱惑还不够？”

“虽然我还特意给他写了提示词在右下角，但万一他要是笨呢，看不透那是什么怎么办。靠那个密探加些筹码。”

“不过，当初看到你那个人偶画出那幅图，我也被惊到了。”梁启这样说着。

谭四耸耸肩，觉得还挺自豪满意，摸了摸自己的猫，自行车略微提了些速度。梁启也摸着猫，紧随其后追了上去。

不出谭四和梁启所料，此时，盛司琮仍独自留在安垲第没有走，一直拿着那张被密探重新拼贴好的图看。

无论之后那个密探再来汇报怎样的新情报，此时他都只是一心想要独自破解出这幅图所蕴含的秘密。

由于画面全部被涂黑，再怎么看，似乎都不明其意。唯有右下角的英文单词“Halley”，像是破解谜题的唯一途径。

Halley？是个人名？画家的名字？不对，这个是人偶画出来的。人偶叫 Halley？不对，其他的女校建筑鸟瞰图都没有署名。那么就是另有其意。

Halley……Halley……

盛司琮忽然意识到了什么，但又完全不敢相信刚才灵光一闪般的猜测。那也实在太不可思议了！然而，他仍旧还是按照那样的猜测开始在这张一片漆黑的图上仔细寻找起可能有的蛛丝马迹。

密探说那个死光机其实是一种拍照设备，可能是发出某种看不到的波来记录形态。那几幅女校建筑鸟瞰图就是这样拍摄出来的。密探还说自己输给谭四的那个韦斯登收报机被改造成了解码器，应该就是解读死光机所发射出来的……

盛司琮的目光突然停留在整幅图中间偏右的地方。

果不其然，那里虽然也是涂黑的，但是有一条黑度比其他地方略微浅一点的深灰带。不仔细看根本发现不了，但当发现了，却又觉得实在明显。而就在那条深灰带的旁边不远，还有一个像是西方标点符号里的顿号一样的点……

Halley！

不会错了……太不可思议了！

一楼集会的人们又开始吵吵嚷嚷地喊起了激昂的口号，就像是口号里所喊出的就是世界的全部。

盛司琮却只觉得那样的嘈杂和热血沸腾只是一种无知的愚蠢罢了。

他放下那幅图，站到了窗边。

那两个家伙竟然靠所谓的死光机拍摄到了……拍摄到了现在大概仍在土星轨道不远的哈雷彗星……

Halley——哈雷彗星！赫赫有名呀，几年前《万国公报》上就呼吁民众不要害怕，等到西历 1910 年时一起观看这个 76 年才能见到一次的天文奇观。然而现在，距离 1910 年还有 5 年的时间，大概全世界的人，美国人也好，英国人也好，哪怕是法国人，都不可能看得到吧！

越来越对这两个家伙感兴趣。

仰望着漆黑的夜空，盛司琮想着接下来大概还是要亲自跟他们玩一玩了。

实业篇

From *The New Daily News*

MECHANICAL WONDERS

新新日报馆:
机械崛起

第八话・水龙

大招坐在龙头上，但一点也不觉得神气。前面还排着三辆车，等轮到自己时恐怕又要过半个多小时了。正值上海的酷暑，又是闷热下午，原本还有些期待和跃跃欲试，现在已经热得疲软，只盼着快快完事。况且，这个所谓的“龙头”也不是真的什么龙的脑袋，仅仅是个驾驶室的外貌而已。

驾驶室里更加闷热，热得头昏脑涨的大招干脆从驾驶室里爬出来，坐到顶上等待。

大招觉得一定还是自己上当了。该死的谭四。

街两旁围观的人倒是不少，全都是闻讯赶来的市民，男女老少都要一睹华人自己办的水龙会的盛况。他们倒是不怕炎热，还有的拉出了横幅，写着些文法不通的标语为街上排队的水龙车声援助威。

这就是已经被各大报纸连番预报炒得火热的水龙会现场。

之所以会如此引人瞩目，一方面因为“水龙会”本身就是个新鲜事，是洋人们从欧洲带来的新习俗。所谓“水龙会”，实际上就是在特定的日子里将用于消防的水龙车推到大街上巡游，以示消防实力。巡游过程中还会有水龙车喷水表演，一般会在江边，从水龙车喷出十几米高的水柱，甚是惊人好看。大概十年前，在上海公共租界和法租界联合举办过一次，之后几乎年年夏天都会举办，只是近几年洋人们的热情逐渐退去，没有再举办了。另一方面是因为这一次水龙会是由华人自己举办，有着要在城市消防能力上一展华人雄风的气魄，仅此一点燃起了不少热血沸腾的青年的民族自尊心。当然，实际上更为关键的是，这一次水龙会的主办人是盛宣怀盛大老板的公子盛司琮。水龙会不只是表演，还要比赛，胜者的奖金，在盛氏家族的资助下变得相当丰厚，这或许才是真正吸引人之处了。

巡游路线早就在报纸上公布：从上海县城小东门出发，直接到黄浦滩，沿黄浦滩一路上行到公共租界与法租界的交界洋泾浜，沿洋泾浜北岸的松江路，在洋人们的公司门前高歌而过，一路向西，路过跑马场，一直到静安寺向南最终抵达巡游的终点——南洋公学。

日子到了，一大早就有众多市民抢占到了家附近的街道两旁，期待着一睹水龙车巡游的场景。而实际上，在前一天的下午，所有参加巡游的水龙车就都在南市小东门的街头巷尾安置好了。

要说这次水龙会盛大，的确是空前的。原本提前一天让水龙车就位，只是为保证第二天的水龙车巡游可以准时开始，没想到因为水龙车各就各位，倒让小东门一带从傍晚开始就成了比庙会还热闹的集市。

自古以来江浙地带的人们就有着相当的经济头脑，这时就更不可能错过绝佳商机。街头巷尾，弄堂的石库门外已经是馄饨担子紧挨生煎馒头，饮冰的饮冰，游艺的游艺，无不热闹喧哗。当然，更多的是慕名而来想先睹为快、好好地近距离参观一下各家水龙车的人们，傍晚时分，小东门的几条或宽或窄的巷子已经挤满了人。

大招的水龙车自然也在其中，只可惜大概是最不起眼的一个。

这不能怪大招，其他的水龙车从各方各面来看都确确实实要比他的招眼得多。因为这一次参加盛氏家族出资举办的水龙会，并非像以前那样由各个民间消防组织参与，而是需要提前报名，收到批准函才有资格参加。说来无可厚非，因为后面还有比赛，还有高额奖金，如果不提前控制，肯定会出乱子。最终确定的参与单位，不乏许多如“先施公司”“中国通商银行”这样响当当的公司，更有如“三菱公司”“美国轮船公司”等外国著名公司。也有些民营的小公司，以卖茶叶或者丝绸为多，以及南洋公学的学生代表。

这些公司无论大小，都在自己的水龙车上插着自己的公司旗帜，个个醒目，算得上是一次极佳的宣传机会。

大招和他的水龙车，却是个特例，并非报名而是受邀请而来，或者更准确地说，是谭四收到了盛司琮的邀请。

看到邀请函，谭四相当满意，这意味着他的计划已经逐渐步入正轨，无论是盛司琮上了钩，还是他依然只是在观察谭四，至少他们之间的联系算是巩固住了。对谭四来说，他并非是和其他盯着盛家眼红的人一样，千方百计只是为了要套盛家的钱，但需要的也依然是盛司琮的协助。况且这个世上，还有什么能比资金的协助更有效。

“反正就是要把握好这次机会，用心参与就是了。”谭四接到邀请函后，语重心长地跟大招说。

一开始大招并没觉得有什么不妥之处，每晚又能开始去拆卸洋人们的轮船零件造水龙车，自然开心得很。可是后来他发现这哪里是不妥，简直是大大的不妥。当怪模怪样的水龙车造好之后，谭四才告诉大招自己不参与比赛，在当天还有其他重要的事情要办，水龙会这种事只要大招一个人就可以搞定了。

大招这下可慌了神。虽然在谭四这里，自己也掌管着蒸汽发电机的运转，可是独自一个人来面对全部机械，即使只是一个小型蒸汽机作为动力的水龙车，还是毫无信心。

“那个小蒸汽机提前装好煤、灌好水能用一整天，所以不必两个人。你一个人完全可以胜任。”

那么多的操纵杆挤在乌漆墨黑的驾驶室里……

本就没抱什么希望，但大招还是悄悄地去找了梁启，想寻求些帮助。不出大招所料，梁启当机立断地回绝了他。理由冠冕堂皇得很，什么他是个记者，要做全程记录，不可能参与其中，必须要作为旁观者才能中立地报道。

从梁启那里碰了一鼻子灰回来的大招，正回想着梁启夸赞自己能独当一面、了不起的嘴脸生气时，谭四还来雪上加霜。

谭四手里提着个小木箱，递给了大招，说是专门为了水龙会送给大招的工具箱，里面全都是谭四最为得意的自造工具。谭四还说这个工具箱早就想送给大招，只是一直没能找到合适的理由。大招打开工具箱，看见里面是扳子、螺丝刀之类，心想这些明明是谭四用剩下了打发给自己的而已，从而没好气地又顶了两句，自己跑到水龙车里假模假式地调试蒸汽机去了。

这是制动杆，这是蒸汽阀杆，这是注水阀杆，这是空气阀杆，这是调速杆……这是气压表，这是水温表，这是……大招只好独自熟悉起驾驶室里的每一根操作杆和每一块仪表。求人不如求己！再怎么说，这个铁家伙也是自己一点一点从洋人们的轮船上拆下来的零部件组装起来的！大招狠狠地咬着牙，一遍遍地操作着复杂的蒸汽机。

可是当水龙会的前一天大招独自顺利地将蒸汽水龙车开到指定的停放点时，原本还有的一点自豪感，荡然无存了。

自己被安排的停放地点是在一条狭窄昏暗的小巷口内。能开进去已经算是相当不易，小巷又是一条支巷，相对于其他大公司的水龙车，完全就是在无人问津的角落里了。何况他们似乎更是有备而来的样子。停放水龙车的小东门虽然是华界，没有租界区里那么多电灯，但也在主要干道上通了电，算不上宛如白昼，也是亮堂堂好不热闹。而各大公司的水龙车则还不满足于此，纷纷用自己的办法给夜幕下的水龙车张灯结彩。有的挂满了灯笼，有的甚至接上了市电，点起电灯。再看他们的水龙车，个个都是装扮用心，龙头有上好的布料织成的，也有纯是木雕活灵活现精细至极的，在灯光照耀下，小东门的街头巷尾简直如同元宵节的灯会一样，千姿百态，游人如织。

如此一来，大招不禁觉得自己的蒸汽水龙车，只是一坨黑乎乎、怪模怪样的铁疙瘩了。更何况，它本身就是拆卸了各种毫不相干的轮船部件组装而成。虽然也有一个龙头样式，但左右上下没有一个地方算得上真的协调好看，越看越像是把一大堆废铜烂铁用力捏到了一起的怪物，还总是冒着黑烟。

略有些失望的大招，就像个慕名而来的游人而非参赛者一样，在布满水龙车的街巷间游走。

距离大招停放蒸汽水龙车最近的是先施公司的水龙车，龙头大概是照着舞龙会上的龙头所做，传统气派。龙眼奕奕有神，龙须也挑得高高的，相当神气。不过，大招还是找出了些值得鄙视他们的地方。虽然龙头相当漂亮，但这并不是舞龙会而是水龙会，他们的水龙车不过是个有龙头的平板车而已，一个手压式水箱放在平板上，外面再怎么装饰，也还是可以看出它本质上的简陋。

去看看洋人的好了。

路过搭起两层楼高架子挂满了红色灯笼的华商电灯公司，就到了一家洋人公司的水龙车前。公司的名字没怎么听说过，是做什么生意的大招看不懂，水龙车也不大好看，一条看起来就是条蛇的龙盘在水箱上面。就以他们的水箱样式来看，虽说同样是最常见的手压式，但看起来密封性很差，喷水的压力一定不足。再看水龙车的构造，竟然四轮没有活动轴承，到时候如何转弯都是个问题，还说什么及时赶到火灾现场救火。明显他们无意于第二天的奖金，大概只是为了参与一下而已。不过，他们的水龙车旁边也聚了不少的人。大招走近一看，竟然是这家公司摆了个摊，在卖欧洲各式新型水龙车的画片。人们对他们所卖画片感兴趣的程度远高于他们的水龙车，几分钟就卖掉了数十张。大招也不由得想买，画片上的水龙车看起来精美极了，可惜他没这个钱，也只好作罢。

洋人们真是生意经啊！大招买不了画片，只好暗自生了一会儿气。

从购买画片的队伍中挤过来，看到前方远处聚了许多的游人。是哪家的水龙车，还看不大清。越过游人们的头顶，却已经看到异样华丽的水龙车的顶部。之所以在这么远的地方就能看到，一方面因为那里被一组电灯照得耀眼光亮，另一方面是水龙车本身也极为高大。是那种洋人们最喜欢的中国式建筑大屋顶样式，到底属于什么顶，大招自然搞不清楚，但是中国人都明白，这样的大屋顶至少比县衙门的级别高。也就是洋人敢弄这种东西出来，要是华人弄了，还不立马被官府抓走，打上几十板子。走近些看，原来还是那种每层都带游廊的楼阁样式，朱红的立柱，墨绿色的屋顶，细节也有不少值得称赞的地方。同时，也看到了这家水龙车的招牌露出的“怡和”两字。

是怡和洋行的了？果然是洋人的玩意儿。大招往里走了走，想靠得更近些看个仔细。

走近后更觉得怡和洋行的水龙车确实非同一般。目测水龙车上的楼阁有一丈多高，站在它跟前不得不仰视才能看到全貌。楼阁坐在水龙车上，却不像刚才所见的平板车那样简陋，有转动的轴承，有可以挂在牵引车上的环扣，大木轮上也雕着意味不明的花纹。

假若仅此而已，那不过是一个花车了。在楼阁下压着的是几条盘龙。盘龙实际上是吐水的水管，看样子还可以随意改变方向和喷水的角度。在水龙车的尾部有四个手压杆，看来到喷水时一定能提供得了足够的压力。

车辕所套的是两匹高头大马。两匹马不像是国内的品种，身躯硕壮得比人都要高上不少，看起来的确力气十足，褐色的鬃毛，四蹄有雪白的长毛覆盖，极为独特。只是和那个一丈高的中式楼阁总也觉得不搭。

水龙车周围留下了不小的空场，虽然围观市民非常多，但由于地上摆放了一圈电灯，形成了一道屏障。车的前后，朝向街道的一面，在电灯照耀下两面条幅字迹清晰，分别写着“怡和洋行”和“灭火神龙”。

果然是怡和洋行了……虽然大招还是个小孩，不懂什么经济，但怡和洋行这种洋人开办的大钱庄，怎么也应该是超级有钱、看不上蝇头小利的公司，竟然也惦记着盛家的奖金，实在是让人惊叹得看低他们几级了。

结果挤过人群发现几个穿着洋服的怡和洋行员工正在给围观的群众分发传单。大招也挤过去拿了一份，一看上面全是些鬼话，说什么假若用户家中失火，洋行旗下的保险公司就会赔钱给用户。怎么可能？洋人傻了吗？大招觉得自己又一次受了洋人的哄骗，愤恨地将传单撕碎。

过了怡和洋行的水龙车之后，街道又逐渐变得冷清。

前面还有几家华人公司的水龙车，不温不火，也有人走近观看，却没什么人驻足停留。

原本也打算往回走的大招，忽而看到一面旗帜，上面写着“南洋公学”的字样。然而，水龙车却并不在旗帜旁。终于有一个不是商业公司的水龙车了。大招不禁对这个南洋公学有了些好感，打算找找看他们的水龙车到底在哪儿。

转过一道弯后，水龙车终于出现在大招眼前。那家伙前面没什么人，也许是因为相对偏僻，没有太多游人发现。当然，没有被发现也未免不是一件幸事，因为这家伙长得实在太怪了。

这架水龙车最为抢眼的大概就是它的两翼，一左一右分别装上了同尺寸、同规格、高过车顶的巨型大轮，就如同停靠在黄浦江畔的蒸汽轮船的巨大明轮。大轮接地，而在轮子中间，并不简单。斜下方布满衔接极为复杂的大大小小许多齿轮，而齿轮组的终端，也就是轮子的圆心是个衔接到水龙车主体上的座子，座子下面有自行车一样的踏板，踏板所连带的齿轮与整个齿轮组相连通。座子前端也在轮子的圆中设有固定在水龙车上的扶手，以便骑手保持平衡。左右两个大轮是全金属打成，在路灯的照耀下，泛着金红色的光。

车头有驾驶室，驾驶室里满是前前后后搬动到不同方向的操作杆以及方向轮盘。而车尾部也被高高架起了什么，是一个大喷水口，就像个蝎子尾巴一样。水口前有个和驾驶室相类似的小房间，里面也有不少的操作杆，看起来应该是用来控制喷水口方向和水压的。因为尾部略有些复杂沉重，为了防止整车后仰，还在尾部用三角结构搭起的金属架子斜向后支了一个独轮。可以看出这架水龙车设计得相当用心。

南洋公学的水龙车前坐着几个学生，看起来年龄顶多比大招大四五岁的样子，嘴上才刚刚从绒毛蜕变出胡须，额头刮得干干净净，辫子也都梳得整齐。大招看到水龙车部件之间的红铜斜齿轮，本来喜欢极了，打算走近些跟他们聊聊，却发现这几个学生正在叽里咕噜地说着外语。听到后，大招一下子烦躁起来，心里骂着“假洋鬼子”想赶紧离开。可是，他又忍不住想多看几眼他们的水龙车，便多驻足了片刻。学生们似乎趾高气扬，对远远地望着的大招，就像是对其他的游人也好洋人公司也罢一样冷淡。

大招觉得无趣正打算离开，眼睛一斜，看到在南洋公学水龙车旁有段距离的地方，还有一个穿着公学统一制服的学生。看上去，和那几个假模假式说着洋话的学生不大相同。

大招不由得走了过去。

或许是因为大招干瘦的样子再加上常年跟蒸汽机锅炉打交道面色焦黄发黑，当他走近那个学生时，竟把那学生吓了一跳。不过，大招还是听到，那学生刚才在哼唱着什么歌。

“你好，我也是明天参加水龙会的，我叫大招。”

大招非常礼貌地跟那个学生打招呼，那学生虽然被吓了一跳，但很快也就恢复，落落大方地回了礼。

“你好，我叫乔珣。”

“什么……”大招心里嘀咕着怎么还有人叫桥沟的，还不如直接叫水沟，但他还是忍住没说出来，只是随口问了一句，“在干吗？”

“在练歌。”

“干吗特意在这里练？”

“也许明天需要唱歌来助威。”

“完全听不出来是能助威的歌。”

“倒也的确，但我很喜欢这首歌。是去年去日本留学的一位学长教的。”

“哦……可是好像一直就这么两句。”

“学长没做完，又怕去了日本一去不复返。”他的样子就像是戏里的思春书生，“所以就先教了半首。”

“好好好。”大招不耐烦他这个样子，“再唱一次吧。”

“长亭外，古道边，芳草碧连天……”

他又悠悠地唱了起来，这次的声音比刚才大了许多，感觉嘈杂的水龙车停放处也都一下远去，空旷得有些令人心慌了。

“我们学校有音乐课，你要是喜欢可以来。”

“好像……”大招有些迟疑。

“也有机械专业，什么都有。欢迎来呀。”乔均的眼神充满了比大招还要浓烈的期待。

回到自己的蒸汽水龙车里，大招迟迟不能入睡。当然，也或许是因为太热了，上海的夏天，即使夜晚也是闷热潮湿，更何况在蒸汽机的前面。

每一根操作杆还是那么熟悉，摸上去温暾暾的潮热，还有谭四送给自己的那个工具箱……

谁敢说上海的夏天不热？！

该死的谭四！

第二天水龙车正式巡游接近尾声，坐在驾驶室顶上等待前行的大招连同谭四在内一起咒骂着。

前面的水龙车队又开始移动，大招迅速钻回到驾驶室里。看了一下水位计、压力表，一切正常。双手握住蒸汽阀杆，用力向后推紧，听到阀杆底端的大齿轮和蒸汽机里每一个部件咬合的声音铿锵悦耳，在车的中央外露的巨大飞轮带动皮带缓缓地转动，活塞被带动的声音也随之响起。

车轮缓缓与地面摩擦，车后所牵引的水罐车也咬上了劲。

大招对自己的蒸汽水龙车还是挺自豪的，前一天晚上看到那么多花枝招展、富丽堂皇的水龙车，此时在街上巡游，多是人力牵引，呼哧呼哧地各个汗流浃背地又推又拉，蠢笨得很。

缓缓前行，大招的蒸汽水龙车也终于驶入了南洋公学。在校园里，周围全是穿着和乔均一样制服的学生，挤在西洋式的教学楼底下，看着校园路上的水龙车队伍向操场而去。这一天，南洋公学也是对外开放的，所以比学生们更多的，依然是闻名涌入的市民们。

大招的蒸汽机驾驶室的窗很小，很难看得清外面的细节，但似乎还是能看到在市民和学生之间，有着不少的洋人。一上午在闷热中的等待，也像是终于有了回报。没想到自己参加的这次水龙会能如此盛大。只可惜刚才进来时并非走的南洋公学的正门，没能看到传说中公学门口的大石狮子。但没关系，等水龙会结束以后，总还有的是机会去看。

能赢吧……大招默默地想着。

水龙车陆续开到了南洋公学的运动场，根据场务人员安排，列队排好。由盛司琮亲自宣布——光绪三十三年（1907 年）上海水龙大会开始。

随后，由一位看起来相当能说会道的人，站在高高的台子上讲话，并宣布了比赛流程。

第一场，速度赛。

什么……大招心里立即慌了神，自己的蒸汽机车最大的短板就是启动速度。在刚才巡游的时候，已经深有体会。走走停停之下，其他的水龙车因为多是人力牵引，在启动方面相当灵活。而自己的水龙车，每次关闭蒸汽阀后等待蒸汽逐渐升压充满气缸，都会被周围围观市民起哄催促，心烦得很。况且他们还会对着怡和洋行的大马车惊呼叫好，却对自己的蒸汽水龙车如同见到怪物一样冷漠。真是……

预热再次开始，活塞和大飞轮都充满了蓄势待发的气势。

能赢吗？大招只是默默地问着自己。

第九话・新地

能赢吗？当然不可能。

所有比赛的初赛皆是抽签分组。速度赛一共分出五组，每一组五辆水龙车，环绕南洋公学的运动场一周，最早回到出发点者获胜。除获胜者以外，其余参赛水龙车在本轮淘汰，五位获胜者进入速度赛决赛，速度赛决赛获胜者可为本车赢得一个获胜金环。赢得金环最多者为最终获胜者，领取丰厚奖金。

大招抽中了第一组，不巧的是和夺冠大热门怡和洋行同组。

怡和洋行的马力水龙车排在了最外道，也就是最前端。两匹褐色鬃毛、四蹄雪白的高头大马看起来相当神气。

其他的水龙车都是人力推动的了。看起来多是糊弄事的车子而已，三五个人站在车的前后，准备连推带拉地和两匹肌肉粗壮的洋马赛跑。而结果不出所料，怡和洋行的马力水龙车获胜。在大招拉紧蒸汽阀杆，水龙车缓缓前行的时候，怡和洋行的马力水龙车已然跑到了最远端的转弯处。速度赛，大招败得无可奈何。

接下来第二组、第三组连续获胜的也都是洋人公司的水龙车，第四组虽然是华人获胜，但因为那一组里的参赛队伍，原本就全都是华人公司。

终于在第五组，南洋公学的水龙车出场了。是主场的原因，先是引起了一阵欢呼，随后听到的就是惊呼和嗡嗡嗡交头接耳、窃窃私语的声音了。看来现场还是有不少人并没有在前夜去南市参观这些水龙车。

车头驾驶室里的学生，一手握轮盘，一手握操作杆，看向前方的目光如炬。车轮中的学生双手紧握扶把蓄势待发，坐在尾部的正是前一天和大招说话的乔均。远远地可以看到乔均一本正经的样子，大招一下子无比期望他们能赢得比赛。

起跑的铜铃一响，两轮中的学生齐刷刷地一同蹬起脚踏板，南洋公学的水龙车立即蹿出。动力也好，启动速度也好，操控性也好，在第五组与其他几辆人力水龙车相比，都有着超出一大截的优势。

只是这个家伙该如何转弯呢。抵达第一道转弯处时，原本大招是为他们捏了一把汗的，但没想到在驾驶室里把控着轮盘的学生，却能让车划出一道完美的弧线，转过了整条转弯跑道。

一开始大招并没有看懂这个没有转向轴的水龙车到底是怎么转的，再次转弯时，他才发现，原来是靠驾驶室里的学生通过轮盘和操作杆的配合，在运动中改变了左右两个大轮和踏板连接中的齿轮组，从而改变了两个轮子各自的旋转速度。一个快一个慢，车子自然就转过来了。太精巧的机关设计！是不是只有南洋公学的学生们才可能做得到？大招惊叹不已。

最终，南洋公学水龙车毫无悬念地在第五组中获胜，进入了决赛。只可惜在决赛中，南洋公学由于在第一个弯道时太紧张而出现了一个小小的失误，惜败给了怡和洋行。

比赛继续，而比赛内容也是千奇百怪，有文有武。

所谓“武”，是如同速度赛这样比拼水龙车各方面性能的比赛。赛过了速度、越野、急停急转，全程赛下来基本上已经有三分之一的水龙车东倒西歪，摔了个报废，甚至有的水箱都摔破了，弄得赛场更加泥泞湿滑。最受关注的怡和洋行和南洋公学两家的水龙车都完好，大招的蒸汽水龙车虽然仅拿了越野一项的金环，倒也没有受损。而“文”，则是要比拼消防知识。离开水龙车一起站在运动场中间临时搭建起来的擂台上，比抢答，比计算。不过，在计算之类的项目上，大招完全不行。虽然谭四也教给过他不少科学知识，但他根本就没走过脑子，一心只想学拳脚功夫。

时近黄昏，所有人也都认为盛大的水龙大会将进入尾声。

最后的压轴大赛，该是水龙车最基本也是最不可缺少的功能比拼：水柱喷射赛。

因为前面比赛的耗损，最后能保留完整功能的水龙车仅有十辆，从而喷水赛干脆放弃抽签分组，执行一战定胜负。十辆水龙车在运动场中央一字排开，等待裁判发号施令便开始喷水。

喷水赛考量的参数包括水柱的高度、射程和连续喷水时长三项，每辆水龙车都终于将自己的喷水口展露在了最明显的位置，并精心地调整着角度。其中自然也包括大招的蒸汽水龙车，调整喷水口可以在驾驶室里完成，这也算是蒸汽水龙车的得意之处之一了，因为蒸汽机的动力足够完成这些机械操作。旋转着轮盘，听着齿轮的咬合声，蒸汽推动各种组件的声音也十分饱满。

铜铃响起。

大招立即拉动喷水阀杆，蒸汽闭气全力挤压推动水箱中的隔板，让水从喷水口连绵不绝地高压喷出。

其余九辆水龙车也都基本上同时有高有低地喷出水柱。

透过驾驶室的小窗，大招仍是看到了在渐近夕阳的金红色阳光下，十条水柱映射出一条断断续续的彩虹来，或许在运动场的看台那边看来，更加壮观多彩。

很快，水柱陆陆续续地断喷。

除去大招的水龙车以外，包括怡和洋行和南洋公学的在内，全都是人力手压式喷水结构，在给压方面，人力终究无法和蒸汽机抗衡，从而在最为人多势众的怡和洋行水龙车的水柱也断喷之后，仍旧平稳喷水的蒸汽水龙车终于在观众们的欢呼中赢得了第二枚金环。

虽说仅仅两枚金环，不可能夺冠，但大招还是让水龙车将所有水统统喷出后，才终于让“水柱喷射赛”在自己毫无悬念获胜的情况下结束。

以流畅的水柱完美谢幕，大招想了想，觉得就算自己没拿到多少金环，回去也足够跟谭四显摆显摆了。

可是当主持兼颁奖人将这一轮的金环颁发给大招之后，却没有像所有人想象的那样站回到运动场中央又挪回来的高台上字正腔圆地宣布这一届水龙大会的冠军以及大会圆满结束的致谢词。

主持人不慌不忙地宣布了所有参赛队伍所获得的金环数量，谁获胜已然心里有数，猜出个八九不离十，甚至有的赌场已经停止投注，准备开奖。然而，主持人却在此时宣布了让包括参赛者和观众在内的所有人都惊讶不已的内容：胜负未定，接下来将是翻盘局。

“翻盘局？”大招就像所有听到这个词后的参与者一样，完全想象不出主办方又要出什么新花样。

“所谓翻盘局就是真正意义上拥有翻盘机会的最终比赛，本轮比赛获胜可获得五枚金环。”主持人继续说着。

五枚金环？现居榜首的怡和洋行才只有四枚，就算之前一枚没有获得过的队伍，只要水龙车还完好，赢了这场也依然可以夺冠。果然是名副其实的翻盘局了。大招不禁咂了咂嘴。

“不过，比赛场地不在此处，大家按顺序跟随引路车前往。”

引路车驶入运动场，竟是盛家的一辆敞篷汽油车，引来在场所有人一片惊呼，有一种立即盖过全场所有千奇百怪水龙车的气势。

这是要去哪里？引路车风风火火地开起，排气管里发出的隆隆轰鸣也甚是气派。车在前方引路，带着所有水龙车驶出了运动场，也出了南洋公学，在小巷中穿行。

南洋公学外是大片的相对低劣的弄堂建筑区，两边全是私搭滥建如同棚户一般的房屋，毫无空间规划，更没有人会在乎什么采光问题，只是一味地追求着自己可以占领更多的空间，包括横向和纵向两个维度。小巷既阴暗潮湿，又狭窄杂乱，和引路车还有怡和洋行的水龙车的华丽气派完全合不上拍，南洋公学的水龙车因为左右两个人力大轮，在没什么正经规格、没有石库门的弄堂间行驶看上去也异常古怪。唯有大招的蒸汽水龙车，因为原本就乌漆墨黑，四处颤抖着喷着蒸汽和黑烟，倒是像回了家一样协调。

又走了大约半个小时的时间。其间怡和洋行的马车水龙车由于太过宽大，被卡在一家门口的鸡笼上，折腾了有一阵子才终于可以继续前行。引路车率先从东拐西绕、错综复杂得已然让人分不清东南西北的弄堂中驶出。前面一片开阔空场，宛如从压抑的山洞中终于钻了出来一样豁然开朗。

不过在空场前不远，有个巨大建筑压抑着整个金红色黄昏的天空。

是一道两层楼高的灰白色围墙。每一辆从小巷中钻出来的水龙车，无论是人力还是其他什么方式牵引，所有的人都不禁会对这座高大突兀的围墙感到震惊。

到底是什么地方？

机敏的已经猜到，正是盛家前段日子购买的大面积弄堂地皮所在，至于为什么要被围起来，就不得而知了。在围墙遥远的两头，还依稀可以看到各有一座方方正正的灰色砖结构建筑，高度不比围墙矮，还有高耸的烟囱，正冒着浓浓黑烟，就像是两座时近黄昏仍紧锣密鼓地生产着什么秘密机械的重金工厂。但大招实际上认得那两个建筑，一眼看去就知道，是两座蒸汽机发电站。

坐在引路车里的盛司琮明显对他们的这种反应十分满意。

见所有的水龙车，除去路上车轮陷入泥垢不得不退出的一家以外，全部到齐，主持人则从车上下来，宣布翻盘赛的规则。

前方被高墙所围的地方便是翻盘赛的比赛场地。比赛规则非常简单，各队在主持人这里领一面旗子，旗子的颜色各不相同，进到比赛场地内，找到和旗子同一颜色的起火点，最先把火扑灭者获胜。

所剩九辆水龙车被安排到不同的五个门进入围墙内部，刚好大招被安排成了唯一落单的一组。

大门在无人推动的情况下缓缓向内打开。

大招根本没有时间再去思考大门打开的动力到底是什么，门刚打开到水龙车可以进去的宽度，他便立即推动蒸汽阀杆驱车驶入。

一片破败无人的弄堂景象。

大门自动关上，瞬间将大上海和这个比赛场地彻底隔绝开来，一切陷入死寂。

显然围墙内是旧弄堂的一部分，盛司琮家里买下了这片地皮，想要开发成什么不得而知，只是现在来看，那些私搭滥建的木瓦棚子还都没有拆除，保持着原貌，唯有住户统统清了出去。天色渐暗，原本这片破旧的弄堂区就不会有电气路灯，能通自来火路灯的也只有主要街道而已，照明几乎只能靠家家户户室内或者门口点起的豆油灯。现在没有人住，自然更没有灯光。刚一驶入场地，大招就发现这是直接进入了细如蛛网的小巷中。这里的小巷，没了人烟，竟毫无刚才穿行在南洋公学校外弄堂时的市井拥挤嘈杂繁乱，只是透着丝丝的恐怖。

但此时需要大招思考的远超过恐惧的信息量了。摆在他面前的有两个极为现实的问题，其一，到底起火点在哪里？该怎么过去？怎么找到？以及自己应该扑灭的起火点又该如何找到？其二，水龙车的水箱里，根本就没有水了……

刚才的喷水赛，因为自己一时得意，已然把所有的水都喷个干净。万万没想到的是，那竟然还不是最后一场，并且根本没给提供补水的机会。不过，再回想了一下其他几辆，也似乎都把水喷了个痛快，就算没全喷完，也差不太多了。

那么……

水龙车在弄堂的小巷里不敢开得太快，不然很有可能也会陷到污水沟里。转过两道弯之后，基本确定这个围墙内的居民果然完全被清空，只留下了地上的油渍和污垢，还有棚子外面杂乱无章堆放的废弃物。

大招把水龙车停了下来，甚至将蒸汽阀也打开了，这样车顶上的大飞轮才不会一直空转，发出不必要的噪音。因为此时大招觉察到自己不能再如此漫无目的地在迷宫一样的小巷里乱转，需要的是冷静下来先观察一下具体情况，就像谭四不断地教给自己的那样。

爬到龙头上瞭望。因为弄堂的建筑多是颤颤巍巍七扭八歪的小楼，即便是在水龙车的顶上，也根本不可能越过它们看得远些，一切都似乎被压抑到了狭窄的杂乱空间里。

干脆上到小楼的楼顶上看看好了。

大招挑了一栋在眼前算是最高的小楼，钻进漆黑的楼道，上到顶层，再翻出窗口上了楼顶。站到楼顶上，视野一下子开阔了不少。

这下终于能把比赛场的全貌看个大概了。

这片杂乱的弄堂样貌尽收眼底。屋顶簇拥在一起，颜色各不相同，方向也毫无规律，高高矮矮更是杂乱无章。就在弄堂林立的屋顶之间，大招一眼就看到了左手边不算远的地方，是怡和洋行水龙车的那个高大华丽的中式屋顶。走走停停，看起来行进得相当吃力。而其他的水龙车，由于高度都不可能越过弄堂屋顶，全都看不到了。但这并不重要，大招一心想要找的东西，一目了然，全都找到了。

在如此大面积的弄堂区中央位置，有一座乌黑的水塔，远远高出所有弄堂楼顶，突兀怪异。水塔存在的用意显而易见，就是要让水龙车抵达那里蓄水再进发。而且极为容易定位，在小巷里就算是迷了路，再爬到楼顶上来看一看就好了。唯有水塔旁隐约看到有不少的电线杆，电线杆上有电线，又回想起围墙两头的那两个发电站，总觉得有些不安。但已然顾不了那么多，得先赶到水塔下面给水龙车重新装满水再说了。

而另一个想要知晓的起火点，也同样一目了然。在水塔的背后更远处，正在燃起一排滚滚浓烟，看来大家要扑灭的火是集中在一处的。

方向都是向弄堂区的腹地进发。有了方向，大招立即下楼，回到驾驶室里，驱车前行。

前进速度仍不敢太快，小心翼翼，躲避着各种市井陷阱。在三次重新登房找方向后，耗时大概三刻钟，终于抵达水塔前，水塔前有不小的一圈空场。

水塔犹如一个发光体，所有的街巷全以它为核心向四面辐射。

原来这个弄堂区并非只有细如蛛丝的小巷，以水塔为中心向外有六条看起来比较宽阔的大街，大街的延长线将水塔前的空场均匀分出了六块。大招盘算了一下方向，大概进入到弄堂区的五道大门都没有直接连通到这些街道上。

大招见水塔前没有其他水龙车，却不好判断他们到底是来过已经走了，还是并没抵达。没时间多想，先开到水塔前想办法给水龙车灌水。水塔前是刚才看到就有些令人不安的电线和电线杆，驱车驶近发现电线下方还有嵌在路面里面的纤细铁轨。

幸运的是，和大招猜测的一致，在水塔下面确实有供水的水管，而且和水龙车水箱的接口也都准备好了，看来在水塔补水正是这场翻盘赛的一个重要环节。

一辆水龙车从小巷里冒出了头。

刚刚将水箱灌满水、正在拆卸水管的大招回头看了一眼，是一辆由五人推行的人力水龙车，具体是哪个公司的已然想不起来，大概是黄浦滩那里的什么百货公司。他们的水龙车中规中矩，四轮平板上有水箱、有压水器，也有龙形象的装饰。

时间紧迫，大招没打算停留，卸下水管，登上水龙车，启动开走了。

就在大招挑选了一条方向应该是起火点的宽街正向前进发时，忽然余光看到身后也就是水塔前空场的方向，在逐渐昏黑的环境下出现一道明亮光线。条件反射地回头，正看到一辆叮当作响的有轨电车从六条宽街中的一条飞驰而出。大招被吓了一跳，正在装水的那辆水龙车的人更是被吓到，因为有轨电车正朝他们开来，并且电车车内没人，司机也没有。

大招回想了一下，想要装水，无论水龙车是大是小，都一定会停在电车轨道上面才行，所以……只听“当”的一声响，随后就是金属在轨道上摩擦的刺耳声音。那辆水龙车一下子被有轨电车撞散架，人们也早已弃车四散逃窜。而有轨电车虽然也有所受损，却依旧没有丝毫减速的意思，推着一个破开的水箱继续向前，向着自己的方向……

一声惊呼，大招立即给蒸汽水龙车提速。车已经进到这条街里，虽然街道是比小巷宽了不少，但也完全不可能躲得开，而此时再想掉头离开也来不及，只有一路向前狂奔。

别看在速度比赛上，蒸汽水龙车输得很惨，但那是因为蒸汽机在起步时比较缓慢，而现在蒸汽水龙车已经处在行驶状态，算是太幸运的意外了。已经起步之后，再缓步提速，这辆蒸汽机车的速度并不会比有轨电车慢。只是慌不择路下，难保不会出现差错，万一撞车……幸好这里已经清空，不会撞到人啦、狗啦之类。

看那辆有轨电车，挡风玻璃全部破碎，半个车头包括一半的车灯扭曲得不成样子，咬在铁轨上的车轮也似乎出了什么毛病，一直发出刺耳的声音，这样的破损恐怕并非只是撞到刚才那一辆。一共进来了九辆水龙车，不知道有多少已经被这家伙撞报废了。

跑起来的蒸汽机车不会输给电车吧!

他无法如实判断，目不转睛地紧盯前路，紧握方向轮盘的双手已经被震得发麻，但一点不敢松懈。街道正中央就是有轨电车的铁轨，在上面行驶使得驾驶更加艰难，水龙车又是拖车，稍不小心车头和水箱部分就有可能扭转翻车。

一路狂奔，感觉一定剐蹭撞飞了不少鸡笼菜罐，剐蹭之类的已经完全无所谓了，只要不翻车。好在有轨电车一边残存的鬼魅似的黄色车灯灯光，倒是帮大招略微可以看清些路况。

蒸汽水龙车车顶上的大飞轮飞速旋转，号叫一般的声音不比有轨电车压着轨道的铁轱辘的声音低多少。车在竞速，轮子们似乎也在竞争着什么。就连大招也只想用尖叫再给蒸汽机提一挡速度了。

令大招感到幸运的是，这条街道竟一直没有出现戛然而止的情况，也没有转弯，笔直的街道，似乎天生就是为了这场追逐赛而建。

终于在奔过一个路口后，有轨电车在后面呼啸着转了弯。

车灯的光线没了，前面一下子漆黑一片，大招还是没有缓过神来，直到感觉路面的确平坦了许多，没有铁轨在车轮下搅来搅去，才恍惚意识到疯狂的追逐终于告一段落。

那么接下来的问题就是……这里是哪里呢？

只是一路狂奔，根本没有方向的考虑，真不知道其他的水龙车是不是也遇到了和自己同样的窘境，或许这个被围墙包围的弄堂区里不止那一辆无人驾驶的有轨电车，抑或他们也和刚才那辆一样，在补水的时候就已经被撞坏。一切都暂时不得而知了。

大招正打算停下水龙车找一栋较高的棚房再看看方向，街道就到了尽头，尽头一片红光。大招擦着汗心想，看来终于还是到了。

驱车驶出笔直的街道，面前竟然是一条和黄浦江差不多宽的河。这是到哪儿了？能有这么宽的河，大概是吴淞江吧。大招判断不出来到底是哪儿，但他一眼就看到了两样东西：其一是也抵达江边的水龙车，包括自己在内仅有三辆，另外两辆正是怡和洋行和南洋公学；其二是起火点，竟是在江心的一排没有支起帆的沙船上。一共有九艘沙船，看起来是根据最后参赛的水龙车数量临时增减的。每一艘沙船里都堆满了密密实实的干草和木柴，火正熊熊地燃烧着，黑烟冲天。而在沙船前不远，还分别有插着不同颜色旗帜的浮标，表示着哪一队该扑灭哪一堆的火。

这个距离……大招也将水龙车驶到江边停下，不用试，即使是获得了喷水赛金环的蒸汽水龙车，燃火沙船也远远在射程范围之外。

并不清楚另外两辆水龙车是什么时候到的，看情形似乎并没有遭到有轨电车追逐。大招见南洋公学的几个学生都下了水龙车，站在江边望着燃火沙船不知所措，便也从驾驶室里跳了出来。

“呀！你是拉着水龙车过来的吗？怎么累得跟水洗似的，脸都憋红了。”乔均看到大招走过来，主动开着玩笑打招呼。

因为刚才狂奔过于紧张，自己都没有发现，驾驶室里早已热气腾腾，全身出汗就像笼屉里的小笼包了。大招用湿透了的褂子又抹了抹脑袋上的汗，在意不了太多，走过去就问怎么办。学生们看大招还是个小孩，说话都不客气，你一言我一语地说着“能怎么办？要知道能怎么办早就把火灭了，还用得着等你来了问怎么办”之类的丧气话。

乔均倒是想打个圆场，结果燃火沙船噼噼啪啪的一阵新的爆裂声，让所有人都更加心急，没了斗嘴的心气。

本来被说得一肚子气的大招，却突然灵光一闪有了办法。

“拆！”大招没头没脑地高声说了这么一个字。

其他人听到这个字后更是一头雾水，完全搞不懂这个小孩在想什么。

大招完全不善于沟通，急起来就更说不出话，但他就只有这一个办法，不能不说。脸憋得更红之后，终于语无伦次地把自己的想法给说了出来。

方法极为大胆。就以现在的情况来看，没有谁的水龙车有水陆两用的功能，如果一直照现在这样站在岸边干瞪眼，只能是到沙船上的草料和木柴全部燃尽，自动弃权比赛。因此办法只有一个，就是再造出一个可以下水的水龙车出来。从水路靠近起火点才是唯一解决射程问题的办法。怎么造？如果说机械知识，相对于这些学生来说大招一点不行，但他有一项专长：拆。只要是拆出来的零部件，他就有办法重新组装，再造一个新的水龙……水龙船。所以，大招的办法就是，把他们两家的水龙车全都拆掉，重新组装。

一开始听说要把自己的水龙车拆掉，南洋公学的学生们自然一百个不同意，但看看怡和洋行的人似乎已经决定放弃，谁也扑灭不了的话，冠军自然就归他们。在反复斟酌了大招所说办法的可行性后，也都只好点头说可以试试。

然而，问题接踵而来。两队合一，可是需要扑灭的起火点却不能合一，资源有限，先扑谁的，也就代表着另一方是弃权不参加翻盘赛的金环争夺了。

没有时间争执，一来火势已经开始变弱，没有太多时间，二来假若怡和洋行也有了什么动作，竞争就更加严峻。从而大家三句两句就决定下来，用谁家的零件多，就先扑谁家的火。大招没有多想，立即同意了，跑回到蒸汽水龙车里，先是将所有阀门都扳到停止状态，放掉所有的蒸汽，关闭了锅炉的供热，而后拿出了谭四送给自己的那个工具箱，这里面是全套的他用起来最为顺手的拆船工具。

所有该拆的零部件全都迅速拆卸下来之后，大招才发现由于自己的蒸汽水龙车以沉重的必须保证密封和耐压的铁壁结构为主，没有一个零部件适用于水上。只因为是蒸汽机动力所以可以托运相当大的水箱，所以水箱拆卸两半之后，刚好可以做船体。飞轮也好，改造旋桨也好，全都从南洋公学的水龙车上直接找到。

事已至此，根本没有时间再争执什么，一艘以南洋公学的水龙车为主体改造而成的双舱水龙船在半个小时的时间里便完工下水。怡和洋行的人看得目瞪口呆也毫无办法，只能眼睁睁看着南洋公学就此反超，完成了名副其实的翻盘赛。

火全部熄灭后，便看到这条江的远方，在黑暗中影影绰绰有点灯光，随后一声高亢的汽笛声，一艘乌黑巨轮缓缓从黑暗中显影出现。

是主办方开船来接他们了。登上船后，看到不仅他们最终抵达江边的三家，其余所有参赛队伍的人员都已在船上。甲板上灯火通明，摆着长桌，完全一副早已开启庆功宴，只有他们几个赴约迟到的感觉。甲板的主席台上站着一位穿着笔挺西装、举手投足都显得十分洋气的人，举起酒杯，准备讲话。

这个人自然正是换了正装的盛司琮。

盛司琮自然要先颁发最终优胜者金杯，并对南洋公学大加赞赏一番。怡和洋行也来了几个穿西装的洋人，一点都没有失败后的垂头丧气样子。在盛司琮宣布晚宴正式开始之后，就一直和盛司琮聊着什么。

大招一点吃的心情都没有，只拿了两个金环几乎垫底，并且还拆掉了曾经费尽精力才造出来的蒸汽水龙车。以至于盛司琮从自己身边走过，都根本没有注意到。当然，盛司琮也根本没有搭理自己，到了另外一撮人那里，一边爽朗地笑着，一边口若悬河地说着。甚至开始吹嘘起来，什么那个新地城厉害吧？是不是吓了一跳？专门找了个能人监督设计改造的。打开话匣子的盛司琮一下子没了刚才还有的一丁点高高在上的贵公子架势，完全成了个迫不及待想要把自己的玩具炫耀给别人看的小孩。

晚宴折腾到了半夜，巨轮才靠岸，所有人都东倒西歪地醉得不成样子。唯有大招依然默默地发呆，刚才是直接上的船，连蒸汽水龙车的残骸也没能来得及拿……

独自穿过夜深人静的大马路来到黄浦滩的私渡码头，大招才发现所有的渡船都早已收摊回家，这一晚恐怕无法渡过黄浦江了。

竟然连家都回不去，大招垂头丧气地坐在黄浦滩岸边，只有滚滚江水拍打着岸堤，对自己似乎也是不理不睬。

“表现还不错呀，竟然想到拆卸重组，真有你一手。回头让梁启带你去张园玩过山车，他更熟那里。”

谭四忽然出现在大招身后，拍了拍满是馊臭汗味的大招，坐到了他的身旁。

他都看到了？在哪里看到的……听到张园的过山车都没有再兴奋起来的大招，只是在想着谭四这家伙到底是长了三头六臂还是怎样，什么也瞒不过他。

等等……大招忽然想起方才盛司琮得意扬扬地说那个新地城是找了能人来设计改造的，他转过头来看着谭四，而谭四只是意味不明地笑了笑，望着江对岸。

第十话・洋皂

一个英国佬，头戴圆帽，身穿西服，手持文明杖，像模像样地走在望平街上。望平街在英美租界区，有一个英国人本身并不稀奇，但这条不算宽阔的街道是闻名已久的报馆街，《申报》《新闻报》《时报》统统将报馆建在此处，算得上是租界区里中国报人们划出的自留地，特别是在“南昌教案”所引起的中西报业大论战才刚刚结束的这个夏末秋初之际，走到望平街来的洋人就更少了些。

光绪三十二年的夏天，上海异常炎热，即便入了秋，也丝毫没有一丁点凉意。路面蒸腾得比人们的神经还要扭曲。

这位英国人路过了坐落在街角最为显眼的申报馆，一转进了小巷。小巷里还有报馆，但无论建筑的高度、规模还是样式，都远不及申报馆那么气派，小报馆也挂着招牌，名为：新新日报馆。

英国人站到新新日报馆门口，从兜中掏出手帕在额头上拭去汗珠，确认没有走错，迈步进到里面。

报馆是双层小楼，一层在楼梯边用一张茶桌和三把藤椅布置出一块寒酸的接待处，门房引领英国人坐了过去后就上楼通报去了。

乌烟瘴气，从二层弥漫下来的全是纸烟卷的烟气，再看看茶桌上摆着一只根本没清理过、满是纸烟烟蒂的陶罐，英国人厌烦地皱起眉头。

——要不是走投无路、万不得已，才不会来这家小破报馆。

英国人正在心里抱怨着，有人从二层下来。

下来的人相貌堂堂，穿着一身得体的西装。然而，脑后长长的辫子多少让人觉得有些不伦不类，幸好他还戴了顶少见的鸭舌帽，让这种尴尬变得协调了不少。

“密斯特梁！”

英国人还没等这个人从楼梯上走下来，就已经迫不及待地站了起来，热情地迈上一步要与他握手示好。毫无英国人该有的风度。

当然，密斯特梁正是梁启。

梁启摘帽示礼，并握了握他的手，让这位看上去已经发福的英国绅士坐回到藤椅上。自己则叫门房沏好了茶，来给客人倒上。

一张名片递了上来，梁启接过细看，微微一笑。此人是汤氏洋皂厂的厂主汤拿德，英文应该写作 Donald，或许是出于商人特有的奉承习性，特意给自己起了看起来像中国人的名字，并且喜欢别人管他叫汤老板。

“我厂愿在贵报做一个月的广告。”汤拿德没等梁启把自己的名片收起来，就又迫不及待地用发音蹩脚的汉语说道。

报纸的营生，靠实体报纸的销售是一方面，更重要的自然是广告收入。像《申报》每期二十页纸，有十页是广告，并且价格不菲，百字起码，每日每字就要收洋银一分。《新新日报》的销量自然远远不及《申报》，广告费也会便宜一些，但对于广告的渴求就更甚。

然而，当广告客户自己主动找上门来时，梁启却只是看了他的名片便婉言谢绝了。

汤拿德显然没有预料到就连这么一家小小的名不见经传的报馆都会拒绝自己。先是瞪大了深蓝色的眼睛，狠狠地盯着一直面带微笑的梁启片刻，随后深呼一口气，说："那我买一个星期的深度报道，多少钱都可以。"

"您的厂子最近风评可是不好，我们不敢惹这个臊。"

虽然梁启依旧面带笑容，但话也说得很绝，一点余地没留，看来这个广告是万万不接的了。

"那报道有人总在我的厂子里捣乱搞破坏，总可以了吧！"这是汤拿德最后的挣扎。

"我们不是巡捕，还是等您那里抓到这些捣乱的家伙，人赃俱获了，我们再来说报道的事吧。"

说完，梁启起身又道了两句客气话，就把汤拿德晾在了那里，自己上了楼。

刚一到楼上，正碰见一位并不大想在此时遇到的年轻人。梁启从他身边路过，瞥了一眼他的眼神，大体就确认这家伙恐怕刚才是偷听到自己和汤拿德的对话了。也许是个麻烦事，但随他去吧。梁启管不了太多，回到自己的办公桌前，编写起第二天所需要的新闻。

一丝凉风没有，整个上海就这样闷闷地入了夜。

望平街虽然没有大马路、黄浦滩那么繁华，但也是公共租界中的主要街道之一，因此也是接了电气路灯，到了晚上还是明亮得很。

下了班的梁启，仍是一身西装打扮，走在电灯下，穿梭在人力车、担夫、小贩、行人之间，向着四马路而去。看样子心情恢复了，或者说，到了下班时间，心情就会好起来。当然，另外令其开心的事也是有的，谭四说好要请他在四马路著名的一品香吃上一顿番菜。

一品香是华人开的番菜馆，也就是西餐厅，用餐时对着装之类并没有太过苛刻的要求，只要穿着得体不袒胸露乳即可。西装打扮的梁启自然没有问题，然而在一品香的二层洋楼门口等着梁启来的谭四……虽然也没有穿得不堪入目，但那么一身短打扮再加上乱蓬蓬没个形的辫子，害得梁启也一同被穿着像模像样的领位服务员嫌弃地斜眼对待。

谭、梁二人上到二楼，找了一张有屏风隔断又靠窗边的位子坐下。

“那孩子怎么样？”谭四开门见山地问道。

“相当机敏。”梁启虽然是在夸赞，但同时也想起白天他还在二楼偷听了自己拒绝洋皂厂投广告的事，不禁撇了撇嘴。

服务员殷勤地走上前来询问要不要点菜，谭四点了法式猪排，梁启本来想点牛排，但似乎没什么心情，只点了虾仁汤和火腿蛋。谭四又追加了香蕉饼，算是开胃甜点。

本来想抱怨几句的梁启，被服务员这么一打断，也没了心气。倒是谭四接上了他刚才的话题，说：“机敏是必然的呀，好歹也是南洋公学的高才生。”

在前一个星期，谭四忽然带着这么一个穿着当时才刚刚流行起来的学生制服的青年到了新新日报馆。梁启在报馆一层寒酸的时趣小馆接待了他们。谭四用同样的形容介绍了这个青年，青年名叫黄樟，是南洋公学的高才生，希望能跟着梁启做一阵子见习生。收个见习生倒是无所谓，可是显然这位黄樟同学对《新新日报》十分看不上眼。不知道谭四又在打什么主意，梁启深知问是问不出来的，只好走一步是一步，见机行事了。幸好随机应变是梁启的拿手好戏。

既然说到黄樟，梁启也不失时机地把今天白天黄樟又在偷听自己办事的事情讲了出来。

本以为谭四会打趣地说上两句“这都是师承”之类的话，没想到他却注意到另外的事情上去了。在谭四熟练地用刀叉将猪排切下一块送入嘴中，咀嚼吞咽之后，说："那个洋皂厂我有十足把握和拐卖儿童没关系。"

"废话，这明眼人都能看得出来。"

"老百姓可分辨不出。"

"你的意思是让我解个局？"

谭四与梁启相视一笑，不再提洋皂厂的事，聊起洋泾浜的水越来越臭早晚得填之类的话题。

黄樟确实算得上是个高才生，脑子快得很，无论是外语还是数学，都是一流水平，还能写得一手好文章，可以说是近年来公学里教出来的学生中的佼佼者。不过，他并非一开始就是南洋公学的学生。最早他就读的是震旦学院，后来震旦学院因为闹了罢课运动解散了，学生们多数就直接转到新建的复旦公学。一晃又一年过去，到了差不多该毕业的时候，正赶上这年夏天由盛氏家族出资举办的水龙大会。一开始只是凑热闹好奇，黄樟和其他同学一起跑到南洋公学去观看比赛。结果本是主修商科的黄樟，彻底被南洋公学参赛的水龙车的机械结构之美所折服。待大赛结束之后的第二天，他就提交了转学申请，最终如愿以偿地转到了南洋公学的机械专业重新深造。

在复旦公学时，黄樟因为成绩优异，是少有的留宿生，住在复旦公学的学生宿舍。但转到南洋公学，又转了专业，这个优待自然没了，被迫之下，只好在学校附近找租住的房子。房子倒是不难找，弄堂里有的是空余的住房，就等着附近的南洋公学和圣约翰大学的学生们来租住。但租房的开销自然成了黄樟在上海读书的主要生活压力。

水龙大会是仲夏之时的事，待到黄樟入学南洋公学，已是夏末时节。公学校园里的梧桐树依旧枝繁叶茂，黄樟有些焦急于生计地走在婆娑树影下，偶然间就看到了这则招工广告。

一般来说，在学校里张贴的招工广告，多是报馆招新闻撰写或者书馆征收书稿，大概因为黄樟的文笔不错，写来过于轻松，反倒对这些看不上眼。就算再缺钱花，也从未动心搭理过，见到后只是冷笑一声仰着头走过。

而这则招工广告却完全不同。

远远地就看到那张纸上印着一个意味不明的大写英文字母“W”，走近看则知这个招工的厂商名为“W 实业”。这个名字更让人摸不到头脑。自从上海开埠以后，工厂早已不是稀奇事物，洋人们满处建厂，华人实业家们也纷纷建厂，大的有江南制造之类，小的也有各种手工作坊、印刷厂、纺织厂比比皆是。名字叫“实业”的自然也有，可是这个“W 实业”的起名方式却从未见过，中不中洋不洋，生产什么东西完全看不出来。不过，总比那些报馆之流要有看头一些。

黄樟便仔细看了看广告内容。

W 实业招的是电报信息管理和文件编写工作人员，这个就更合黄樟的意了。广告还特意注明该 W 实业是由盛宣怀的公子盛司琮出资创办，绩效发钱，绝不拖欠。正是因为盛司琮举办的水龙大会，黄樟才转到南洋公学来，从而对 W 实业就更多了一层好感。不再多虑，把地址记下，直接前往。

地址在浦东陆家嘴。

虽然并不在新兴工厂聚集的闸北或者宝山，而在已经开始水涨船高被洋人们炒得地皮价格猛涨的陆家嘴，但想来是盛家的产业，倒也合理了些。只是过江，终究是麻烦事，况且从南洋公学到黄浦滩，也是有一定距离，整日跑去一定会耽误学业。不过，黄樟既然已经下定决心要去，必是不允许自己半路反悔。

来到黄浦滩正值傍晚，一整日的炎热丝毫没有退去。黄浦滩大小码头嘈杂繁乱，大型的货轮冒着黑烟，小型的私渡则在波浪上颠簸。浦东和浦西的景象截然不同，浦西是银行、百货公司、电报局、英国总会，气派的高楼大厦，浦东则是刚刚建起或尚在建设的工厂群，高低错落，一团团富有活力、欣欣向荣的黑烟，可惜所谓的欣欣向荣都不是自己人的。

黄樟找了一条叫价最便宜的私渡，在船老板不情不愿的情绪下，划船过了黄浦江。

那个招工广告所写的地址，在浦东的工厂围墙所划分出来的小巷下，非常不好找。幸亏有“外国坟山”这个标志性地点。完整地绕过外国坟山的围墙，终于看到一片小树林和树林深处有烟囱竖立的三层高的建筑物。

黄樟走近一看，地址确实没错，但这栋建筑物看起来只是一座老旧的蒸汽发电厂。况且看规模，估算功率也并不高。陈旧的样子和周遭寂冷的环境，不禁让黄樟失望。

正当黄樟考虑要不要干脆打道回府就当是白来一趟的时候，电厂沉重的大门被推开了一道缝。一个显然是营养不良而导致头发发黄的干瘦小孩，乌漆墨黑一脸炭灰的脑袋探出来，看到黄樟，立即又缩了回去。一手撑着大门不让它自己合上，一边向电厂内喊：“还真有人来了！”

借着门缝，黄樟听到电厂内有巨大飞轮旋转的蜂鸣声，以及扑面而来的湿热蒸汽。

不容黄樟犹豫，一个看起来还算精明却是一身不入流的武夫打扮的人已经推开大门站到他的面前。

一个毛孩子和一个武夫……

谭四自然是看出眼前这位学生打扮的年轻人的失望之情，却只是不置可否地笑了笑，说：“W 实业的厂址不在这里，不过暂时也不能带你过去，你先来办些其他的事情，我立个字据给你，会如数给你结钱。”

“你怎么知道我是……”

“这还用问？”

黄樟立即明白了，这个电厂恐怕除了看到那条招工广告的人会找来，不会有其他人造访。

随后，谭四只是询问了一下黄樟的具体情况，又给他做了一些简单的测试——几道在黄樟看来极为初级的数学题和形同诡辩一样的逻辑题——就说了声“录用”，让他第二天放了学到带钩桥等，然后安排工作。

大概是因为这个电厂内部有不少后期改造过的痕迹，听飞轮的转动声音也觉得并不是一座小功率蒸汽发电机那么简单，黄樟不经意间对这个原本让他失望的 W 实业又有了些好奇，所以决定第二天按时赴约看看情况。

在黄樟就要离开的时候，谭四忽然又叫住了他。重新打量了他片刻，问他会不会点功夫。

谭四这一问，倒是问到了黄樟的心坎里。虽然他百般看不起头脑简单的武夫，但自己还是学过那么三两下子。那时黄樟还没正式入学震旦学院，自然也没有学生宿舍可以住，租房在弄堂里。恰巧隔壁有个天津口音的大个子，好为人师地一定要教他三招两式，还声称自己打的是什么迷踪拳，厉害得很，打俄国大力士都不在话下。黄樟本来不屑一顾，但架不住这个大个子三天两头地跑来要教他，最终勉为其难地学了三招。皆是最实用的擒拿手关节技，也是最容易学的三招。后来住进学校，自然就再没见过那个天津口音的大个子，不过，或许是得益于这三招，在几次罢课运动中，黄樟从没吃过什么亏。

黄樟并没有把什么隔壁大个子啦、迷踪拳啦的这些细节告诉谭四，只是孤傲地点了点头。

“那就更好了，明天见。”

谭四也没多问，像是已经送完了客一样，回身走向发电机，去检查锅炉内的燃烧情况了。

带钩桥是洋泾浜九桥正中间的那座。位置在中央，却没变得有多重要，据说早些年因为这座桥上野狗太多，叫了“打狗桥”。当然，现在早就没有什么野狗，有的只是洋泾浜英语。

黄樟是从法租界一边向带钩桥走去，夕阳照在英租界一边的洋楼上，却因为洋泾浜的嘈杂，一点也没显出美好的样子。

远远地，正看到那个名叫谭四的人等在桥头。

万万没想到的是，这个谭四竟然带自己东拐西绕的还是来了望平街。

怎么还是脱离不开报馆了？黄樟一下子皱起眉来。但还没等他提出异议，谭四已经将他带进了新新日报馆，转交给了梁启。

到底是叫自己办什么事？说成了给梁启做见习生……这和一开始说的完全不同了。特别是在《新新日报》这个又小又看不到前景的报馆见习，越想越冒火。正当黄樟决心要和梁启摊牌辞去新闻撰写的见习工作时，刚好撞上了梁启拒绝给洋皂厂厂主做广告那一幕。

听了他们谈话的全过程，黄樟把反复演练了多次的辞呈咽回到肚子里，回了编辑室。

在报馆有一点好处，想要看往日新闻轻而易举。为了能一直跟上每一天的新闻热点，报馆里不仅有自家的报纸，其他大报也都逐份订阅。因为是见习生，在编辑室里反倒没有人会关注到他，几个撰写的全都埋头写着什么，就算黄樟走到资料室里，也没谁抬起头看上一眼。

所谓的资料室，实际上也并没有留存太多的报纸。好在那家汤氏洋皂厂发生的事情也不算久，没翻两个星期的量，就在报纸上看到了这个名字。

关于汤氏洋皂厂的报道并不算多，寥寥几篇都是小块的本埠新闻。但事件表述相当集中，都是说汤氏洋皂厂在暗地里拐卖儿童。大一点的报纸，会把事情说得简练客观一点，只是报道出了坊间有这样的传闻，落笔在呼吁市民看好自己的孩子。而一些小报，或许是好不容易抓到个新闻，为了吸引眼球，把事情讲得既猎奇又详尽，什么专派样貌和蔼可亲的人用玩具骗取小孩信任，带到深山里捆在一起圈养备用；什么青面獠牙的洋人可以手撕小孩，用嘴吸取小孩的童子油汁，再吐到炼皂池里炼皂。

看了几篇报道之后，黄樟心里有数了。对这些漏洞百出的报道轻蔑地一笑。

这种东西都能有人相信？

干脆一不做二不休，直接去汤氏洋皂厂看个究竟再说了。

月黑风高，黄樟不能说不害怕。

汤氏洋皂厂建厂在徐家汇。方才还是人头攒动、嘈杂无序的棚户区，向西南走不了多远就开始变得荒芜。

或许正是因为距离华人市民居住地非常近，才会引起不少人的恐慌。

一片阴森森的小树林，黑得令人窒息。

白天看到的那些被自己嗤之以鼻的报道反倒如同拉洋片一样一幕幕再真实不过地在黄樟脑中、眼前循环。听着树林里不知是什么鸟兽时不时的怪叫，黄樟更是一阵又一阵地打起冷战。但既然已经都到这里了，终究要过去探个究竟。又不是什么妖魔鬼怪的老巢，再怎么说也是西洋科学下的工厂，更何况自己还会那么三两下子，情急之下还是有办法脱身。

虽然黄樟是这么想的，但就在他走出这片小树林，看到了那座洋皂厂，还是联想到了满池小孩尸体的场面。

在深夜荒芜的空场里，借着透过阴云微弱的月光，只能看清工厂的轮廓。高耸的砖塔烟囱立在一座三层坡顶的厂房一侧，就像是画报上经常看到的那些会跳出吸血鬼的欧洲古堡一般，确实平添了几分恐怖气氛。

工厂没有围墙，朝向树林小径的一面，可见的窗全是黑漆漆没有亮灯。

没有人倒是好事。黄樟一步步向工厂厂门走去。

悄无声息，但厂门也上了锁。不过，黄樟早已预料到，便继续在厂房外沿墙探察。终于，在背面看到一扇窗只是虚掩没有锁上。用手轻轻向里一推，那扇窗发出尖厉的咬合声，在死寂的黑夜里格外刺耳。

蹲在墙根，一直等到秋虫又开始悄悄叫了起来，没看到有什么异常，黄樟才终于站起身来，向厂房里瞭望。

这是黄樟第一次见到洋皂厂内部的样子，虽然看不清具体样貌，但从轮廓上还是能看出些门道。厂房内部布置比较有序，一边是列队并排的长长的操作台，而另一边是几个池子。完全没有想象中的铁笼和一个个虚弱将死的赤裸小孩。

或许牢房在地下。

侧身一跃，黄樟轻盈地跳进了厂房。

只听“轰”的一声闷响，当黄樟的双脚刚一沾地的时候，他就立即知道不妙。然而，就算他脑子转得再快，身体也不可能有什么办法，“啊”的惊叫了一声，就已经动弹不得，一张网牢牢实实把他罩住吊了起来。

下一秒钟，厂房里灯火通明，就连早晨去过新新日报馆的那个厂主汤拿德也出现在了黄樟的面前。

第十一话·尸变

与谭四在一品香吃了番菜分开，才刚刚从四马路的街道拐进小巷的梁启，就被一个人迎面拦住。

“不好意思，梁先生，您跟我走一趟。”

这个人穿着西装，看样子像是哪个洋人公司的买办，却面无表情，说话低沉，一点买办应有的和气都没有。四马路上的电气路灯投射出来的阴影，刚好在这个人身上划出一条明暗分界线。

梁启咽了口唾沫，盯着这个人，根本没给自己留下一丁点的破绽，或者说，就算梁启能发现什么可以借机逃跑的破绽，那也一定只是诱敌深入的陷阱。梁启在危机的判断上绝不差，此时的选择只有不做反抗跟着他走。

一切都是事先准备好的。那个人在后面盯着梁启一起出了巷口，就有一辆人力车过来接上了他们。

人力车沿着洋泾浜一路往西，跑出公共租界区很远又向南去。坐在车里的梁启猜测着路线，这是向徐家汇方向去了。

从僻静的树林小径穿过，前面正是一座规模不算大的工厂。

看到这个光景，梁启基本上也猜到是怎么回事，不过并不知道为什么要在半夜把自己叫来，但多少坐着也还是安稳了些。

汤氏洋皂厂，厂房里异常地明亮。

梁启跟着进到厂房里，发现不仅仅只是明亮这么简单，在厂房内的炼皂池和操作台之间严阵以待地站了足有十人，各个人高马大、一脸横肉。从十个人身后，汤拿德走了出来。还是穿着早晨的那身西装，一丝不苟，却在明亮灯光下看得出他的额头满满的全是汗。

“梁先生。”汤拿德微笑着走上前来，“真是不好意思，深夜把您请来。”

梁启还以微笑，但没有说话，他打算以静制动、见机行事。

“我说过我们是被栽赃陷害的，多天前我们就发现有人在半夜里会到我们皂厂，偷走我的名片、我们工人的工服。然后假扮成我们皂厂的人，在市面上招摇过市，专找落单又在众目睽睽之下的小孩说话。”

“够阴险的。”梁启迎合着，但他完全想不明白这样做的人是为了什么。

“谁说不是呢。”汤拿德的汉语还算不错，用词也越来越地道，只是表情仍旧是不折不扣的洋人样子，“更可恶的是，你看我们那么多人，愣是抓不到他，上次撞上把我的人打得四五个重伤。”

梁启瞥了一眼现在站在那里的十个人，虽然他不懂武功，但就从身形也能看出至少都不是好惹的。

"不过，今晚，我们终于布下天罗地网，抓到了那家伙！半夜叫您来，就是为了当面让您看看，好为我们洋皂厂写篇报道挽回声誉。"

——不置可否，已经在人家的地盘上，先看看情况再说，不外乎是写上一篇报道，就算……

两个壮汉将逮到的那个人直接用网子兜着扔到梁启面前时，梁启愣住了，扶着额头沉吟片刻，才又开口说："不好意思，汤先生……"

网子里的人原本也是振振有词，抬头看到梁启后同样一下子定格住了。

"怎么样，梁先生，没想到那么个狠角竟是个学生吧。"

"这里面吧，一定有什么误会……这……这是我的人……"

汤拿德只是似笑非笑地用英国人的绅士语气说了一声"哦"。

梁启垂头丧气地带着黄樟离开了汤氏洋皂厂，心想这是又摊上麻烦事了呀，真倒霉。更倒霉的是，从树林走出来之后是棚户区，根本叫不到人力车，只能步行走很远碰运气看能不能有车了。

一路上，两个人一直沉默不语。看着原本一直趾高气扬的黄樟只是低着头走路，梁启本来想说"暗访不是这么做的"，但一转念什么也没多说。决定不回家，直接带着这小子去谭四那里问个清楚。

谭四的那座小型蒸汽机发电厂，同样亮着灯，灯光下的气氛简直和刚才的汤氏洋皂厂如出一辙，似乎也早就预料到了一样等着。

果然可恶……

梁启硬着头皮闯入谭四的厂房，一股湿热的硫黄味扑面而来。

大招和谭四全在锅炉前忙活着，就像根本不是在等梁启到来一样。

"到底搞什么鬼呢？"

"啊？"谭四从楼梯上轻盈地跳了下来，"怎么晚上的番菜吃拉肚子了？"

梁启根本不理睬谭四的打趣，叫着黄樟走到他面前。

“加入 W 实业呀，加入了我就告诉你。”谭四依旧笑着面对几乎是要来对质的梁启。

实际上，从萌新女校事件之后，当谭四提出 W 实业的计划时，梁启听了便十分认可，并且相当积极地协助谭四将其实现。如何能引来盛司琮的投资，去哪里购买设备，如何招揽人才，这些计划都没有少了梁启的参与。但当 W 实业真的由盛司琮投资迅速建成之后，谭四本以为梁启自然而然地就是重要成员时，梁启却说他是不会加入的。谭四惊讶之余，还是想知道原因，梁启却只是用“自己一心只想做新闻”为由潦草地回绝。

被架到了骑虎之境的梁启，终于还是回来找谭四。

“晚上吃饭时，你说过关于这起拐卖儿童事件，有充足的数据证据。”

“加入 W 实业，数据就都公开给你。”

“呵，我可不是当初那个刚来上海的小职员了。”

谭四只是饶有兴趣地看着梁启。

“这样吧，我依然不会加入，但我可以跟 W 实业合作，我们互助互利。”

“一言为定。”

谭、梁两人似乎达成了某项共识，但站在一旁的黄樟却还是一头雾水。这个 W 实业到底是干什么的？难道不是一个实业工厂？为什么会拥有什么充足的数据证据？他脑袋里接连不断地冒出一串串问题，却又无从问起。本打算从那个叫大招的小孩口中套出些什么，可是当他刚要靠近大招时，大招就已经警觉地回瞪了他一眼。

没有办法，黄樟现在也别无选择，只能跟着这两个人把整个事件解决了。在梁启到来之前，他为了证明自己的清白，已经把自己是南洋公学的学生连带是新新日报馆的见习生统统全抖了出来。那个英国老狐狸，立即抓住了他的小辫子，威胁说必须为他们洋皂厂洗冤，不然就去南洋公学告状，毁掉他的大好前程。

谭四必然还是有所保留，只是给了梁启一条线索，让他去闵行镇旁边的南平村看看。

梁启记下地址，在脑子里规划了一下路线，便扶了扶帽子，跟谭四等人告辞。

“稍等，带着他一起吧。”谭四指了指一直站在他们身边的黄樟。

“还要他给我添乱？”

“南平村很乱的，三教九流各种势力聚集，他好歹会两下子功夫。”

话音未落谭四猛地向黄樟挥出一拳，黄樟条件反射般地一侧身，双手下沉，右手钳住了谭四的手腕关节，左手顶到肘关节，借势一个滑步向腋下扛起。不过谭四早就预判到黄樟的动作，根本没给他扛起自己的机会，脚下抵住他准备滑开的步子，右手一用力就把黄樟又压了回来。

“看，这一下子还是挺有模有样的吧。应付地痞流氓之流不成问题。”

“我就是一个保镖了吗？！”

被压回去的黄樟无奈地松了手，一阵哭笑不得。

虽然谭四给的线索是那个南平村，但梁启依旧是有自己的一套调查方式的，在触及核心之前，必须先要亲自去事件发生的现场勘察。只是现在还多带着一个黄樟，自然就不能用暗访萌新女校的那套了。

这次儿童拐卖事件，主要集中发生在徐家汇西南一带。梁启摘掉伪装用的眼镜，也不再戴什么鸭舌帽，而是换了瓜皮帽，穿上极为朴素的淡蓝色长衫，就像个做小本买卖但还算讲究体面的小贩。黄樟也根据梁启的要求换了装，俨然一个跑腿的打扮。

他们来到目标地区是第二天傍晚。

徐家汇虽然属于华界，但也早已建起教堂，林林总总有着不少西洋建筑，不过如果离开南洋公学那边，一路往西南方向去，近乎市郊的地方，也就进入到棚户密集的地区了。在这里，又是另一番景象。傍晚时分，正是这个地方热闹的开始。

这一片不大的居民居住区，主要是依附在更为郊外的几家不大的工厂而起，建筑上来说略比茅草棚的棚屋好了不少，可以说是正规的弄堂建筑群和茅草棚的棚户区之间的规格。然而建筑极为密集，或者说是毫无章法，随意搭建，随意改建，使得道路狭窄崎岖，仍旧是不可避免的。又是到了晚饭时间，家家户户架起炒菜锅，锅碗瓢盆叮当作响，叫卖吆喝问候打招呼家长里短随意闲扯，声音嘈杂，却更显得是一种市民的日常生活，可是现在挤在其间，无论是梁启还是经验尚浅的黄樟，都看出有些异样。

“确实不太对劲。”

梁启悄悄地跟黄樟耳语几句，黄樟也绷起神经，认真点了点头。

不对劲是多方面的，最显而易见的是这里虽然不能说是寂静，但街头巷尾的噪音异常地单调。仔细听，只有炒菜的声音，还有匆忙回家的脚步声。从房屋之间的夹道走过，这种异样就更加明显，原本上海人特有的叽叽喳喳、无休无止的聊天声音，几乎全无。人们看到梁启和黄樟这样的陌生人，也显得有些警惕。

另外这一年夏天开始，赶上了饥荒，在棚房之间本来多了不少破衣烂衫的乞丐，但最常见的乞丐小孩却一个也没见到。乞丐，绝大多数都是有帮会的，丐帮会规划每一个帮会成员行乞的街道范围，以便不重叠地最大化行乞的成果，而效率最高的行乞方式本应该是派大量小孩出马。丐帮明显是察觉到这里对小孩的危险，所以把最难缠的小乞丐都撤离了。

别说是没有固定居所的乞丐了，就算是住户家里的小孩，街上也一个都没有。这一点倒是不足为奇，发生了多起儿童拐卖事件的地区，禁止小孩外出算是正常反应，但从他们的眼神中看出的，大概不仅仅是恐慌。

这种气氛，梁启依稀觉得似曾相识，但并非是自己亲历过而是在什么地方看到过。梁启带着黄樟又走了几条小径，几乎都是一样。天也渐黑，便结束了探察。

黄樟住在南洋公学附近，距离他们探访的地点也不算远，所以梁启直接让他回家了。梁启自己却没有回家，而是去了新新日报馆。

回到望平街，繁华的灯光和嘈杂的街道，才让梁启松了口气。新新日报馆里已经熄了灯，没有人会在这个时候加班。借着望平街的电气路灯的光亮，打开报馆大门进去的梁启，熟悉地上到二楼，转弯进到资料室内。

新新日报馆确实是一个小报馆，无论是建筑规模、撰稿室的面积还是资料室的馆藏，都可怜得很。但刚好在这个小资料室里，有梁启想找的东西。

任何一家报馆，为了能把握新闻的动向，都会订购足够的报纸供撰稿们阅读学习。新新日报馆的经理又是一个报刊集古爱好者，总是说要读懂十年前的大清国才能展望到十年后的未来，因此，新新日报馆的资料室里更是不乏一些有年头的资料。

梁启点起一盏豆油灯，钻进了资料室。

目标其实很明确，梁启提着豆油灯走到标写年代几乎是最久远的那个书架前，看到书架上标的是光绪十五年（1889 年）至光绪二十年（1894 年）。那个时候，报刊还是比较少的，洋人的倒是有《北华捷报》《万国公报》《格致汇编》等，华人的大概只有《申报》，还有点看头。

梁启从这些陈旧的报纸中，专拣出了光绪十七年（1891 年）五月到十月份的报纸来看。很容易找到，这段时期几乎每隔几天就会有关于“芜湖教案”的报道。从各个角度分析的，也有直接描写现况的。“芜湖教案”到最后几乎演变成了武装暴动，波及长江流域诸多城市，法国人只能要挟清廷出兵镇压。最终，华人死伤惨重，清廷还赔了大量白银给法国教会，受到最严重伤害的仍然是老百姓和懦弱无能的清廷。

而在教案真正发生之前……

也就是西历 1891 年 4 月的时候，报纸还没有纷纷把目光投向芜湖。

想要找到什么就相对艰难了些。不过，在微弱的豆油灯光下，梁启终于还是找到了想要的报道。“芜湖育婴堂拐骗幼童”“有法人教妇迷拐小孩”“修女挖小孩眼制药”等，诸如此类，在华人的小报上出现，后又被转载。虽然不仅洋人的报纸开始辟谣，就算是华人的报纸，有职业操守的也都纷纷站出来说那些传言并不可信。但一切都无济于事，悲剧依然在各种谣言中迅速发酵，不到一个月的时间，芜湖的人们已经人心惶惶，视洋人为至仇。有些报纸开始报道芜湖的现状，从只言片语的描写中看到，当时的气氛……就如傍晚时所见的那些人。

梁启把报纸收回去，熄了豆油灯，离开了新新日报馆。

——能把谣言做大，引发如此骚动，必然也是要把谣言坐实。洋皂厂并没有拐卖儿童，那么坐实的方向就只有让儿童真的失踪。从傍晚所探察的情形来看，确实有多个儿童失踪事件发生才引起人心惶惶的气氛，也可以说，这次的事件多半是有什么人在背后操纵。不然谭四不会给出那个南平村的线索。同时，整个事件的发展都与那次芜湖教案如出一辙，恐怕是模仿犯罪了。抑或……当时造谣的主犯，引起骚动的团伙，最终根本没有被抓。被清廷砍头的人也不过是后来参与其中的哥老会的几个头目。所以……

不可能，事件都过去十多年了。处心积虑十多年，把矛头从教会指向新的焦点——外资工厂……但无论怎样，事件不能再继续发展下去了。

去往南平村，最便捷的方式是乘船。

第二天，梁启和黄樟约好在肇嘉浜上游的小码头碰面。

沿西南方向汇入肇嘉浜的支流，逆流而行，逐渐穿过汤氏洋皂厂所在的那片树林和郊外的田野，就差不多看到一座村落了。

虽然有此便利，但在肇嘉浜的小码头上，诸多私船却几乎找不到一个船家愿意划船去南平村。找了十来家之后，终于有个看起来胆大、想多赚点钱的年轻船夫接了这个活儿，撑着船逆流而上。

这条支流不像肇嘉浜那样有很多商船、乌篷船、小货轮来往。基本上出了徐家汇，河道上就只剩下梁启他们这一条小船了。借着清静，梁启自然不失时机地要问问为什么大家都不敢去南平村。

“因为这条河上发生过尸变。”

年轻力壮的船夫一边摇着橹，一边把事情讲了讲。

大概是半个月前的事，有一艘乌篷船一大早从这条河经过。差不多是树林那一带，看到河上漂着一个人。船员们赶紧开船过去，把人打捞上来。可惜一看此人已经断气，并且似乎不是被淹死，而是被钝器打死的，胳膊、腿都有明显的骨折。原本船员们还在讨论是报到官府，还是干脆把尸体扔了免得麻烦，结果谁想到那尸体经过这么一折腾，愣是突然活了过来，并且骨折的地方似乎也都完全不受影响，“尸体”立即站了起来。船员们自然被吓得屁滚尿流，结果这具“尸体”不仅没有答谢船员们的打捞之恩，还出手极为残暴，不分青红皂白，一下就掐死了一个船员。最终，这具“尸体”竟杀了几乎所有的船员，才逃之夭夭，唯有一个因为在乱斗中掉到河里才幸免于难。

讲着，船也就靠岸了，眼前就是南平村。

梁启多给了船夫一点钱，让他回去时一路小心。大概因为回程是顺流，船走得也非常之快。

在船上，听着船夫讲尸变的事，黄樟显然是害怕了。他当然不相信什么尸变，但这太过离奇，怎么也想不出合理的解释，况且，他会的那三招全是关节技，万一遇到这种根本不怕骨折的怪物，他恐怕完全无计可施。

梁启一定是看出黄樟的焦虑，笑了笑跟他说，那个什么尸变，就算是真的，也肯定跟这个村子没关系，先把这个村子调查了，回去让谭四去对付什么杀人尸体就是了。

南平村，远远看着并不出奇，但走近一看，与其说是村落，还不如说是建在市郊的一处穷迫的棚户区。

"好了，过去看看吧，恐怕会有不少收获。"

黄樟点了点头，全无昔日的傲气，只是想着赶紧离开为妙。

第十二话·烽烟

南平村，比想象中的还要混乱。

所谓棚户，不外乎就是用竹子和茅草搭建起来的简陋棚屋，而在南平村，这种棚屋显得更加破旧。一般来说，上海的棚户区多出现在南市或者闸北，主要都是外来人口聚集，一方面是在上海老县城周边，寻找在上海立足的机会，另一方面则是在闸北的工厂周边，以求可以进到工厂工作谋生。然而在闵行这边的南平村，周围并没有工厂，别说是洋人的工厂，就算是华人自己开的小作坊也根本没有，一片平原，只有农田。

村子没有特别的入口，杂乱无章的棚屋，还有好几处冒着不浓不淡的烟。

根据梁启的要求，这一次来南平村，穿着要比前一天还要破旧一些，或者说特意往土里打扮。然而，在走进南平村之前，梁启还是略有些不放心，跟黄樟低声交代了一声"最好你还是不出声说话的好"，便佝偻着背，像个长期在私塾苦读有些直不起腰来的农家子弟样子。

一个穷酸书呆子带着一个土里土气的书童，进到这么一个外来务工人群聚集地，就算不上太过突兀了。只要说自己是时运不佳，没了科举做官无门，只好来上海讨个生活，差不多就能蒙混过关。

棚屋有多种形式。茅草房的条件最差，不仅看起来茅草顶根本不能防雨，墙壁也不过是用泥巴胡乱糊一下了事，根本也不挡风。从这样的茅草房前走过，甚至于都能闻到屋子里发霉的味道。略好一些的是用木板搭建，但也没有砖瓦，因此并没有比茅草好上多少，只是味道上或许略微轻薄一点。茅草屋和木板屋基本上构成了南平村的所有，并且簇拥在一起，使得街道异常狭窄拥挤杂乱，又由于生活污水的随意倾倒，路面也变得总是泥泞恶臭。

茅草屋和木板屋又都极为狭小，看上去屋里也只是够住下一个人的面积。

不过，在这些棚屋之外，很显然有一座建筑与众不同，且完全优于其他。只是，称之为“建筑”，恐怕也有些名过其实。那是一艘被拖上岸来的废旧的小型蒸汽货船。船两侧的明轮已经破损得不成样子，龙骨深深地嵌进了地里，使得船立在陆地上依旧平稳。看不到船的蒸汽室是否还完整，烟囱已经被拆卸掉。甲板的高度已经超出一般茅草屋的屋顶，在甲板上有两层的驾驶室，从地面向上望就能基本判断出在驾驶室中一定能一览整个南平村全貌。

是什么人住在这艘船上？虽然是废弃的货船，但从居住条件来看必然要比其他棚屋好上很多，又是整个南平村的制高点，恐怕居住其中的是这个村子地位最高的人了。

需要探察的事情还有很多，眼看天色开始昏黄，梁启不慌不忙地带着黄樟走进了一家只有四支竹竿绑成的柱子和破烂的茅草屋顶的酒肆棚子。随后竟用纯正的苏北话，唯唯诺诺地招呼来了店家，要了些看起来根本不能下咽的吃食和劣质白酒。

“喝点酒，以免拉肚子。”梁启悄悄跟黄樟说。

“接下来怎么办？”黄樟终于忍不住问道。

“看出些什么异常吗？”

黄樟摇摇头。

“这里有三拨人。”

黄樟略有点吃惊，但梁启的表情立即改变，一脸木讷抬起了头，用苏北话说了起来。黄樟自然听不懂，却只好假装认真听着，因为刚好店家走到附近。

梁启叽里咕噜地说了半天之后，终于又恢复回来，继续悄声和黄樟说。

南平村显然不是一般的市郊棚户区。人员构成复杂程度却也没有谭四所说三教九流都聚集此地那么严重。根据梁启的观察判断，基本可以看出是由三部分可以说几乎完全不相交集的人群构成。这其中最为本分的应该就是梁启所假扮的这类人——上海周边农村的年轻人——来到这里仅仅只是中转站，在没有摸清上海找工作的门路之前，姑且住下。另外的一拨主要群体，显然都是某个帮会的成员。他们虽然分散在村子的不同角落，却有着极为相近的行为处事习惯，并且他们之间交流也显然用着一些帮会内通行的暗号手势。从帮会成员身边走过时，梁启隐约闻到了鸦片的味道，大体上也判断出这个地方之所以一直存在的基本经济来源了。

而在这两拨人之外，还有一批隐匿者……

就算是梁启，也很难在如此短的时间内判断出到底这些人是谁，有着什么身份。只是能发现他们已经相当不易。在一般人眼里，大概只会注意到一些棚屋是大门紧闭的。但仔细去思考，大门紧闭实属不正常。一来棚屋内部的空气实在不敢恭维，在潮热的上海，不开门通风的茅草屋，简直无法想象。二来现在的天气仍旧炎热难耐，从外部观察显然里面有人居住的情况下，竟都不开门，简直怀疑是一群苦行僧在屋里修炼。那么不开门的原因只有一个，就是住在此地的时候，他们不能见人，或者说不能被别人看到。

可是这些人到底是谁，有什么目的，甚至于他们是否与汤氏洋皂厂有什么关系，这些问题都只能姑且悬起。

梁启喝了一口酒，咧着嘴算是把话全说完了。

“接下来怎么办……”

“当然是去船上看看了。”

“太危险了吧……”黄樟的声音更低了些。

“我们可是来找房住的，找村长聊聊天有什么不对？”

入夜以后的南平村，自然没有任何的现代化照明设施。通电当然绝不可能，自来火路灯也不用想。由于茅草再潮湿也是易燃物，从而只要是临近棚屋的地方，就不会有架高的照明火盆。原本就缺乏照明，更是变得四处是黑暗无光的死角。

这样的死角越多，原本对暗访者来说应该是越好的事。只是黄樟看上去已经紧张得不行。

南平村的街道十分崎岖复杂，看着船屋高高地在村子一边，却并不是那么容易就能走过去。如果找着亮走，走着走着就会绕回到刚才吃饭的酒肆。如果摸着黑走，则只会东拐西绕找到一条倾倒生活污水的阴沟。而如果是向着听起来热闹的方向去，那就会看到一小片被参差不齐的篱笆围住的空场沙地，空场里有三四个比刚才的酒肆简陋得多的茅草棚。然而，照明却格外地好。每一个茅草棚里都在四角点着火盆，火烧得极旺，人影在火苗的光影交错下，扭曲舞动。

听到嘈杂的喊叫声，就能明白，里面的几个棚子都是赌场。

越是穷的人，就越容易陷到赌博里不能自拔。远远地，就能看到那些在火光下红了眼的人。这些人，是没救了。不过，找到这个沙地上的赌场，基本上也就接近那座船屋了。船的驾驶室，就在赌场的后面，高高在上，像是无时无刻不监视着这里一样。

梁启和黄樟一前一后绕过赌场的篱笆，再摸黑拐过两条小巷，看到了船体的轮廓。

远远望去，也能看到船屋在龙骨和底舱的中央位置，开了一道门，门的两侧竟有人站岗把守，守卫显然是训练有素，并非一时兴起站在那里。看到这样的情形，梁启心里笑了笑，这里竟然还有私募的武装组织，不仅仅是一个鱼龙混杂的棚户区这么简单了。

可惜光线太暗，根本看不清船前是不是有标明组织的旗帜。

沙地赌场就在附近，里面的叫喊声越发嘈杂，像是有人已经连胜六局猜单双，正要开第七局，引得其他局面上的人都凑了过来，骰子还没扔进碗里，押注的不押注的就都此起彼伏地吼叫起来。

混乱，是潜行最好的环境，梁启正打算趁着那两个守卫也都被赌场所吸引，精神不甚集中东张西望的空当，走近去看看。突然，听到身后传来什么声响。再一回头，正看到两个在阴影里的大汉扑向了黄樟。

黑影之下，就像两座大山压了上去。

两个大汉一先一后，先冲来的伸手就去抓黄樟的肩膀。不知道黄樟有没有害怕，在赌场里仍旧喊着“单！”“双！”的声音下，黄樟又是条件反射一般地侧退步，双手抓住大汉扑来的手腕，借势用力向侧下方一拽，大汉已经扑倒在地，黄樟迅速抬左脚用力踩在摔倒大汉的右肩，向后一扭，胳膊就被折断。大汉在赌场的嘈杂声中呻吟一声昏了过去。

然而两个大汉几乎是一起上的。当黄樟一连串动作制伏一个的同时，另一个已经近在咫尺，双手抓住了踩断敌人胳膊才直起腰的黄樟。

梁启看到这一幕，只是一瞬间的事。他毫无办法，就要束手就擒的时候，又有一个黑影跳出，脚步轻盈得除了旁边观战的梁启，无人察觉。黑影一个滑步就到了擒住黄樟的大汉身后，用右脚轻巧地踢到大汉的膝盖正面，就像跳舞一样，双脚已经离地，空中一个转身，左脚回旋不偏不倚踢在了大汉侧脸，再收脚半转身落地。依旧悄无声息，大汉已经闷声晕倒。同时，赌场的这一局也开了，那个人连胜第七局，赌场里一片哀号。

黄樟从昏过去的大汉身边爬出来，根本站不起来，全身都在颤抖。也不管到底是谁救了自己，缩到了墙角。

梁启倒是镇定，没有惊慌，仔细去看那个黑影。正是谭四。而谭四之所以只是用脚，因为他怀里还抱着一只猫。谭四摸了摸猫，猫安稳地睡着。

“你怎么也来了？”梁启把声音压得更低地问道。他知道，如果谭四也来了，说明这个地方相当危险，并且情况要比想象中更为复杂。同时，也幸亏他来了。

黄樟蹲到墙角，全身发抖停不下来。谭四像安抚猫一样，坐到他身旁，单手拍了拍黄樟。抬起头用下巴指了指船屋的方向，与梁启说话。

“你刚才是要进去？”

“不然怎么办。”

“让他进去呗，他会武功。”

黄樟一下子抖得更厉害了。

“行了，别吓唬他了。”

“是是是。”

谭四一边笑着，一边从怀里掏出一张纸递给了黄樟，说：“好了，不逗你了。帮忙把这个解析一下，我没你计算得快。”

黄樟接过那张纸，又过了好一阵子才终于平静下来，借着极为微弱的由船屋那边照射过来的光线看了看纸上的内容，问：“摩尔斯电码？”

“嗯，不过那只是第一道转码，你转完以后就明白接下来干什么了。”

黄樟点点头，开始认认真真地看那张纸的内容。

“基本情况我来说一下吧。”

在等黄樟解析数据的空当，谭四低声地说了起来。

谭四探察的和梁启所猜测的基本一致。这个村子里驻扎着一批帮会，帮会名谭四也探了出来，叫烽烟帮。源头不好查了，有的说是从哥老会分出来的，也有的说就是这个地方自己集成的。到底怎样确实不是重点，谭四更在意的是他们都做了些什么。一般来说这种黑道帮会干的多是打家劫舍的勾当，但这个烽烟帮却不大一样。在这么个年代，黑道帮会也多是讲起民族义气，哥老会闹过多起教案，其他帮会也都有所作为。而这个烽烟帮，则把反抗的矛头对准了时下三弊之一的鸦片烟瘾。谭四对烽烟帮的暗查有段日子了，可以说烽烟帮的手段相当残暴，聚集在南平村的帮会成员，只要缺钱花了就会集结成队外出“打食”。他们不敢真的往上海城里去闹事，特别是租界区，有警力镇压，他们一点都不傻，根本不会冒这种险。所以，他们会跑到上海市郊的各个城乡结合部，把守商道，只要看到有洋人路过，就是一通抢杀。实际上，他们也不敢真的杀洋人，怕把事情闹大，落个义和团的下场。不过，跑到东边的港口去搞“销烟”义举，还是从不手下留情的。

“所以他们真的会把鸦片销毁？”

“真是逃不过你的直觉。他们哪里是‘销烟’，整个就是在抢货然后贩烟。只是打着深明大义的旗号而已。”

梁启不禁轻蔑地笑了两声。

“不过你看看他们现在，闹了几次之后，洋人们也不傻，都拿了洋枪来对付。这不，大概半个多月都没开张了。”

“所以，他们也干起了拐卖小孩的勾当？”

“还真不好说。”谭四指了指认真解析数据的黄樟，“等等结果才知道。”

“那是……”

“其实和萌新女校时用的差不多，但比那个更小巧些。而且呀，全靠这些家伙。”谭四又摸了摸怀里的猫，“放条小鱼干之类在电力采集器上，它们就会来回来去地蹭了。”

“还真是方便。”

“居然是图……”黄樟忽然用极低的声音哀号了一声。

“不用画出来，差不多说说是什么样的就行。回了 W 实业，有专门的机器来画。”

“可真是把我当机器用了。”黄樟抱怨着，又看了看那些数据，“一大堆的曲线，不过，差不多就是……”他用手指在泥泞的地上画了起来，“差不多就是这个样子吧。”

谭四和梁启凑过去看，地上画着两个人形的轮廓。一大一小，小的显然是个小孩，而大的……

“应该摄到了配饰之类吧，再画细致点。”

黄樟又照着数据，在那个带着小孩的人身上画了画。

谭四看着这个人身上新添的配饰沉吟片刻，嘀咕了一声：“是刘龙……”

“行了，咱们赶紧离开这里吧。”谭四把猫放到地上，站起身来。

“啊？难道不是杀进去把他们都干掉为民除害？”黄樟似乎一点都不害怕了，故意天真地瞪着眼睛。

“废话！你知道那船里有多少人吗……就我一个人，让他们轮流上都能把我剁成肉酱了。”

黄樟吐了吐舌头，也站了起来，率先按照来路快步走了出去。

“等等，那你叫我们来这里干什么呢？你不是自己都搞定了？”

“叫你们来，只是想练练那小子的胆儿。我很看好他，W 实业可是要重用那小子的。”

“……”

“别想那么多了，这儿的事以咱们现在的实力根本管不了了。走吧。”

“洋皂厂怎么办？”

被梁启这么一问，谭四好像才终于想起那个微胖的一点都不绅士的英国佬汤拿德来。

“稍等一两天的，他们这个什么烽烟帮我看也是走到尽头了。到时候把我调查的内容加上，直接将拐卖儿童的罪名扣在他们头上就是了。再具体的咱们不能碰，稍不留神，很可能又会触发芜湖教案那样的惨剧。那样……恐怕正中他们下怀了，他们扔出来的可是双保险。”

谭四说的这一点梁启相当认同，也就点头接受了。

“所以你真的不考虑直接加入我们W实业？”

“不，谢谢。”

梁启也走出了拐角的阴影，几步追上了走在前面又掉头回来的黄樟。

等了三天的时间，谭四终于出现在了新新日报馆的时趣小馆，坐在穷酸的藤椅上等梁启下来。

“完事了。”看到梁启后，谭四直接说道，“烽烟帮彻底被清门，几乎是一个活口不剩。”

“小孩呢？”

“趁乱逃出来了几个。”

梁启叹了口气，说：“好，那我去写报道了。”就又回了楼上。

与此同时，黄樟终于如愿以偿地由大招带着去了W实业的真正厂址。

原来还是到了陆家嘴的那个破旧的蒸汽发电厂。大招让黄樟在电厂里等一会儿，随后他到了蒸汽机旁边的一排操纵杆前，前前后后扳动了几下。听到有巨型齿轮互相咬合的声音，只见电厂中央偏向蒸汽机一边的地面，缓缓地随着不紧不慢的咯噔咯噔声，一块六尺见方的地面向下一沉，一道门打开。

“下面就是了。”

黄樟走近一看，楼梯悠长。

大招和黄樟一起下到地下。

在楼梯一侧，又是几个操纵杆，大招扳动一番，就又听到比刚才还要响许多的齿轮咬合声音。那道门缓缓关上。

与整个电厂还有上海的天气截然不同，地下是阵阵清凉袭来。

楼梯走到底，是一道铁门。大招把铁门推开，一片耀眼的光亮。完全是装有大量的电气灯才可能达到的亮度。

黄樟揉了揉眼睛，终于看清内部。果不其然是个厂房，其面积远远大于地上的电厂，厂房的墙壁上还有四边的地面上布满了电缆，而厂房内……整整齐齐摆满的是一排排长桌，长桌上摆放着整齐划一的电报机以及解码用的韦斯登收报机，而与每一台韦斯登收报机相连的是一台台手握毛笔蓄势待发就要开始写字的人偶机器人。

第十三话·荒江

一定是被监视了。

梁启从新新日报馆的二楼小窗往外看，又一次看到那个家伙，破衣烂衫地坐在望平街和报馆小巷之间的拐角处。梁启坐回到自己的座位上，望着天花板看了许久，也想不到能有什么对策。

要说作为一个监视者，这个人的相貌有点显眼。单说这身打扮，破也不能算特别破，总比乞丐啦、流浪汉啦要好上不少，但那也就是极限了，一身邋里邋遢根本看不到手的大袖子长衫，并没有穿内衬，也没有系扣子，便是可以看到的裤子穿得也是松松垮垮，莫名地邋遢，一点也不体面。这一点在租界区，又在望平街这里就变得十分显眼。而更为显眼的是他的头发。这家伙竟然没有削光前额，在后脑勺留着长长的辫子，像一个还俗不久的和尚，脑袋从前额到后脑被一层如同胡子茬一样的坚硬的头发所包裹。脸型消瘦，双眼深陷在眉骨之下，看上去倒不像是个有烟瘾的人，双眼相当有神，有些吓人。

不过，放一放再说无妨，万一有什么突发事件，谭四一定会赶来救自己。现在当务之急是要赶到妙卿那里了。

实际上自从萌新女校事件之后，梁启就不怎么去妙卿那里。倒不是腻了或者怎样，一来事情忙了起来分身乏术，二来也是因为萌新女校的报道做得很出色，《新新日报》的经理逐渐重用起梁启，给了他不少策划主题的新闻做，自然也没必要再每天跑到四马路的妓馆去苦哈哈地偷听写新闻了。

然而谭四的W实业基本建成之后，妙卿的房间又成了梁启几乎每天都要光顾的地方。究其原因，反倒略有点复杂。梁启原本是拒绝加入W实业的，但因为汤氏洋皂厂事件，不得不和谭四达成合作关系。W实业需要大量的即时信息，而提供即时信息的人自然落在了合作者梁启的头上。如何提供？通过盛司琮的关系，把妙卿的房间彻底改造了一番，设置了一台W实业专属电报机在那里。每天下班，梁启都要去发一通电报。

当然了，所谓的合作关系，不可能只是梁启一个人付出，他也有所索取。W实业实际上就是一个庞大的数据库，从数据库中梁启同样可以获得W实业已经铺开的其他站点所提供的一手信息。第一时间获得信息对一个新闻工作者来说，实在是太重要了。在其他报纸还在等着远在京城的探事员拍专电过来时，梁启就已经可以在W实业的数据库里看到不仅仅是京城，还有天津、武汉、广州等地方的消息信息。

可是为什么要大费周折建这么一个数据库，梁启并不明白，深知问了也是白搭，除非深入其中才可能直接获得答案。却也没有这个必要，既然大家可以互助互利，保持着平衡的局面，何乐而不为。谭四也不会去做所谓的恶事，这一点梁启是十分有信心的，总有水落石出的那一天，等着就是了。

当然，这些都不是燃眉之急，梁启火急火燎地往妙卿那里赶，更主要的是因为他们已经约好，晚上要去城隍庙看城隍老爷出巡。眼看就要迟到，那样麻烦就大了。

整理了工作桌，戴好帽子，整理整理西装，梁启就迅速跟还没下班的同事们打了声招呼冲出了报馆。

那个人……还在拐角处，斜着眼睛偷偷看了自己一下。

真是烦人。梁启只是心里念叨着，却根本顾及不了更多，一路小跑往四马路去了。天色尚早，大约是下午三点来钟的样子，四马路上还没太多的行人，只是日常的担夫、车夫，还有洋行之类出来跑业务的员工。四马路的餐馆、妓馆、书馆、茶馆也都还没有张灯结彩卖力地迎客酬宾。

虽然已经西历九月，天还是热得出奇。远远地，梁启就看到妙卿穿着一身清凉夏装，站在妓馆门口扇着扇子。急忙跑过去的梁启废话不说，先到妓馆里把账记上，领了一把洋伞，走回到仍旧站在门口的妙卿身边。

其实梁启很希望多带妙卿出来看看，虽然有 W 实业的资金，差不多是包了妙卿，使她不会受到其他客人的欺辱，但永远憋在妓馆里，仍旧是过着暗无天日的日子，这让梁启无法接受。

梁启时常会带妙卿去各种地方见世面。去过张园，去过徐家汇天文台，去过上海博物院，只要想得到的地方，梁启都愿意带她去看看。妙卿也聪明，悟性高得很，没过多久，若论眼界也不比上过女校的女学生差了。和梁启聊起世界局势，都能子丑寅卯说得头头是道，只是一般来说，她懒得聊。

这是刚好赶上中元节，梁启就主动邀她出来转转，四处看看。

说来，西历 1906 年，也就是光绪三十二年是个闰年，中元节来得相当晚，眼看都进了西历 9 月才终于得以过这一年的七月半。然而晚却没能有晚出优势，炎热的天气丝毫没有一丁点退去的意思。

妙卿想走走，因此没有叫人力车，两人沿着黄浦滩一路向下走，走到了傍晚，到了人声鼎沸的城隍庙前。原本已经走累了的妙卿，一看到城隍庙里的庙会，立即又来了精神，这边是生煎馒头、油酥烧饼，那边是火烘鱿鱼、葱油面的。这个也想吃那个也想尝尝，一下子完全忘了是来看什么的了。

梁启笑着给了妙卿些钱，让她自己去庙会上买点喜欢的小玩意儿。随后自己独自站在人群里，开始小心翼翼地四处张望。

那个人似乎并没有跟过来，但也不好说，这里这么杂乱，想要隐藏实在轻而易举。那么还是从根源出发重新找找线索吧。

第一次发觉有人监视自己是……是一个多星期前的事。

那天大概是梁启近几年来心情最好的一天。因为他收到了报馆联合会发来的邀请，希望他能代表《新新日报》参加联合会的例行会议。并且有消息已经在报界内部传开，说清廷已经做好立宪准备即将颁诏天下，上海报界决定要等颁诏之后集体庆祝，如何庆祝也将在这次会议中一同商讨。

终于有所作为，梁启拿到邀请函，自然是喜出望外，跟经理说了一声，就代表着新新日报馆，第一次参加报馆联合会的活动去了。

立宪之事没有颁诏就还是机密，联合会自然不敢大张旗鼓，因此预备庆祝会就安排在了张园安垲第二楼的一间私密包间里。

安垲第的红色砖楼门前，是一片大草坪。平时常会有各派人士在这里做公开演讲，而这一天格外地安静，阳光明媚，似乎连整个大上海都变得开心明朗了。

梁启穿过大草坪，进了安垲第里面，看到一楼大厅一端，是上二楼的楼梯，楼梯旁摆着板子，上面写着报馆联合会的会议房间。看着“敬请嘉宾亲临”之类的措辞，梁启手里拿着邀请函，自豪感油然而生。

在二楼的会议室里，已经坐满了人。

会议室房间不小，只是在正中央摆了一张长桌，人们围坐，看上去非常西化。一面欧式大玻璃窗在房间尽头，阳光洒入，明亮得很。

房间布局并没有明确分出主次，梁启找了最边上空着的位子坐下。

会倒是很快就开始了，不过内容却实在无聊。每个人只要一讲起话来就停不了，年龄越大的就越说个没完，空讲一番立宪以后将会怎样前途大好，但这些话都是老生常谈，好像只要颁布那天一到来，大清国就能立即强大，摇身一变成了强国去瓜分其他国家一样。

他们越是这么侃侃而谈，梁启就越是觉得无所事事，不由得已经走起神来。

大概是因为只有梁启一个人是新人，所以从一开始就没有人做过自我介绍，在座的人除了几个老先生还算认识，其他的几乎都认不出到底是哪个报馆的人。不过，倒也无妨，刚好给梁启一个观察在座与会人员的机会。

说来长桌的摆放，意思是去掉主客次序，但明显人们还是有意排出了座次。靠近窗的一边的人年龄偏大，而靠近门的一边则多是年轻人。这时，梁启忽然看到这堆年轻人中还坐着一个小女孩。可能是因为她的个子太矮小，躲在人堆里，刚才根本没有注意到。

小女孩看起来不过十四五岁的样子，长长的头发，烫着波浪卷，看起来就像个黑头发的洋娃娃。穿着也很有意思，这个年龄应该还没上大学，特别是女孩子就更少有去上大学的，她却穿着一身圣约翰大学的制服，看上去神气又乖巧。小女孩身边紧挨着坐的是一位年龄看上去和自己差不多的男人，偶尔会和小女孩说上两句话，恐怕是小女孩的哥哥。小女孩岁数也不算小，还要一直带在身边，更可能是慈爱的哥哥想让妹妹多开开眼界，受受社会的熏陶。这位穿着褐色西装、目光如炬、眼神犀利的男人，身边的人对他也是客客气气，看来有些地位，只是一直没有发言，不知道到底是哪家报馆的人。

忽而，坐在身边的年轻人捅了捅梁启，梁启才突然意识到自己一直在走神，大概轮到自己发言了。只不过，那位年轻人倒是悄声跟他说着别的。“你可是真够胆大的，那家伙……”年轻人用眼神指了指那个褐色西装男人的方向，“可是只要发表一句话就能毁掉一个人的一生的狠角。”

“啊？”

梁启又偷偷看了一眼，褐色西装男人虽然眼神犀利，但真是看不出竟能有如此的破坏力。不过，既然人家善意提醒了，也还是小心行事的好。梁启苦笑了一下，赶紧把目光移开。不过，不知怎么了，自从看到那个小女孩，梁启就有点心神不定，总也忍不住想多看她两眼……

——我竟然会是这样的人！

梁启自己都觉得有些可耻，但人性本身就是不受理智的控制，一旦……

在梁启没忍住又偷眼看过去时，正巧看到那个小女孩附在她哥哥耳边说了一句什么。从口型上看，像是在说“无聊”。

——确实无聊，怎么不无聊呢？那帮人根本就没讲出一丁点实际的东西，全是空话大话，浪费时间。

褐色西装男人听小女孩说完，有些无奈，只好点了点头，悄悄站起身，又向在座的人点头致意后，带着小女孩走了。

——也真是无奈之举了，其实以后来开这种会，还是不要带妹妹来的好，她不会喜欢，反倒容易产生逆反情绪。

不过，当褐色西装男人带着小女孩离开后，感觉整个会场，就连老人家那一边都松了口气。气场还真是够强大的呀。

“你怎么还盯着人家看？小心直接用笔杀了你。”

“到底那是谁呀？”既然气氛多少松弛下来，梁启忍不住还是问了。

“钓叟呀。”

“钓叟？是那个钓叟吗？”

“还能是哪个，就是荒江钓叟呀。”

听到这个名字，梁启也是大吃一惊。没想到自己竟能和赫赫有名的荒江钓叟有此交集，而且他妹妹……

梁启用力甩掉脑子里那些奇怪的杂念。

荒江钓叟可以说是当今最炙手可热的当红作家，前年开始在《绣像小说》上连载名为《月球殖民地小说》一炮走红，甚至因为这一部小说就让《绣像小说》这本杂志冲到了期刊杂志月销量首位，长期霸榜。小说不红也难，因为太过新鲜，还从没有华人在其之前用小说的形式讲各种天马行空的科学幻想。而说到小说故事本身，也是可圈可点，主人公可怜虫龙孟华一直在全世界追寻老婆的踪迹，每一回结尾都留下一个扣子，等着下一回来解答。每一期《绣像小说》发行出来，大家都会第一时间看这部小说，扣人心弦，还有着不少猜测，比如最后龙孟华怎么找到老婆，又怎么飞向月球之类，各种推测，甚至还有人专门写信向《绣像小说》求证是不是真的如此这般。

梁启在去年回国，《月球殖民地小说》仍在连载，所以他也算是这部小说的忠实读者之一了。

可惜最终这部小说没有写到结尾，就停止连载销声匿迹了。众多读者捶胸顿足、扼腕疾呼的同时，钓叟这个名字也与其小说一同被世人所牢记。后来也有耳闻，听说钓叟换了笔名，又锋芒毕露地成为了时评家，一篇篇辛辣的文章，无论是对时事的剖析，还是对其他人时评的点评，都是如同一把冰冷的长矛一般，直接将目标戳一个透心凉，冷酷无情地一击毙命，置对手于死地。如此多才，梁启更是不得不对这个人又平添了许多钦佩。

再想想自己，年龄上恐怕也差不太多，人家已经可以力压群雄，在这么重要的会议上，说走就走，无须顾忌任何人的看法。自己却仍旧只是一家小报馆的记者，终于收到联合会的邀请，就已经兴奋不已、感激涕零了。

那个小女孩以后也一定会大红大紫、不可一世吧，有这样的家庭熏陶……

“发什么呆呢？”

忽然，梁启感觉有人用力推了自己一下，才发现妙卿已经站在自己身边。

对，就是那个时候之后，发现有人开始监视自己。

似乎妙卿并没有吃太多，只是去东张西望买了一些无所谓的小玩具，其中买了两只莲花灯。

“城隍老爷出巡都回来了。”

“是吧。”

“嗯，轿子可是真气派，八人扛的大轿子，绿呢子顶金碧辉煌的。”

“是吧。”

“我跟你说，我还以为抬的就是庙里那尊城隍老爷，结果根本不是，庙里的还稳坐泰山地在宝座上呢。也不知道轿子里的又是哪个城隍老爷。”

“是吧。”

“你脑子有病了吧？”

“是吧。”

“啧！”

“……”

“得了，我们放河灯去。”

天色入夜，城隍庙里昏暗下来，人们也都纷纷去往别处。

在南市不算大的上海县城里面，河流交错，中元节的夜间，满城的小河都漂满了一盏盏点着蜡的暗红闪烁的莲花灯。要是当时有人有心搞一次航拍，恐怕会是一幅如同观看毛细血管里血液流动一样的景象。

本来打算去九曲桥湖心亭，但人实在太多，那座九曲桥上已经挤满了人，围栏又颤颤巍巍，看上去根本不可能起到保护的作用，反倒有引诱游人倚靠落水的嫌疑。况且湖面上也没有莲花灯，不会有人愿意把莲花灯放到这种漂着一层绿藻、根本看不到水面、臭烘烘的湖里。

梁启帮妙卿提着两盏莲花灯，带着她继续在县城里找可以放的河。

“最近好像你特别辛苦，忙得团团转？”

“确实了，焦头烂额。”

说着，梁启总觉得又有什么地方不对劲，一回头，果不其然又看到了那个一直监视自己的人，在人群中一闪而过。这也同样是让人头疼的事。

总觉得这个人和荒江钓叟有什么联系。虽然还没找到什么直接的证据，但梁启依然相信自己的直觉。

自从参加了那次在安垲第开的报界大会之后，似乎一下子就诸事不顺了。

大会结束第二天，不太平的上海就又闹出一件不大不小的事。新建在闸北的华人面粉厂，刚刚开工不到一个月，就发生了恶性爆炸事件。

因为有W实业的信息支持，梁启跑到谭四那里只用了一个小时的时间，就差不多查清了爆炸原因。并非是坊间传开的报复袭击。

坊间的传言非常迅速，以讹传讹得也相当离谱。什么洋人看到华商的厂子就眼红，什么面粉厂建到了自来火通道上，甚至还有说因为闹饥荒，不施善的工厂都要遭到诅咒。必须要在传言蔓延开来，造成不可收拾的后果之前，把真相发布出来平息事件。

爆炸的原因确实与洋人有关，这一点梁启也十分生气。但并非是有意破坏，而是无良商人所为。闸北的面粉厂筹建时有着相当的雄心壮志，要造出华人自己最好的实业工厂。因此，在设备购买上统统从美国进口。问题却正是出在了进口设备上，梁启查了这家所谓的美国公司，根本就是没有任何技术背景、只靠几个洋人面孔在远东招摇过市的无良公司。设备出现了严重的问题，在工作了一个月之后，机械组就因为快速旋转时不合扣迸出了火花。惨剧随即发生。

梁启立即撰写文章，在文章中他不仅把事故的始末如实写出，还附带了如何辨别洋人们的合法正规公司，并普及了粉尘爆炸的危害和预防办法。

内容十分丰富，算得上是一篇相当有时效性的大稿子，发了稿子给主笔，梁启像完成了使命一样心满意足。

因为是日报，一早梁启的文章就见报发售了。梁启想着，惨剧已经发生，善后工作和防微杜渐才更重要，这篇文章已经把该讲的都讲到了，一定可以起到十足的作用。然而，就在当天下午，梁启突然看到在大报《新闻报》上出现了一篇文章，题目《驳户生之面粉厂无良商人说之一二》。户生，正是梁启近来用的笔名，也就是说，这篇文章是专门向自己开炮了？再看文章署名，梁启更是脑袋"嗡"的一下蒙了。署名正是报界大佬们闻之胆寒的"钓叟"。

怎么……怎么刚刚才在大会上见过一面，恐怕他都根本没有注意到过梁启这个小角色才对，就开始针对自己……

梁启脑中立即想起了前天坐在身边的那个年轻人跟自己说的话：小心他用笔杀了你。

天啊……

梁启忽然想起了钓叟的那个可爱的妹妹。也许是她注意到自己了？更不可能……她更是连自己这边都从没看过。

管不了那么多了，梁启拿起《新闻报》开始阅读这篇从标题就充满了攻击性、完全针对自己的文章。

钓叟果然名不虚传，文章不长，但字字如剑，招招见血，全都戳在了梁启那篇文章的软肋和问题上。这些毛病梁启自己也隐约有所意识，但从未如此明确。在钓叟的文章里，针对的就是梁启的文章的那种摆事实不评价的态度。“不置一词去批判祸端主谋，这就是漠视，就是缺乏报纸应有的责任心。”

梁启看这篇短文，真是一阵一阵的冷汗。而且从文章的谋篇布局上看，也是经验极为丰富，整个一套连招打下来，令人读起来都觉得毫无喘息之机，真可谓雄辩之才。

但实际上，钓叟的文章也并非无懈可击。一方面有些话确实不吐不快，另一方面当梁启想到钓叟很有可能看到自己的回击文章后，会在家里忍耐不住地说上几句，能写出攻击性如此之强的文章的人，必然不会是一个心静如水、沉得住气的人。那样，他妹妹自然而然会关注到自己的存在了吧……

更多的后果根本没有去想，梁启已经提笔写起文章来。他的主要观点仍旧在于：其一之前那篇是新闻立场，自然要站在中立态度上讲，如果新闻的立场有偏差，只能让事实变得模糊不清，不利于事件本身；其二是自己在文章中已经明确说明了那家美国公司的劣质设备是本次惨剧事故不可推卸的主责，这一点毋庸置疑，也请钓叟前辈仔细阅读再发评论；其三本文的重点更是在于鉴别外资公司的良莠和防微杜渐，这个比笔诛事主更有意义。

梁启从未有过如此强的表现欲，奋笔疾书迅速就成一稿，交给了主笔。第二天，文章自然见报。随后，他就期待着钓叟的回应。

到了下午，梁启第一时间去买《新闻报》，一眼就看到了钓叟的回应。文章同样短小，看完之后，梁启再次冒出一身冷汗。这时才知原来自己是有多不善于论战。

所谓论战文章，与打拳比武其实没什么差别，每一拳都要稳准狠、直击要害是必然的。钓叟的文章，可以说是快攻手风格，虽然每一拳都不会击得太重，但连招极多，一气呵成，让人毫无喘息之机，直接乱了阵脚。在第一回合时，梁启根本没有意识到自己和钓叟的差距，还以为是你来我往各打了一半的好拳。而真到第二回合，梁启才发现了问题所在。自己又是一篇长篇大论，事无巨细地说了许多。却不知，这也是论战的大忌。就好比打拳每一拳看似很重，却都打得太老，拳只要打老了，就立即会露出破绽。想要收招再发，根本没有机会。

这一回合，钓叟是捉住了梁启所说的“防微杜渐”猛击。“怎样防微杜渐？要让所有华商都成为百科全书无所不通，都必须要有一双绝不走眼的鉴定之眼？为什么要把这些时间成本强加给国人？到底罪在谁的身上，请这位户生先生说说清楚。”

梁启感到自己有些力不从心，有一种自己打过去一拳，什么也没有打到，还让对手轻巧一避，滑步侧身之后照着自己已经暴露无遗的肩关节和右肋骨就是一轮猛击。

然而，事已至此，如果不去回应，就等于认输。那样……那个洋娃娃一样的黑发小女孩一定会从哥哥那里听到自己认输的败局……这次的也不过如此呀。无聊。对，小女孩一定会用那天同样的口吻来说自己的。

梁启咬着牙又写了一篇，大概算是辩解之文。而当他把这篇文章交给主笔之后，就发现了那个破衣烂衫的监视者。

不用一而再，再而三地出现，只要第一眼看到这个人，梁启就深深地感觉到他必然是和自己有什么瓜葛。不过，就像后来一样，既然他暂时没有给自己带来什么危险，也只好先置之不理，静观其变。况且也根本没有心思去管这些。

如坐针毡一般，终于等到了第二天的下午，买来《新闻报》翻到了固定的版面。钓叟的文章再现。

大概是因为自己的文章略有缓和，钓叟的文章看上去也没有那么锋芒毕露，却仍旧抓着梁启的行文态度说了说。依旧是一副不依不饶的架势，看样子就是希望梁启发表文章公开道歉才行。不过，当梁启又仔细读了几遍钓叟已经发表的三篇文章之后，发现原来他一直没有提及在购买和建厂之间还有的安装环节。其实这也是梁启在论战的过程中又查到的更为确凿的新线索。安装设备恐怕也出了问题，这一点同样不应忽视。从而，梁启决定转移话题，把下一拳打到论战的盲区——设备安装。

本来以为这一回合终于可以打个平手，关于面粉厂爆炸一事，就算是了结翻页。可谁想到，当梁启看了新的一期《新闻报》时，才发现一切都是自己太天真。

自己确实打了一记软拳，对手看似也让了一步，但根本不是。他只是巧妙地向后撤下半步，虚晃出一个破绽，诱敌深入。只要对手一出招，立即出拳直击要害。这要比快攻手更为可怕，这一拳是既准又狠，一击毙命。或者说，这一招实际上从第一次出拳时，就已经想好，要有虚有实，每打出一拳都要有两段甚至三段的余地……

甩出了设备安装的问题，完全就是正中下怀。“既然在安装环节也出了问题，那请问这位户生先生，是不是作为一个面粉厂的厂主还必须要学会所有的机械安装才能开起实业，才能振兴国家？那么机械设备生产也必须先于面粉生产达到成熟才可？一个江南制造根本不够，是不是我们应该先建上一百家江南制造再谋发展？或者干脆把洋人和技术统统赶走？根本不是这样，我们需要的也是必须的是要让洋人知道我们有这个决心也有这个勇气，他们来了大清国，我们是欢迎的，但也要让他们知道，这片土地，根本不是他们为所欲为、四处撒野的乐园。他们的东西，我们可以也应该拿来，且拿来得应该充满尊严……”

自己这次真是上了贼船，只能任人宰割。

真不知道那个小女孩会怎样来嘲笑自己了……

站到河边，已是满河的莲花灯，沿着波浪漂漂荡荡，起起伏伏。

正是七月半的时节，月也正圆。妙卿正开心地点亮自己的莲花灯，双手捧着小心翼翼地往河上送去。

忽然真想和妙卿谈谈心了。

可是当梁启看到莲花灯映衬下妙卿那双虽然漂亮却懒懒的眼睛，又觉得根本说不出口了。

万万没想到，正是这样的妙卿却忽然主动开口，并且完全是一眼就看透了梁启，说："梁兄呀，你到底哪里不痛快了。跟姐姐说说？"

——什么混乱的称谓。

"走吧，坐船去，上了船再说。"

妙卿招了招手，一艘乌篷船摇着撸过来。

这条河是要从县城西门的水关出城，一般人在这个时节乘乌篷船都只是游玩，但实际上也可以出了城直接往洋泾浜去。

倒也好，至少这样能把那个一直监视着自己的家伙甩开一阵子。想想和妙卿从何说起吧。从那一场如同神级灾难的论战开始？

"可算来了。"忽然，那个头戴斗笠的船夫倒是开口说话了。

"想把他给弄上船可费死劲了。"妙卿懒懒地接了一句。

"呵，赶紧精神精神，还有要紧事。"

这声音……

梁启立即回头去看船夫，斗笠下的脸刚好被河上密密麻麻的莲花灯所映亮，是……谭四。

第十四话·钓叟

乌篷船，缓缓地在莲花灯之间穿行。岸边满是小商铺，油烟的味道，嘈杂的声音，却都变得比黄浦滩的繁华更真切了些。要是可以一直这样生活下去该多好。当然，那是不可能的，也是万万不能的。

听着谭四有节奏的摇橹声，船也就从县城的西门水关出了城。

上海县城不会像北京城那样，一出城就变成塞外荒芜景象。出了上海县城，是一片棚户区，没有灯，没有整洁的道路，也没有清洁的水源，没有清新的空气，但沿着河没走多久，就又不相同。洋房逐渐多了起来，街道也亮堂了，行人也走得泰然自若了，像是出了县城才能回到现实的上海一样。

船并没有往洋泾浜和黄浦滩的方向去，而是向西而行。

“好了，安静多了，我们聊聊吧。”谭四摇着橹，终于打破了船上一直以来的沉寂。

“这是要去哪儿？”

周遭虽是华界，但建筑上还是相当洋气，各种洋楼别墅都在从上海县城到徐家汇方向的这片地带之间。不过，大概是因为离县城越来越远，中元节的节日气氛随之淡化。除了在街角、路口偶尔还能看到些人，拿着火盆烧些纸钱。

“去找荒江钓叟呀。”

一听到这个名字，梁启惊弓之鸟一般跳了起来，可以说让他有了如此心理阴影的人至今确实仅此一个。但同时，这个名字还起到了另外的作用。船忽而晃了一下，并不是谭四在摇橹时用力过猛所致。

船晃了一下之后，竟从梁启和谭四之间相隔的乌篷里爬出来了一个人。

梁启先是吃惊于船上竟然还有其他人，在上船时昏头昏脑根本没注意过乌篷里面的情况，而后当那个人彻底露面时，他更是大吃一惊。

这人……穿着宽大袍子一样的长衫，敞胸露怀……

他也是第一次如此近距离地观察这位一个星期以来一直无处不监视着自己的家伙。虽然说光线确实昏暗，但这家伙一脸的阴森邪气，似乎更是从骨子里透出来。

“怎么……”梁启有点说不出话，向船首退了半步，碰到了妙卿。妙卿却似乎不为所动，自己哼着什么曲子，无所事事的样子。

“他说一定要盯着你，所以就在这儿了。”

谭四一边摇着橹，一边若无其事地说着。

——盯着我的人多了去了，也不能说是盯着我，就都上船来呀。您的船也得装得下呀……

话不多说，船沿河越行越远，基本驶入了徐家汇一带豪华的别墅区。

河岸两侧洋楼庭院错落有致，风格倒是大同小异，院落内的树木也多是修剪成几何形状的松柏。

船又在吱吱扭扭的摇橹声中前行了一段时间，从河边一片柳树林穿过，有个像模像样的小型码头。船就停靠在了这个码头上，谭四率先跳下船，梁启也晃晃悠悠地上了岸。

梁启扶着妙卿上了码头后，才发现那个阴森森的家伙已经从船上下来，站在与自己不远不近的地方。

——管不了这些，姑且就对其视而不见好了。

谭四似乎对路十分熟知，走在最前面，带着其他人在幽静的小径里走。梁启脑子里已经满是问号，却也找不到合适的时机开口。只好跟着走，到时候再说。

“到了。”

梁启抬头一看，是一所相当大的宅子。希腊式的白色石柱风格，与常见的英式、法式洋楼大不相同，倒是别具一格。门前写着“安公馆”。

——原来这个钓叟姓安，还是这么个大户人家，想想他妹妹的打扮，还能读圣约翰大学，确实也合理了。

“到底是来干什么呢？”

站在安公馆门前，梁启实在按捺不住，就算当着那个可疑的家伙，也要先把事情问清了。当然，之所以要问，更有可能是抱有某种不切实际的逃避心理。

“亲自来邀请荒江钓叟加入 W 实业呀。”

果不其然。

“干吗叫上我？”

“你不是最近跟他混得很熟吗？”

“……”

好像户生那个笔名也只有谭四知道是梁启他自己。可是既然知道，也应该完全看得出自己已经焦头烂额、疲于应战，根本和“熟”没有一丁点关系吧。

不过，也许……

不待梁启心中的乱跳平复，谭四已经叩响了安公馆的大门。

过了一会儿，大门缓缓打开，一位穿着得体的西洋式管家打扮的人，站在门内。谭四上前与管家交谈了几句，管家彬彬有礼地说了一句“这边请”，便走在前面带路。

宅院里，正面竟然是一座圆形喷泉水池，只是在晚间喷泉没有开。绕过喷泉，前面就是三层楼高的洋楼大宅，洋楼一角是一条游廊，连接一座白色圆顶石柱小亭。洋楼的大门两侧也有白色石柱装饰。

推开沉重的洋楼大门，里面是高挑三层的大厅，电气灯光照耀，甚至觉得所有器物，包括上楼的楼梯扶手都熠熠发光。

管家让谭四一行稍事等待，就独自上楼，消失在了众人的视线之中。

一般来说，富丽堂皇会让女性感到兴奋，可是在这样的环境下，妙卿仍旧是一副懒懒的样子，真不知道有什么事能让她产生兴趣，也许只有取笑打趣梁启的时候她还有些精神。

脚步声从楼上传来，梁启仰头看去，正是那个荒江钓叟。仍旧是西装、皮鞋，在高高的屋顶的灯光照耀下，那种压迫的感觉又骤增了好几倍。

真是可怕的人。

荒江钓叟下了楼，走到谭四一行人面前，毕恭毕敬地说："恭候多时了，书房请。"

措辞不对劲呀，梁启忽然觉得哪里有些异样。

书房在一楼，要在大厅一侧的走廊走到尽头，路过了四扇几乎一模一样的门后，停在第五扇门前。

"大小姐最近心情不太好……"在轻敲三下门之后，荒江钓叟低声地嘱咐了一句，就把门推开了。

等等……大小姐……大小姐？！

门，推开了。

左右两面墙的书架，正中央是大型的欧式书桌。

背对着拉着窗帘的落地窗，是……

与书桌略显不协调的，是那个黑发的洋娃娃一样的小女孩，坐在那里。穿着一身男学生才会穿、在她身上却一点不违和、十分合身得体的男装。

"小姐，他们来了。"

虽然她嘴里说着"欢迎"，但听上去完全就像是在说"烦着呢，别打搅我"的感觉。

梁启已经完全茫然了，看着这位大小姐根本没有抬头，用钢笔熟练地蘸着墨水在稿纸上疾书。她写了好一会儿，自己也觉得不自在了，才放下笔，抬起头。

“天泽，跟《新闻报》说，我今晚不想写了，明天一早写了给他们。”

那个引领大家进来的男人，也就是被小女孩称为天泽的人，说了一声“好的”。

“最近有个愣头青竟然敢跟我叫起板来，我正笔诛这厮。”小女孩用了“这厮”这种完全不符合她形象的词，并且微微皱眉的样子也似乎不像是个小女孩了，故作大人一样。但这一切都不及梁启听到她说要“笔诛”来得更为可怕，简直脸上已经红一阵白一阵，无法收场。

天泽正要离开，谭四悄悄拉住他耳语了几句。

“你们偷偷摸摸说什么呢？”

“没什么，小姐。”

肯定说了什么，不过这位大小姐似乎并不在乎，根本没有追问。

忽然，妙卿走到梁启身边，不怀好意地捅了捅他，说：“犯什么傻呢？这不就是荒江钓叟安帛安大小姐。你们不是早就见过？”

在妙卿说“早就见过”四个字时，那种语气意味深长得让梁启不禁怀疑她早就看透了自己那点心思。

——全乱套了！

那位大小姐似乎也听到妙卿说的话，淡淡地说：“别叫我名字，不爱听，叫我荒江。还有，我们以前见过？”

“呃……确实。在……安垲第……”

“嗯……”荒江似乎真的在认真回想，“安垲第呀，那次什么无聊的预备立宪的会上？”

梁启刚想说点什么……

“没印象。”

僵在那里的梁启也只有剩下无可奈何。

“你，我猜到了，上次打电话来的就是你对吧？”荒江朝向谭四问道。

谭四不慌不忙，微笑地点了一下头。

“这位姐姐是？”

“没关系，不用管我，我是专门来取笑这家伙的。”

妙卿指着梁启所说的话，反倒逗笑了荒江，也或许是梁启本身就十分可笑。不过，转瞬笑容又从荒江脸上消失，她一脸严肃地把目光转向了书房的一侧偏向角落的位置。

“那么，你又是谁？”

此时的荒江，眼中满是警惕地看向了那个从打扮到气质全与这间书房甚至整个宅院格格不入的人。

那人开口说话，被监视了一个星期的梁启，终于听到了这个人的声音，阴冷的嗓音就和他整个人一样。

而他所说的第一句话……

“您救了我命，安大小姐。”

瞬间，整个书房的空气都凝固了，包括荒江在内。

这个人自称胜七，毫无羞耻心地说到自己就是个嗜赌如命的赌徒，哪里有赌局自己就会赶往哪里。越大的赌局，他就越是兴奋。而他与荒江的交集，大概是半年多将近一年前的事。

西历 1905 年底，荒江任性地把自己连载长达一年半之久的《月球殖民地小说》给停了。一般人并不知道荒江钓叟为什么会停掉这部热度居高不下、备受好评的开山之作，但如果了解荒江钓叟本人的话，就会知道这实在是再正常不过的了。她一定会说一句“不写了，男人的故事就是麻烦，找什么老婆，一点意思都没有”，就开始寻找新的兴趣点去了。

刚好这个时候，胜七从广东一路北上来到上海，为的就是这个被誉为第一赌都的上海那些建在租界的洋赌场。

胜七凭借嗅觉就能找到，在法租界的一条不怎么起眼的街道，冬日枝叶枯槁的梧桐树下，一座看似高档饭店的两层洋楼建筑，正是一所赌场。洋楼门前，来来往往不少的人，还有专门等在门口的人力车。不过这些人之中不少是赌场安插在门口放风的人。在这个年代，赌场本已经被禁止，但由于治安上总能有各种空子，再加上每个赌场都有黑道上的人来掌控，又与巡捕房互相勾结，只要有这些门口把风的人，眼睛足够尖，完全就是天不怕地不怕了。

兜里没钱的胜七，在赌场门口遇到了被门卫拦在外面不许入场的荒江。

有点意思，胜七看着这个穿着男孩制服更显得稚嫩的小女孩，猜想是谁家的大小姐，不知天高地厚跑到这么个人渣混迹的地方。

胜七自然是个好事之徒，况且想来大小姐一定有钱，弄来点赌资，两全其美。但后来胜七逐渐意识到，也许这个小女孩从一开始就有意在等一个好事者。

带着荒江进了赌场，就算是见识过大大小小各式赌场的胜七，也被推开洋楼大门后的景象所震撼。来到上海，胜七也去了不少的赌场。弄堂口里的野赌场乌烟瘴气、嘈杂纷乱，还满是发霉的汗渍臭气。洋人的跑马厅外也有几种卖彩票赌马的铺子，又是不同，这个时候跑马厅还没对华人开放，开赌局又舍不得华人的钱，就在跑马厅外面设了一个个简易棚，用来卖彩票，棚子里几乎没有坐的地方，只是张贴着比赛的名单、场次和结果。

而这里，一进门，全然不同的景象。

扑面而来的不是夹杂在潮热霉气中的叫喊吵闹声，而是此起彼伏的机械声。除了偶尔会听到一两句闷闷的骂声以外，几乎都感觉不到有人在场了。

这一层，正中央是一条可以走到楼梯的通道，两侧一排排摆满了一模一样的机器，一人高的柜子样子，三面金属板，一面是玻璃罩子。机器前几乎都坐着人，如同被摄取灵魂一样，双眼直勾勾地盯着机器上旋转的轮盘，右手不断地扳动一根操纵杆，每台机器都咔嗒咔嗒地响着。

原来这就是吃角子老虎机，胜七心里想着，却怎么也喜欢不来这种东西。赌博，就要聚在一起才对，看着对方输光钱时的惨象也是比赢钱还要刺激的乐趣，和一台机器较劲实在没意思。

荒江先是走近看了看吃角子老虎机，似乎兴趣也不大，就自顾自地向二楼走去。此时的胜七自是心里一笑，追了上去，与她一同登上华丽的大理石楼梯，上了二楼。

二楼的布局和一楼截然不同。一楼整体就是冷冰冰的机械感，甚至还带着机油的味道混杂在角子银币的腥气中。而二楼像回到了人间一样，不仅全是人声，还在屋顶挂满彩灯，四角放有留声机，播放着洋人们喜欢的音乐。一张一张半圆桌子摆放得错落有致，各桌圆弧一边都环坐四五人，而对面站有一个穿着西装、样貌端正的人，为他们发牌。

不吵架吗？这哪像个赌场，简直是个舞厅了。

胜七心里越来越不爽，不过也不能白来，还是玩一玩好了。随后扭过头，毫不客气地跟荒江说："给我点钱。"

在胜七就像一匹看到落单的羊羔的饿狼一样瞪着眼睛盯着荒江的情况下，本以为会吓坏这个小女孩，赶紧拿到钱就把她打发走。结果没想到，荒江却只是仰起头看着胜七，随后手指着最远处，说："可以呀，但要带我去看那个。"

胜七往那边看，原来在那些半圆形牌桌后面，还有一片装饰不大一样的场地。一张比牌桌大了很多的桌子，一端站着许多人，而另一端看得出像是有个平放的轮盘。原来是轮盘赌。

轮盘赌，前几年才刚刚从欧洲传来，新鲜得很。胜七倒是也有了兴趣，就从荒江手里拿过一把银圆，大步走了过去。

这里的轮盘制作得相当精细，内外双层数字的实木轮盘，轮盘的中央立起一个支架，专门用于滚珠滑落。支架是金色，轮盘是绿色和红色相间，又有金色外环，看上去富丽堂皇、赏心悦目。在长桌的另一头分出数排数列的数字押注区，有专人唱数，以供赌徒们清晰知道自己这一轮的输赢。

胜七看着高兴，就挤了进去。他刚要下注，发现荒江也挤了进来，并悄悄跟他说让他押在“19、20、22、23”的位置。赌徒都会有各种各样的迷信，胜七则刚好是那种相信外行直觉的赌徒，因此他毫不犹豫地就把两枚银圆押在那里。

滚珠咔啦咔啦地滚动了几圈后，落入格子。唱数人唱到“20”，桌前几人欢呼几人愁。胜七得意地收了赚来的银圆，又追加了两枚准备再下。在手即将落下时，荒江又悄悄地说了数字，这回是两个数字的注。

胜七再次按照荒江报的数押了上去。

然而……

并没有赢。

嗯？以为她是有什么特殊的直觉，原来也只是蒙中。胜七虽然这样想着，但当又要下注时，荒江却又报数了。

说来也是怪了，就这样每次当胜七要出手押的时候，荒江都会抢先报数。来来回回，竟然每一次都按照荒江所说的押了。可是结果却相当不尽如人意，就像一个真正的外行一样，大概两个钟头的时间，荒江带的钱就全都被胜七给输光了。

说实在的，胜七从来没有赌得这么窝囊过，看荒江也没有钱了，感觉非常扫兴，甩下一句“不玩了”，就扔下荒江独自走掉。

输光的钱全是荒江的，但追上来的荒江却一点都不沮丧，在胜七眼里看来，反倒觉得她很得意。脑子出问题了？还是因为年龄太小，根本不知道自己输的那些钱是什么概念？但是，阅人无数的胜七一眼就看得出，此时的荒江，脸上的那种得意和方才的那个看似天真的好奇，完全不同，或者说简直是判若两人。

这个时候，荒江只是冷冷地说了一句“两天后会见报，有兴趣可以看，笔名‘钓叟’”，便从胜七身边走过，不一会儿就消失在了梧桐树下的夕阳街道尽头。

“哦？我想起来了，是那篇关于赌博肯定会输的文章？”

坐在书桌前的荒江饶有兴趣地问道，但梁启等人恐怕看在眼里的只有荒江冷冷的那一面。

“那篇文章几乎改变了我的人生。”

“戒赌？”

“当然不是，您在文章里把各种获胜的算法都写了出来，虽然我同意您的结论，但我根据那些算法，再加上我多年的经验，就弄出了这么个东西来。”

胜七从袖子里掏出一个金属盒，就像是话本小说里忽然拿出一件从天庭偷来的法宝的妖怪，嘿嘿一笑托在了掌心。

荒江的书房点着电气灯，明亮得很。胜七手中的那个金属盒乌漆墨黑，在灯光下却显得结构异常清晰。荒江饶有兴趣地走到胜七跟前，仔细地看了又看，梁启、谭四等人也都忍不住凑了过去。

说是一个盒子，真是太恭维这个东西了。除了胜七手托的底面大概是平的以外，它的每一面几乎都插满了意味不明的插件，有的插件带着勾环，有的则是两股或者三股洋条拧在一起。说是像一个没有完成的鲁班锁，却还有一个斜面。斜面前端突出三个像是从洋人的打字机上拆下来的按键，按键的上方有一个四位数的计数器。计数器上用大写的数字标为“玖、陆、叁、伍”，白底黑字，看不出是用来计什么数的，更看不懂到底和那些插件以及三个按键有什么关系。在斜面的顶端，仔细看还能看到七个扁孔，每个孔内似乎都有一个弹片，不知会是在什么条件下才能触发弹出或按回。

“就是这个东西，您提出的算法全在里面，一步一步累积，就会触及到一次可以连胜七次的机会。只要每次都看准这个必然时机，嘿嘿，我就可以稳赚不赔了。自从有了这个家伙，您说是不是算救了我的命？我一个赌徒，不赔钱就是生命。”

“能连胜七次？太可笑了，”站到人群里以后，荒江显得小巧可爱得多，似乎也没有了刚才那种故作的淡定，“我那篇文章明明确确地说到赌博是赢不了的，趁早戒赌才是生路。”

“不管您信不信吧，反正事实就是这样了，”胜七把他的宝贝收回到袖子里，“还有就是，虽然我是个赌徒，但我也是个知恩必报的赌徒。您是我的恩人，只要我活一天就必保您平平安安一天。”

“一个赌徒能做什么……”

“呵，现在我就在保护您呀。我死盯着这家伙呢。”

“嗯？为什么盯着他？”荒江转过头去看向梁启。

不妙！梁启立即感到整个气氛都压迫到了自己身上。不过，原来她还不知道自己就是户生，这或许还有转机。

胜七还没有开口，谭四倒笑着给梁启打了掩护：“好了，咱们还是言归正传吧。”

“噢对，你们来是劝说我加入那个 W 实业的。那么……”荒江站在人群之中，环抱双肘，毫不示弱地仰头看向谭四，“有什么可以打动我，让我加入的？”

“我可以保证让六泽都去我那里，包吃包住，薪资待遇优厚。”

谭四向双眼炯炯有神的荒江微微一笑。

第十五话·六泽

六泽是六个人的统称，梁启等人见过的那个穿着褐色西装、一表人才，被梁启误认为是荒江钓叟的则是六泽之首，名为天泽。其余五人，在那一晚并没有出现，分别叫作地泽、雨泽、风泽、陆泽和空泽。样子嘛，高矮胖瘦各不相同。精通的项目也同样不同。

实际上，六泽是荒江的父亲专门请来做她的家教的启蒙教师团。六位老师各有各的领域，天泽长于经济、善于算术，地泽可造机械亦懂物理，雨泽专攻西医兼通化学，风泽精通外语、博闻强记，陆泽精于兵法，空泽勤于体操。

六位老师从小就开始教授还不是荒江钓叟的安帛，安帛也是聪明好学，迅速成长。不过，成长的速度太过惊人，到现在不敢说样样已经超越老师，老师那里也确实没有更多可教的了。昔日的老师，成了现在的多余角色。

近来安帛又上了圣约翰大学，接受着新式大学教育，六位老师就变得更加多余。安帛的父亲语重心长地与安帛说，六个人里除了天泽可以做她的助理，处理各种日常琐事、约稿安排和日程规划以外，其他人都要辞退。安帛自然舍不得几位从小教育自己的老师，在苦苦哀求下，父亲也只是勉为其难地答应说可以让空泽留下来做家丁当个保镖。其他人确实无处安置，再不能多留。

对人情世故相当了解的荒江，十分清楚这些人做家庭教师太久，脱离了社会潮流是必然的，几位老师如果被安家辞退，面临的只有失业。

所以当谭四提出可以聘用六个人时，荒江确实被感动到了。

在回程的路上，看到荒江最后的表情，虽然她还是说要再三考虑一下，但谭四对此事算是成竹在胸了。凡事做好充足准备，就可以战无不胜，当然，除了邀请梁启这一事上碰了意想不到的钉子。

不过，那个胜七的确算是一个不稳定因素，原本以为带着他可以观察出个所以然来，结果反倒把事情变得更复杂了。但有一件事看来是肯定的，胜七这个人会无条件地保护荒江，只是这个“无条件”太笼统，也太宽泛。谭四一边摇着橹，一边不断地盘算着该怎么走接下来的棋。

梁启同样陷入了沉思。

船上的气氛比来的时候要尴尬得多，胜七依旧坐在乌篷里。梁启不敢看他，他一定不会真的目不转睛地盯着自己，但只要他在，那种刺入骨髓的威慑就不会减弱。

恐怕这条船上，只有妙卿是一身轻松的。她坐在船头哼着歌。同样，这条船上，大概最让人猜不透的也是她，她有着她自己的打算。

回到住处已经甚晚，梁启躺在床上仔细思索着接下来将会怎样，却怎么也设想不到。干脆把明天的烦恼统统抛给明天的自己再说了。

可是这个“明天的自己”，迅速就变成了现在的自己……而且烦恼一点都没减少。

在上班的路上，就看到了那个穿件长袍、敞胸露怀坐在街角的胜七。胜七看到梁启走过，意味深长地向他一笑，并不多说什么。这家伙就像一个附体幽灵一般，甩也甩不掉了。

到了新新日报馆，梁启第一件事就是查了一下关于面粉厂爆炸案是否还有新的进展。似乎再没有比他查到的更为深入的内容，觉得这件事大概该到此为止了。又想到胜七那双饿狼一样的眼睛，也是不寒而栗，百般不适。干脆随便找了一个理由，就搪塞过了经理，没有再写关于面粉厂爆炸事件的后续争论文章。虽然经理很不乐意，觉得刚好是一个给《新新日报》博得更多关注度的事，但既然写不下去，就姑且放过了梁启。

梁启向窗外看看，果然胜七已经在巷口坐着。

等到下午，梁启毫不犹豫地去买了《新闻报》来看。把报纸翻遍，竟没看到荒江的文章。是因为自己没有回击，所以她也不打算继续了？又想起昨天晚上，进到书房时，正看到她不想写的样子……这样也好，省得惹来更多麻烦。

一下轻松了许多，到了下班时间，心情也随之变好了些。梁启先是去了妙卿那里，给 W 实业输入了一些新的信息进去，又查了查数据库，没看到什么特别的，就跟妙卿聊了一会儿天离开了。也想多和妙卿说点什么，但又不知从何说起，想必她一定会戏弄自己，也弄得有些羞于启齿。

离开妙卿那里，梁启觉得还是有些割舍不下，便又去了黄浦滩，叫了一艘私渡。刚刚上了船，胜七忽然冒出，毫不客气地也跳了上来。

“什么呀……这都跟着？”

“少废话，船家开船。”

梁启无可奈何又塞给了船家一些人头钱，船家才终于摇着橹带着两人渡黄浦江。

带胜七去谭四那里到底是福是祸，梁启无法判断。但既然 W 实业的招聘广告把地址写得那么清楚，至少说明那个电厂的地址不是什么秘密。

刚走过小树林，就听到有人声。从远处望去，电厂门口站了七八个人。有高有矮有胖有瘦，多数都不认识。不过，梁启还是眼尖，一眼就看见谭四站在其中，怀里抱着一只灰头灰脑的猫，还有就是……荒江和那个叫天泽的人。

梁启走上前去，和谭四打了声招呼。不用问，荒江是带着六泽来的。但怎么只有四个人？虽然除了天泽以外，其他人和六泽的名字还都对不上号，但明显来得不全。是有两个人找到其他工作了，所以不必加入 W 实业来讨生活？

“陆泽和空泽他们俩最近好像特别忙。”机灵无比的荒江一眼就看出了梁启心中的疑问，不过只是说了这么半句就又转向和谭四确认着，“反正他们六个人你都答应要了，对吧。”

“从不食言。不过，你什么时候来？”

“稍微过几天吧，既然我都带他们直接到这里了……我也是腻了，刚好换换口味。只不过最近的事情让人头疼，昨天不是说了吗，有个愣头青在跟我辩论。辩赢当然不是问题。”

此时梁启已经脸上红一阵白一阵的十分尴尬。

“但其实那个愣头青说得也不无道理，我想不出再怎么追击。不过怎么也得把这件事了结，我从来不是个半途而废的人。”

谭四摸着猫头不怀好意地看了看梁启，梁启不知所措得就要爆炸。

“那……那个钓叟真的是你？看名字我真觉得是个老头才对。”梁启其实只是明知故问，为了缓解莫名停留在心头的尴尬。

“你脑子是不是缺根筋？用了老头名字就是老头。你叫梁启，你是住在房梁上吗？”

梁启撇了撇嘴。

“他叫谭四，他脸上有四吗。”

谭四不置可否地笑了笑。

“他叫胜七……”

“我真的能赢七次。”

“滚……”

六泽来了四泽，除了天泽要一直跟着荒江帮她处理事务，倒是没必要夺人所爱以外，剩下三泽，谭四早就给他们安排好了工作职位。

之前招来的黄樟，由于他出色的计算能力和超凡的逻辑思维能力，已经是 W 实业大数据库的程序总管。对类似于写稿人偶内部的三组纵向凸轮那样机械化后的程序，黄樟就提出了不少优化改进的方案。再加上由于每天都要接收大量的数据，记录数据的程序组也都必须要更加智能和稳定，这方面也都交给了黄樟全权负责。

黄樟虽然一直自命不凡，但从来没有想到过自己原来还有这方面的才能，谭四算是他的伯乐一般，再加上那一次在南平村，看到谭四轻巧地制服帮会打手，更是心生钦佩，死心塌地跟着谭四了。为了这份工作，他还特意先找他铁公鸡一样的母亲磨破了嘴皮子预支到一笔钱，置办了一身像模像样的工作服。

而在制造机械方面有着专长的地泽，则正是黄樟的程序团队最需要的人才。地泽看起来大概三十出头，矮矮胖胖，虽然梳着辫子，但看得出有明显脱发，辫子极为稀松，又因为谢顶严重，脑袋看上去就像一个日本中老年武士的月代头，只是没有丁髷，而是脑袋后面有辫子。脸看上去也有些浮肿，重重的眼袋，无论从哪里看都并不健康，但一双长满老茧黑乎乎的手，看上去却意外地显得十分灵活又有力。

因为胜七这个不稳定因素也在场，谭四并没有带一行人下到地下，而是推开门向电厂里喊了一声。

过了一会儿，齿轮咬合声之后，一个没有穿西装只穿了里面的衬衫的学生一样带有些稚气的青年走了出来，他正是黄樟。

虽然谭四站在人群中，但黄樟看到他后，丝毫没有去搭理其他人的意思，目不斜视直接走到谭四身边。谭四把其貌不扬的地泽叫过来。

看着认认真真听谭四交代工作的黄樟，不知为什么荒江却一下子笑了起来，笑得非常开心。听到荒江在笑，黄樟甚是不满，狠狠瞪了她一眼，但只是悄悄地没敢让她发现。

黄樟带着地泽走了之后，谭四接下来跟雨泽、风泽交代。原本信息组该是由梁启来负责，但现在梁启不属于 W 实业，有点尴尬，就只好由自己来管理。雨泽个子非常高，双手白皙得像是可以绣花的女人，戴着眼镜，斯文又显得思维缜密。风泽中等身材，样貌没什么特别，但穿得相当洋气，精力也显得十分充沛，说话抑扬顿挫、滔滔不绝。几个人在专长项上都算得上是数一数二的人才了，这也使得谭四是真心想要招募他们进来。同时，因为没有见到陆泽和空泽两人，深感遗憾。

因为胜七的存在，梁启非常自觉地主动离开了谭四的电厂。果不其然，就算荒江在场，胜七也还是如同附灵一般只是跟在梁启身后。

看到这一幕，就连荒江都忍不住又问了一遍为什么胜七总是要跟着梁启。谭四到底是怎么回答的，梁启没有听到，那时他已经又进了小树林向着外国坟山走去了。

原本以为事情会逐渐平息，恢复到熟悉的日常。结果刚刚又过了一天的下午，梁启顺手买了一张《新闻报》，就又看到了荒江的文章。

想了想她不服输的眼神，梁启觉得再有一篇新文章刊登是情理之中的。不对，明明已经输的人是自己……梁启只是无奈地笑了笑。

方才买报纸的时候，看到胜七手里也拿着一份报纸。一个地痞流氓一样的赌徒，坐在街角看着报纸，多少还是怪里怪气滑稽可笑。

梁启懒得再去关心什么胜七的动向，随他去吧，要是太影响自己的工作就找巡捕把他撵走便好。

拿起报纸，梁启自然是先看荒江的文章。文章名是《从面粉厂爆炸之引火原因驳户生先生》……只看题目，梁启就已经觉察到强烈的不对劲。

再看文章正文，立即知道自己的感觉绝对没错。这篇文章……

文章里突然气势如虹地讲到这次面粉厂爆炸事件的真相实际上是洋人有意迫害。因为在现场发现了洋人勘探现场的痕迹，以及在面粉机械中也发现了事先设置好的引火石，只要机械运转，高速摩擦后必然会擦出明火。这是一次对华人实业有预谋的破坏活动，已经完全超出了像户生先生所说的要在购买设备之前学习足够的知识就能避免惨剧的范畴。

梁启看完这篇文章后，默默地把报纸放回桌上。仰头看着报馆的天花板，盯了许久，迟迟不能释怀。这一天发生了什么？虽然见过荒江的苦恼，但依然无法想象。

文章里所说，完全都是虚构。为何如此确定，原因至少有二：其一是梁启每天都会去看 W 实业的新信息数据。因为盛司琮的资金雄厚，至少在上海本地，放出去采集信息的线人就相当之多，可以说很难会在这种大事件上有所遗漏。就算退一步说，当真遗漏了什么，也绝不可能是这篇新的文章中所说的预谋已久的破坏活动。原因其二也正是如此，器材都是那家无良的美国公司卖给华商的，梁启查过当时他们成交的价格，那家美国公司净赚额相当可观。既然能有这么高利润的生意可做，一家无良企业，为什么一定要断自己的财路？盼着这家面粉厂红红火火永不出事故，日后还能购买更多器材才是最正常的逻辑。有财路在眼前，却要搞什么破坏，太不可思议。

不行！这里面肯定又有什么猫腻。必须要亲自到那家爆炸的面粉厂现场看看。

梁启一下坐了起来，方才的颓废荡然无存，把报纸往自己桌上的报纸堆里一扔，扣上帽子，从衣架上拎起西装搭在肩膀上，又拿了雨伞，直接下楼出了报馆，走到望平街上，叫了辆人力车，奔往面粉厂。

奇怪了……

从刚才出了报馆，梁启就又发现一件怪事。那个胜七呢？刚才还看到他在巷口看报纸，怎么一转眼人就不见了。梁启又悄悄回头看人力车后方，根本没有任何人跟着。怎么突然就放弃尾随自己了？真是让人搞不懂的家伙。

大概算是上海的第一场秋雨，湿漉漉的街道，尚是下午就已经昏暗朦胧。街道的交叉口处，前天中元节夜晚所烧的纸灰，也早就被雨水冲成黑水，没了形状。

人力车从公共租界一路向北，过了苏州河，继续向北。出了租界区，逐渐开始荒芜起来，天阴沉沉的，不禁让梁启想起这一年的初春。从四马路妙卿所在的妓馆，第一次坐上盛家的马车，也是这么一路往北去了不知将会是哪里的地方。当时觉得紧张过吗？似乎并没有，一切还都新鲜有趣。

顾不上再回忆多少往事，眼前已经可以看到一片工厂废墟，焦黑残破惨不忍睹。

梁启给了车夫钱后，独自撑着伞，在细雨中向残垣断壁的面粉厂废墟走去。

厂房的墙壁已经几乎被炸塌，顶棚只剩下横横竖竖几根像野外动物尸体的肋骨一样的房梁。从厂房内到外面的空场，辐射开来是被烧得焦黑的地面，即便现在的细雨也无法洗刷。

撑着伞走进厂房。厂房内更是一片狼藉，工人和厂主的尸体早就清走，新购买的机械全部报废。被雨水侵袭，看上去就像已经生锈了似的。再向前走，从墙壁上坍塌一半的窗向后院看，看到了几株已经被烧得一半枯萎的桂树，背对爆炸的一面已经盛开。细碎小巧的白色桂花，一簇一簇，雨中的微风，让厂房内都有了丝丝桂花香。

不过，这些都不是梁启所要探察的重点。可以说很幸运，这场雨才刚刚下起来没多久，很多痕迹尚存。

厂房的每一个角落全都是烧黑的面粉粉末，从外面进来显然能看到许多脚印。这是爆炸发生之后第一天，前来清理和调查现场的巡捕警察留下的。脚印像是一棵枝繁叶茂的大树，从厂房的正门口生根，在焦黑的地面生长向厂房内的各处。这棵树的每一个枝叶末端结块聚集的地方，都曾经是一具尸体。可怜的工人们，在一瞬间就和雪白的面粉一同被炸飞烧焦。

再向前走，终于，梁启还是发现了一条不大相同的脚印路径。脚印从刚才已经泥泞的地带分离出来，只是两个人的。这两个人在前面的一台带有大漏斗的磨面机前徘徊巡视过。梁启走到磨面机前面来看，磨面机被爆炸时的冲击波扭裂，横躺在地上，侧面的金属板像是被重重击了一拳，凹陷进去，里面的元件从裂缝迸出。然而，不过如此，并没有更多值得注意的细节。

现场看得差不多了，梁启并不想多加停留，就默默地离开了。

回到住处，天已经全黑，雨下得更紧，窗外淅淅沥沥的，有了不少寒意。拿起稿纸，梁启反倒心平气和了许多，这回是他发自内心地不得不写一些什么了。再次去现场看了（上一次是刚刚爆炸时，作为记者自然要亲自去现场才能写得了报道），心里差不多有数了。甚至于到底是什么人所为，梁启也猜出七八分了。不过，对新闻报道来说，没有信息源的猜想是不会写进去的。

文章迅速写好。梁启则打着雨伞直接将原稿送到印刷厂，时间刚好合适，就把自己之前的一篇文章替换掉，好让这篇在第二天便能见报。

整个过程，仍旧没有看到胜七的人影。梁启叹了口气，也不想去找谭四帮忙，随他们去吧。

文章在第二天印了出来。整篇文章的基调和之前论战时完全不同，有着超乎寻常的平和，在文章里，梁启用户生这个笔名表示：事情已经过去，事故的原因，中美双方的警察巡捕都已经给出了定论，没有必要节外生枝，在哀悼逝者的同时，该是痛定思痛的时候，让惨剧就此结束，不要再让华商的工厂重蹈覆辙。

等到下午，去买了一份《新闻报》。梁启的希望是这一期不会再看到荒江关于面粉厂爆炸事件的文章，但当打开报纸翻到熟悉的版面时，梁启还是愣住了片刻。确实没有了荒江的文章，在那个固定的版面上，印的是整版的名为“戒烟万事兴”的公益广告。文字是讲了几个案例，还画着两幅抽大烟变得骨瘦如柴的漫画。

看到这版公益广告，梁启觉得有些不安了。

这明显是“假广告”，之所以会出现这种东西，只有一个原因，是该版面的文章突然临时撤稿，完全来不及再找新稿，只好用公益广告来填充。

所以，其实荒江已经写好一篇并且交了稿，但因为什么原因突然又撤稿了。发生了什么……

就在此时，谭四冲了上来。

风风火火的样子，连梁启的同事们都被吓了一跳。但谭四不在意那么多，只是到了梁启桌前，低声说了一句“空泽死了”。

最坏的猜想果然成了现实。

不容分说，梁启紧跟着谭四出了报馆，向安公馆赶去。

安公馆门前一片寂寥，公馆内已亮起电灯，湿漉漉的地面，在黄昏的光线下映着公馆的倒影。天泽面带悲伤地出来，接了谭四、梁启两人进去。

空泽的尸体就在公馆洋楼的一层大厅里躺着。尸体边站着荒江、地泽和风泽。两泽都是狠狠地咬着牙看着尸体。

原来没有见过的空泽是个身材魁梧彪悍的壮汉。只是这具尸体看上去略显恐怖，空泽的喉咙被割断，血已经流干，血痂还没凝固，面目表情狰狞，或者说是在大吃一惊的情况下被一击毙命。

谭四缓缓俯下身去观察伤口，皱起了眉。

“怎么样？”梁启悄声问。

“怪了。伤口准确得太过分了些。”

“什么意思？”

“不好说……”

这个时候瘦高个雨泽从旁边走廊的房间里出来，一脸愁容。看见雨泽，荒江一下冲了过去，问情况如何。

“命是保住了，但人是废了。”

“怎么会这样！”荒江一跺脚，冲进房间。

其他人也跟着进了那间房间。房间里的床上，躺着一位小老头。双眼发直，微张着嘴，嘴唇上满是干涩的死皮，可以听到极浅的呼吸声。小老头的脑袋上紧紧地绑着绷带，绷带在额头的位置洇出了血迹。

想必这位就是陆泽了。

雨泽默默地走到小老头陆泽的床前，用手在他眼前晃了晃，感觉他的眼皮微弱地动了动，算是有一些反应。

“抢救回来后，就一直这样了。”雨泽叹着气说，“在路上时，倒是还说了几句话。”

“到底谁干的？！”

“陆泽说是来了一个赌徒，找他们俩赌命。恐怕那个赌徒就是……那天见到的胜七。”

这天中午，陆泽和空泽两人又像近几天一样匆匆地离开了。原本比较在意的天泽，刚想追上去问问他们到底在忙什么，正看到胜七跟到了他们两人身后。那种尾随和之前跟着梁启时完全不同。就像一匹饿狼已经盯上猎物，露出了獠牙，只不过猎物还没有察觉到一样。然而，此时机敏的天泽觉察到的是另一个危险的信号，一切都要以小姐的安全至上，因此一念之间还是放弃了陆空二泽，而是立即去联系了《新闻报》，要求把小姐的文章撤掉。为什么要撤掉，天泽自然察觉出了其中的问题，这个问题关乎小姐的名声。在看到胜七的那一瞬间，天泽一定意识到就连胜七这个局外人都已经看透，事情不能再继续任其发展。

等天泽联系完《新闻报》，终于撤下稿子，再回来找陆空二泽，为时已晚。

陆空二泽到底发生了什么，只得听雨泽据尚存意识时的陆泽断断续续说的内容，重新组合讲述出来。

大概就是他们照往常那样向苏州河方向去的路上，忽然有个敞胸露怀穿长袍的家伙堵了上来。并且一上来就莫名其妙地说："无论是谁，只要做出任何一点危害大小姐的事，我就绝不手下留情。"

只要稍懂武功的人都能看得出，眼前这个赌徒一丁点武功都不会，就算是和普通的地痞打架估计都赢不了。因此有空泽在，两人一点都没害怕。

胜七笑着带两人去了僻静的地方，随后说要与他们用赌定胜负，赌注是命。

到底赌的是什么，头部被刺了一刀的小老头陆泽并没有说清，恐怕就是最简单的掷骰子赌大小。但在陆泽断断续续的描述中，倒是说到这个亡命赌徒，在赌的过程中一直用一个奇奇怪怪的小型机器计数。一开始两人根本没有在意这个装置，三人的赌局，各有胜负，谁都没有占到什么便宜，几乎是旗鼓相当。可是就在有一局之后，胜七的那个装置突然弹出了七个白色弹片。就从这一刻起，不知是怎么个鬼使神差，陆空二泽怎么也赢不了了。胜七每赢一局，就按下去一个弹片。五局过后，两人的筹码全部输光了。

筹码输光，赌局结束。

胜七笑着从袖子里掏出一把破破烂烂的单把剪刀出来，对两人说："好了，把命都交来吧。"

两人当然没当回事，又是一把这么破烂的剪刀，根本感觉不到一丁点威胁。可是下一秒，小老头陆泽自己都不知道到底发生了什么，魁梧的空泽被胜七锁喉，而胜七的单把剪刀已经精准地破开头骨骨缝插进了自己的眉心。

听着雨泽的复述，所有人都沉默了。

杀人的动机……除了机敏的天泽有所察觉以外，恐怕只有梁启是最清楚的了。正是陆空二泽伪造了面粉厂爆炸的那个打火石证据。看似是给了荒江独家的线索，可以让她更为轻易地战胜梁启，却把她引导到了错误的路上。

无条件地保护荒江，胜七确实用自己的方式坚守着这个信条……

荒江，看见空泽的尸体和已经成为废人的陆泽，哭了。却不是当着众人的面，而是在听了雨泽的讲述之后，悄悄地躲到了角落里落泪。她是不会让别人看到自己如此脆弱的一面，哪怕别人都已经猜到。

决战篇

From *The New Daily News*

MECHANICAL WONDERS

新新日报馆：
机械崛起

第十六话・新年

刚入夜，谭四就找到梁启的住处来。梁启以为他是发现了胜七的踪迹，结果却是其他的事。

自从面粉厂爆炸事件之后，胜七就再不见人影。原本梁启很是在意，想要把这个家伙找出来绳之以法，但跑遍了租界的大大小小公开的地下的所有赌场，全没有了这家伙的踪迹。三个多月转瞬即过，看来也没什么希望，也就基本放弃了。

时间眼看就要到西历的新年。虽然华人并不十分在意这样的节日，但洋人们已经开始蠢蠢欲动，无心工作，等待着新年的到来。租界里无论是英国美国还是法国德国的总会大楼，都张灯结彩起来。原本就奢华的高大洋楼，到了夜晚，因为电气彩灯的悬挂就变得更加耀眼。

“最近太不对劲了。”谭四坐在梁启的房间里，随意拿起--支钢笔，在手里把玩了一下，和梁启说了起来。

谭四所说的不对劲，实际上梁启也有所察觉。

新年临近，新开的几家洋人的百货店，都在门口张贴出打折大酬宾的广告。到了夜晚，更是把巧克力、咖啡、红酒、香槟、松露全都摆在了百货店的门口兜售，洋人们三三两两在这些摊位前有吃有喝，挑着他们的年货。原本这已经算是上海新的传统，但就是这几天，梁启发现无论是最繁华的大马路、黄浦滩还是人头攒动的跑马场，只要是人多的地方，都莫名地出现了一些看上去就有些违和、不大对劲的人。到底是哪里出了问题，梁启又一时说不上来。

“你听说过有个叫‘过身客’的吧？”谭四低声说着，“我现在越来越怀疑他要卷土重来。”

听到“过身客”三个字，梁启不禁打了一个冷战。这个名字早已是令人闻风丧胆的都市传说。

当然，就算是做新闻记者见多识广的梁启，对这个过身客也只是听说过他的种种恐怖事迹，而从未亲眼见过，也根本不想见。

关于过身客的传说，时间基本上都停留在甲午之前，发生地在华界和法租界相交的位置。大概是为了营造气氛，传言里并没有提到已经开始安装到大街上的电气路灯，而是还由影影绰绰的自来火路灯照明。在那段时间里，每到夜晚就会有一个西装革履风度翩翩的男人走在这样的大街小巷上，他白净的脸被自来火路灯照得红润，也更让人觉得可亲。然而，这只是表面，只要你被这个男人盯上，恐怕只有受尽折磨而死的结局。男人会在夜晚的街道物色猎物。对于猎物他有什么样的偏爱，传言自然也是众口不一，有的说专挑小孩下手，这样的说法自然比较传统，但更有说是专挑青壮年下手，这就更加给这个夜晚出没的绅士平添了不少不可捉摸的诡异感。但不过，无论是怎样的喜好，传言中他的手法倒是相对一致：风度翩翩的绅士骗取了猎物的信任，随后就任其带去了老巢。

这位绅士正是过身客。为什么会有这么一个奇怪的称呼，有人说因为他本身就是死人，“过身”在闽南话里就是“过世”的意思，因此就是称呼他是个活死人。也有的人说是他自称“过身客”，被他抓走又侥幸逃出来的人将这个称号传播开来。

“自称说”倒是更可信一些，不然上海人为什么要特意用一个闽南语词汇来形容怪人。

关于过身客的老巢的地点同样众说纷纭。有的说就在华界和租界的交界处，一处荒废无人的弄堂，石库门的铁栅栏永远紧锁，里面就是过身客的栖所。也有的说是在郊外的别墅。然而，具体是在什么郊外、什么别墅，就又说不清楚。

过身客最可怕的地方，自然是因他而死人，且尸体的死状都相当骇人，就又增添了不少恐怖气息。在过身客最为猖獗的那几年里，几乎每隔一星期左右的时间，就会有一人失踪，随后不久便会发现此人的尸体。绝大多数尸体惨不忍睹，有的是脑袋破裂，脑浆被什么东西吸食一半，有的是内脏全无，如果尸体只是半成白骨，已算是最体面的。或许正是因为尸体的惨状，过身客的另一个身份也就被大肆传开：斯文的食人魔。

既然是这种食人魔一般的存在，想想在夜晚的大街小巷很可能就碰上，恐怖感立即飙升，而整个事件最恐怖的就是，你根本不知道过身客长什么样子，在深夜里，只要看到路灯下有穿着西装的绅士，就都有可能是过身客。

“可过身客已经是甲午之前的传说了……”

梁启虽然打着寒战，但理性还是督促着他根据事件进行思考。

“首先，过身客，确有其人。”

谭四一脸认真，看上去一点都不像是在开玩笑。这样反倒更让梁启感到紧张，就像这个恐怖的都市传说即将发生在自己身上，比方说楼下的电气路灯下，正站着那么一个西装革履风度翩翩的男人，仰头看着自己这间租住公寓的窗。

在 W 实业成型之后，谭四拥有了更多的信息渠道，从而在查这个过身客上，有了新的进展。风泽是这方面的能手，他不仅精通多门外语，阅读速度也是神速。谭四在获取足够的信息之后，交给风泽来帮忙筛选。而筛选出来的信息，确实让谭四有所发现。

早在同治年间，美国的耶鲁大学招收过不少中国留学生，那都是由中国留学第一人容闳带去的天才幼童。这些天才幼童，能活着到美国，再考上大学，又能顺利毕业活着回到国内的，都成了才，比如詹天佑便是容闳带去美国的第一批留学生之一。可以说，几年来容闳带去的天才幼童，后来全成了大清国不可或缺的人才。

但在资料里，谭四发现与詹天佑他们同期前往美国并考上耶鲁大学的，有一个人从毕业后就销声匿迹，再无可考资料。仅此一点，就已经相当不寻常了。而更有趣的是，这个毕业生从英文名字往回推断大概是叫木西，却也根本不在容闳所组织的几批留学生名单之中。

什么地方多冒出来了一个人？怎么又在好不容易毕业以后消失了？

“影子替身。”

谭四像是完全看透了梁启的疑问，直截了当地说出了自己的判断。

詹天佑一期的美国留学生，是容闳从美国留学回来以后筹划了许久才终于开始招生的。那是同治十年（1871 年）的事，容闳在福建选拔招收了第一批天才幼童，登上了前往美国的轮船。可以说，在当时这些孩子去美国，就跟打包送给河伯没什么两样，家里人根本就没有抱他们能生还的希望。估计过身客这个名字，也是那时候有的，也或许那时还叫过身仔。

到底当时去了多少幼童，容闳提交的名单记录在案的是 30 人。

但实际上，谁都知道在海上航行数月，对那些幼童来说，能不能全员活着到美国都是一个问题。因此，在30名幼童的背后，理所当然地还挑选了成倍数量的幼童，随时填补空缺。影子替身，也就是这些幼童的身份。他们没有经费，没有正式的身份，甚至于没有名字，只有等待。

数月后当轮船终于抵达纽黑文港时，到底已经有多少影子幼童成了正身只能是尘封在三十多年前的事情，完全无法考据，回来的那些人又有多少还是曾经的本体，除了当事人以外也绝不会有谁知道了。

不过，如果这个木西就是过身客的话，有一点是确定的，就是在航行过程中，他并没能晋级。到了美国，那些没能晋级的影子幼童下落如何，更是不可能有所记载。容闳从清廷申请来的经费极为有限（在那时距离庚子之变还有30年的时间，更没有美国退还回来的庚子赔款留学经费），30名幼童能安排读上预科考入大学已经是极限，因此抵达美国之后，虽然活下来却不幸没有晋级的影子幼童们就理所当然地被放弃了。反正他们本身也根本没有被记录在案，永生都将只是影子。

影子幼童们或许绝大多数都成了童工死在美国西部。但显然这个木西活了下来，不仅从过身仔成了过身客，还在没有预科教育的条件下考上了耶鲁大学。从耶鲁大学的档案记录中可以看到，木西不仅考入大学，读了医科，还顺利地毕业了。

毕业之后，木西并没有留校，从此消失在耶鲁大学的档案库中。

还是那个假设，假设木西是过身客，那他必然早已从美国回来。这样的人才，就算再怎么隐匿，恐怕也还是会因为一些小事而显露头角。

很快，谭四就发现了新的线索，与过身客闹得最凶几乎同年略早，在绍兴附近的村子发生过一次不大不小的病灾。从记载上看，最终被定为肺蛭病。患病的表现非常骇人，一开始只是咳嗽，后来逐渐咳得严重，就有类似于浓血伴随着剧烈咳嗽呕吐出来，这样的症状人们会以为是肺痨，但看到呕出的血里居然还有细细长长一团一团的虫子，才真的吓坏了村民。

更可怕的是，这种病还会传染似的，没过多久，全村有一半的人都在咳了。

一种比死亡还要恐怖的气氛笼罩了全村。

村子的怪病迅速被传开，没有人再敢到那个村子去。但此时，还是来了一个外来人，也是村子的救星。根据零零星星极不完整的记录来看，此人是一个留洋归国的大夫，在他的救治下，疫情很快得到了控制，甚至已经开始呕虫的人都逐渐康复了。

在甲午之前，虽然留洋不再像容闳最开始带幼童去美国那么困难，但去留学还能回来的人仍旧是凤毛麟角。这一个留洋的大夫，十有八九正是木西了。

木西到底在那个村子实施了什么样的治疗，当然不可能有记载，随后木西再次消失于众人的视野之中。紧接着没过几个月，过身客出没在了上海。

谭四特意和雨泽了解了这个后来人称之为“肺蛭病”的病。雨泽专门跑到涵芬楼去查了大量医学资料，国外的案例也有不少，回来后逐一讲给了谭四。听了这些，谭四心里反倒有数了。

“什么意思？”梁启一头雾水。

“现在正是把这个过身客揪出来的大好时机。”

梁启沉默下来。不用说，姑且不计抓到这个数十起命案在身的传说人物，就算拿到足够的证据揭露这个人的身份，也已经是个重磅新闻。然而……只是想一想那个过身客，梁启已经又是一身冷汗。

不出所料，谭四扔给了梁启一沓子材料。梁启打开翻了翻，大体上心里也有了数。这份材料可谓是一份相当翔实、细致入微的情报，其中记录了近半个月来在租界里突然冒出的那些梁启也发觉不大对劲的人的活动规律。而这些人，在情报上被标注为“铁爵爷私兵”。

铁爵爷？梁启多少听说过这个人，而且更是早已意识到萌新女校事件也好，那次谭四和他的同门私斗也好，甚至还有后来很多事情，恐怕都或多或少和这个铁爵爷有所瓜葛。不过既然自己决意不加入W实业，这一层的秘密还是不去追问更好。话又说回来，谭四讲了这么多，看来刚才说的过身客和这位有着爵位的皇亲国戚还是有着什么关系了。

“其实已经相当明确。”谭四等待梁启又翻了翻那份情报才开始说，“只是还差了一些细节需要继续调查,但我现在不得不去处理些棘手的事。所以……”

谭四迟疑了一下，还是没有接着说下去。

其实谭四不说，梁启也清楚，前不久被谭四视为大姐头的女侠在虹口的寓所秘密试验炸药，结果不慎爆炸，不仅自己被炸伤，行踪也被暴露，只好紧急撤离。撤离需要有人掩护，其他人根本靠不住，与大姐头多年的交情，危急时刻，谭四毫不犹豫，立即挺身而出。

既然已经到了这个份儿上，梁启不帮这个忙怎么也说不过去，更何况自己虽然不是W实业的人，但合作关系也不能完全无视，况且就算是出于谭四本人……只是梁启还是从心底里哀号着：“我只是一个记者呀！又不是巡捕警察……为什么总是有这种危险的事要处理。”

也罢也罢，大丈夫身在世间就要敢作敢为……梁启继续给自己鼓勇气。

倒是谭四先把话说开了：“只要暗查就行！千万别轻举妄动，有什么事就立马知会我。我会立即赶过去处理。你也不会真的想去惹那个过身客的，对吧。”

梁启苦笑着点点头。

“不过，要快。我怀疑如果慢了，事件会迅速恶化，结果要比十几年前只是死个十来条人命要恶劣得多了。不出意外的话，你调查清楚后，我们在张园安垲第那里碰面。”

“为什么不去妙卿那里？”

“张园人多，反倒也挺安全，太危险的事别波及更多人。”

梁启又点了点头，这次他是在给自己下决心。

“还有……”谭四给了梁启一个底端有拉环的竹筒，“里面是一发烟花，特殊样式的，万分紧急的时候，就拉那个拉环，里面有遇氧自燃的火药，烟花一放出，我就能立即知道你的位置。当然，最好你根本用不上这东西。”

从来没见过谭四会这么啰唆地一件事一件事交代，梁启不禁觉得有些紧张。不过，他还是接过那个竹筒，像是收藏一支昂贵的钢笔一样，放进自己的手提包中。

谭四交代得差不多了，就匆匆地走了。看着谭四消失之后，梁启把房门锁紧，拿着情报，开始思考接下来该怎么做。

从谭四给的情报上看，这些被标注为铁爵爷私兵的人出没地点还是很集中的。梁启把上海地图拿出来，在上面开始逐一圈点。

基本上是三个地点集中出没着铁爵爷私兵：黄浦滩上的英商上海总会门前、外滩公园、大马路上的远洋锐利百货公司。

不过……

多说无益，先去看看现场再继续规划。

情报内容早已记在了脑子里，梁启把谭四给他的情报统统扔进火盆烧成了炭灰。随后穿上最不惹眼的长衫便装，戴着顶瓜皮帽，又检查了一下火盆里的灰，没有什么遗留，便出了门向着黄浦滩而去。

黄浦滩的新年气氛已经越来越浓。电气路灯似乎也都开得更加明亮。一边是银行也好还是其他什么外资公司也罢，气派的洋楼一栋紧挨一栋，另一边是黑压压的黄浦江和停靠在岸边的远洋货轮。有些货轮还冒着黑烟，能听到甲板上用英语欢歌起舞，大概是刚刚抵达上海港，连同圣诞节一起，开起了欢庆 party（派对）。

英商上海总会，也是在黄浦滩的马路上。可以说它是在黄浦滩这里最古老却直到此时依旧是最奢华的洋楼建筑。上海开埠半个多世纪的兴盛和异变，几乎全可由它来担当见证。半个世纪以来一如既往的样貌，典型的英式三层砖木结构洋楼，每一层都有近似于阳台一样的走廊朝向黄浦江，走廊有一根根象牙白色的欧式石柱。因为临近新年，在每一层的石柱上都挂起了电气彩灯。这样的总会大楼，即便是在有电气路灯照明的黄浦滩，还是轻易地脱颖而出，反而还因为自己的华丽为黄浦滩夜色再添浓厚一彩。

这里是英国侨民商人的俱乐部，又是会员制，即便是洋人也不可以随便出入，因此里面到底什么样子，只能是从传闻中猜想。但大体设置还是有一定概念，内部有大小弹子房（小弹子房是台球厅，大弹子房是保龄球馆）、餐厅、酒吧、棋牌室、阅览室等，统统为了娱乐。从外面望去，多少能看到些室内布置，似乎也都满是节日的气氛，隐约还能听到里面用留声机放着音乐。

在总会大楼外面，自然还是聚集了很多华人。一部分看上去像在等人，也有人偶尔向总会里张望，好奇洋人们的洋节是怎么个样子，更有些小商小贩挑着担子准备在这里赚点洋人们的钱，以及一排打算等到深夜拉上几个在酒吧喝得东倒西歪的洋人多赚几个铜板的人力车夫。而正是这些人之中，在梁启眼里看去，确确实实有不少人略显怪异。他们不像其他人那样总是四处张望，而只是默默地或站或坐在那里。一点都没有好奇和害怕洋人警卫的感觉。

这样的人，大概有四个。梁启把每一个细节都观察到位后，立即离开了总会大楼。

再到外滩公园，情况和总会大楼那里差不太多。

这个公园曾经因为一直以来不允许华人进入而引起过多次抗议，现在虽然并不再对华人有完全的禁入园规，但也仍旧只许拥有入场券或者穿着西装的华人入场。车夫也好，船家也好，或者还有些苦力，坐在外面无所事事。

有三个。梁启计算着便装的铁爵爷私兵的人数。不过，也或许公园里面还有，如果是私兵，弄一身西装甚至于弄到入场券都不是难事。

公园里，洋人们学着中国人的习俗，布了很多不伦不类的彩灯，一些洋人三三两两穿着洋装西服，在灯前指指点点。

实在无法看全公园里的人，最终梁启放弃了，直接去了最后一站：远洋锐利百货公司。

远洋锐利百货公司在大马路中段，也差不多是公共租界的中央位置。刚刚盖起来的新楼，有四层之高，几乎是砖石结构，与英商上海总会大楼那种带有浓厚文艺复兴时期样式的设计相比，现代得多，方方正正，气派得很。而在楼顶还专设有一个朝向四面的自鸣钟，走着洋人的时辰，每小时都会敲响音乐来报时。

在百货公司这里的热闹程度可以说是比其他两处翻了好几倍。不仅百货公司大楼里面灯火通明，货物琳琅满目，就连门口也全是打折促销的商品。如果说在总会大楼那里，华人们还只能悄悄地趴在窗子上窥视，那么在这里，华人完全可以毫无顾忌地踏入洋人的新年庆典之中。

人多，也就变得更加复杂。

梁启在整栋百货公司大楼内部上下观察，疑似铁爵爷私兵的人至少有十个之多。况且人越多，他们也同样越警惕。梁启决定不多停留，先离开再说。

情况基本上已经掌握，此时梁启不能回住所，那样万一有人跟踪，很有可能会等到夜深人静，在住所里对梁启下手。因此，只能去最为安全的妓馆躲上一阵子。

到了妙卿的房间，梁启低声对妙卿说了两句。妙卿心领神会，便装作和客人打情骂俏了一阵，让房间里的气氛不至于被怀疑到。

第二天一早，梁启就穿上存放在妙卿房间里的西装，打扮得像个外资公司的买办，出了门再次去了百货公司大楼。

想要暗查，首要就是先让自己融到环境里去。

白天的百货公司，相对于晚上来说要安静许多。大概是因为洋人们在白天都得去公司里按照他们的时间去上班，只有下了班，他们才活回主人的样子。不过，再次来到百货公司大楼，梁启并不打算进去。内部在头一天晚上已经全都看清楚了，如果再进去，假若撞上便装的铁爵爷私兵，难保不会被怀疑到。因此，他直接到了百货公司大楼旁边的小巷。那里是梁启早已看好的地方，是一家看上去还不错的西装裁缝店。坐在店内，透过窗子刚好可以看到马路对面的百货公司大楼的出入口大门。

梁启拿出一张常用的伪造名片给店家，称要给老板的女儿定制一身洋装。店家看梁启谈吐和穿着都不错，自然相信，便尽心尽力地为梁启服务。梁启按照荒江的样子给店家描述了一遍，店家自然希望女孩自己来才好量尺寸，梁启说要先让大小姐喜欢了她才会来，店家便立即去画设计稿了。

趁着店家忙着画稿的空当，梁启坐在窗边，就像是看风景一样观察着百货公司大楼的大门。

之所以要定制女孩的洋装，自然是因为设计起来相当复杂，可以给梁启足够的时间观察。

一天的时间转瞬即过，夕阳下大楼的大门前又熙熙攘攘起来。而铁爵爷私兵反倒在夜幕之前已经让梁启看得心里有数，无须在这里继续了。此时，店家也画出了第十稿给梁启，梁启看了之后不禁心动。这个店家确实辛苦，不妨真的给荒江定制一身算了……便真心地把十幅设计稿都收进手提包里，谢了店家，说了一句“尽快联系”便离开了。

不用再去外滩公园和上海总会，一天的成果也让梁启更加确信自己一开始的判断：虽然是三个地点，但最终他们是打算在百货公司大楼动手。

其实这也不难判断，主要是另外两个地方虽然洋人更加密集，但华人很难进入，即便外滩公园并非完全禁止华人，但如若行迹可疑还是会被立即逐出，华人在外滩公园里太过显眼。不容易进入，对打算进行恐怖袭击的组织自然不利。放弃另外两处是必然的选择。而从陆陆续续、来来往往了不下四五批铁爵爷私兵前来调查过百货公司大楼内内外外的各种实地情况来看，也就更加确信了。

那么现在剩下的问题就在于他们打算什么时候动手。以及这些私兵到底和那个过身客有什么关系。

原本已经打算回妙卿那里的梁启，忽然站住了脚。听着旁边一家不算起眼的番菜馆正播放着实际上已经过去了的圣诞节相关的音乐，一下子意识到，也许根本没时间给自己慢条斯理地写调查报告给谭四了。况且，恐怕谭四现在也根本不在 W 实业，而在为了帮大姐头脱身奔走。

圣诞节已过，后天也就是西历 1907 年 1 月 1 日了。洋人们喜欢聚在大自鸣钟下面一起喊着数字倒计时迎接新年，所以在明天晚上，这里就一定会聚来相当人数的洋人，一起喜迎新年的到来。那样的话，太合铁爵爷的意了……

梁启一咬牙，扭头又回了百货公司大楼附近。

第十七话·目击

西历新年的钟声刚刚敲响。在上海的租界区，有几处都建有大自鸣钟，钟楼下面都聚集着刚刚倒计时欢呼、正处在兴奋欢腾气氛下的洋人，也有不少来凑热闹的华人，甚至还有从虹口过来的日本人。

忽而，就听到了警笛声响起。

所有人都惊慌起来，不知道到底发生了什么，更不知道发生的事情严重与否。但既没有看到爆炸，没有看到火光，也没有听到枪响，只是全城戒备一般地四处响起警笛。

躲在妙卿房间里一整天的梁启，听到警笛声四起，也慌了神。妙卿同样有些紧张，不再是一如既往的懒散，轻声走到窗前，从窗帘缝往外看了又看。

“不行，我得去找他。”梁启咬着牙挤出一句话。

妙卿也不退缩，点头说:“现在我这里最安全，说什么也要把他弄过来。”

梁启从没想到妙卿她会是这样一个豪迈又果敢的女子。虽然自己也才刚刚死里逃生，该去做的终究得去，即便已经违背了自己处事的原则……但要救的那是谭四……

不容分说，让妙卿房间的门帘仍旧是放下的情况下，梁启悄悄地溜出了妓馆。

四马路上还没看到有吹着警笛的巡捕。梁启算是放心一点，一溜烟钻进小巷往前走。实话说，前一天的惊魂未定，此时又要出发去面对未知的危险，多少还是带有着本能性的恐惧。

真是没想到，这一年的最后一天竟然是这样度过。

在前一天，梁启还以为自己完全可以应对。在确定了跟踪的对象后，他只是假装成一个下班后无事可做的上班族买办的样子，就一直跟着过了洋泾浜，向南而去。

之所以梁启会这么大胆地去跟踪，也是因为他在观察的过程中发觉这些所谓的铁爵爷私兵都有一个共同点。无论他们是身材粗壮还是骨瘦如柴，似乎在感知上都有些问题。在一天的观察下，看到他们被路人撞到就有十来次。在感知方面，恐怕那个过身客也给他们做过什么手脚。

即便是出了闹市，走在夜深人静的小巷里，也根本没有被发现。

冬季的上海夜晚，湿冷得让人瑟瑟发抖，梁启也搞不清自己到底是害怕还是……只是一只手已经探到手提包里，摸到那只竹筒。

终点是建在南市还要往南的地方，在人工堆起的山坡上有一栋孤零零的别墅。

看着通往别墅的竹林小径，黑黝黝的里面全是意味不明摇摇晃晃的影子，梁启不禁又想起过身客的那个啃食人类弃尸荒野的传说……

已经都走到这里了，梁启咽了口吐沫，把手从竹筒上松开，借着竹林的沙沙声，上了台阶向那栋别墅走去。

从外面望进去，美国乡村风格的两层加阁楼坡顶别墅，总共有四扇窗是亮着灯的。分别是一层左下角的房间、二层全部和三层阁楼样子的小窗。

太安静了。

当梁启潜伏在别墅的铁栅栏门边上，等了许久之后，不禁下了这样的结论。虽然都亮着灯，但是一丁点动静都没有，况且从外面看实在看不出所以然，只能铤而走险进到里面看个究竟。

围着别墅的围墙转了一圈，梁启终于找到一处距离一棵树比较近、有可能翻得进去的地方，尝试了三次才终于跳了进去。

院子里面是典型的别墅庭院，和荒江的家也差不太多了，中央有喷泉，别墅前是草坪和修整得有几何美感的树。这样的庭院布局对潜入者来说好坏参半，好处在于视野基本上不受阻挡可以观察得很清楚，而坏处也在于此，很容易被暴露。

梁启本来就不是什么专业密探，就算沿着墙根的阴影向别墅靠近，都显得笨手笨脚不协调起来，便更加紧张了几分。

或许算是幸运吧，梁启小心翼翼地走到了别墅的一扇窗前也没被什么人发现。他悄悄地探头向那扇亮着灯的窗内看。

一眼看去，惊讶不已。

这个别墅内部和想象的完全不同。没想到里面几乎完全是被掏空的，成了一个直通三层阁楼天花板的大开间。所以几间所谓亮着灯的房间，其实都来源于同样的光源，那么没有亮的窗，反倒应该是单独的房间。

在通透的屋内空场里，也是古怪。仅从这扇窗很难看全，只是能看到贴在墙边是一排排大型玻璃罐，罐子里面全都装着意味不明的液体和浸泡在液体里的密密麻麻的……虫子？果然是虫子！但虫子是死是活看不清楚，只能看出它们种类各不相同。而比起虫子来，更为显眼的应该是，在最远处有一套和这些虫子玻璃罐完全不是同一风格的区域。在那里更像是一个机械制造厂，几个冷冰冰的操作台和车床之间，坐着一台怪模怪样有双臂却没有双腿、只有轮子的大概近三米高的大型机械。这东西……怎么看也像是一台用于战斗的机械兵器。只是它看上去，长时间没有动过，是废弃了？还是……

忽然……

一张面无表情的脸，出现在了梁启的眼前，就只隔了一扇玻璃窗。

惊叫一声，梁启被吓得一屁股坐到地上。随后立即翻身要跑，却听见三楼有开窗户的声音。梁启顾不得太多，翻过身来立即连滚带爬地往别墅的大门跑。但只听头顶似乎有什么重物一下子飞过，就看到一个粗壮的家伙从天而降，重重地跳落到了他面前。

梁启又是“啊”的一声，扭头再向反方向跑。见到又有一个面无表情的家伙从三楼的窗口一跃而起，跳落到了自己面前。落地后，立即向梁启扑来。

这么高，他们不觉得疼吗？！

根本来不及多想，此时梁启已经把那个竹筒握在手里。在前后两个怪异的壮汉扑上梁启的一瞬间，梁启已经右手握住竹筒朝天，左手拉掉了那个拉环。只见拉环被拉掉后的小孔里闪了一下白色的火星，右手手心感到剧烈的一震，“嘭”的一声爆炸，在一道强光下，一颗礼花弹一样的火球直飞上天。

也许是爆炸的强光对近在咫尺的两个壮汉有致盲效果，要么就是纯属被突然的爆炸震到，反正就在这一瞬间，两个壮汉都定住了。

当然，定住也只是一瞬。

即便只是一瞬，对毫无反击能力的梁启来说也是救命的时间，他根本不顾什么方向，再次连滚带爬先从两人夹击之中逃离。

面前正是围墙，梁启便用自己都大吃一惊的矫健身手一跃翻了出去。同时，那颗火球也在天空中爆炸。梁启仰头瞥了一眼，本以为特殊图案会是个 W 字母之类，然而却是……一只猫的图案……

根本没时间管得了什么猫形图案的信号弹，梁启扔掉手里的竹筒立即往别墅的另外一边跑。跑不多远，有一块大石头，刚好可以藏身。

之所以没有往竹林小径下面跑，是因为梁启太有自知之明，他知道如果自己那样跑的话，估计也只是刚刚跑出竹林就会被那几个家伙给追上，反倒白白浪费了刚才脱身的机会。所以最好的选择自然是迅速躲起来，然后等待救兵。

看来刚才翻墙出来时，没有被更多的人看到。抑或是这些人的脑回路有些问题。自己消失在他们的视野范围内，他们不知道推理到墙外来找，而是乱糟糟地在院子里四处乱撞。听脚步声，大概已经有六七人在院子里了。

这样的局面虽然是好事，但院子里乱糟糟却没有人说话，只是听到四处乱窜的脚步声，说来也是恐怖。

只有盼着谭四快些来救自己了……

过了不知多久，在院子里的脚步声依旧乱糟糟没有停下来时，忽然梁启听到有什么动静从竹林小径外传来。可还没等梁启判断出来那是什么，就听小径外有人喊了一声“梁先生！快！过来！快”，是……是黄樟？！

梁启差点没摔倒在藏身的大石头旁边，心里不禁骂了起来，怎么是黄樟不是谭四？！黄樟你小子这么一喊还不所有人都过去了？！但骂归骂，根本顾不了太多，只能冲出去了。

果然和梁启预料的一样，当梁启冲出来跑在竹林小径上时，院子里的一群壮汉就如同终于接收到了信号一样，蜂拥地破院门而出，追赶上来。而且，这帮人的奔跑速度远远超乎了梁启的想象。梁启还没跑出去十米的距离，已经有三个人如同猎豹一样瞬间奔到了梁启身后。

或许是太幸运，梁启这一跑，手提包也翻了个儿，那八页洋装的设计稿统统散落在身后的小路上。刚刚奔到梁启身后的壮汉，正一脚踩到一张。如果是平时，踩到一张纸并不会怎样，但因为他的速度过快，反倒因为脚下摩擦力的突变而失去平衡，一下子摔倒在地。紧随其后的几个也猝不及防地叠罗汉一般摔了下去。

梁启擦着冷汗终于穿出了竹林小径。

在小径外营救他的原来不只是黄樟，一台左右有两只大车轮样貌极为怪异的车停在小径路口。梁启立即知道了这是什么。之前见过，这是夏天时那场水龙大会南洋公学派出参赛的水龙车。只不过现在，它没有装水箱。

“别愣着了，快上来！”

黄樟和一个学生骑在左右两只大车轮里，双脚都踩在踏板上蓄势待发。

不想那么多，梁启立即爬上尾部的梯子。他刚刚双脚离地登上梯子，黄樟和那个学生就已经开始拼命蹬起脚踏板。水龙车一下启动，速度提升极快。幸好梁启抓得牢，不然一下就被甩下去也不好说。

水龙车刚刚飞驰起来，五个壮汉就喷射一般从竹林小径里冲了出来。

梁启爬进了水龙车后面如同蝎子尾巴一样的小操作间。没有水箱，自然这个操作间也没有实际用处，坐稳的梁启，终于感觉自己是获救了。

可是他还没真的把气喘顺，就听到黄樟又大吼起来。

“我去！那几个都什么玩意儿？！怎么跑得这么快！”

梁启立即回头看，没想到五个壮汉飞一样地狂奔在这辆以速度见长的水龙车后面。虽然还不至于立即追上来，但恐怕稍有失误或者速度稍慢下来一点都凶多吉少了。

“大招！换五挡呀！”

这时梁启才注意到，原来在最前端的驾驶室里操控水龙车的是大招。从背影就能看出他也紧张得不得了。

“已经是五挡了！”大招也吼了起来。

“我去！拼了！”

黄樟刚沉默了片刻，突然又吼了一声。

“大招！认识路吗？！”

“不认识！”

“我去！！”

只有风声，还有水龙车各处飞轮高速旋转的蜂鸣声。

那种心惊胆战，直到此时又要去找出了事的谭四时，梁启还是想起便心跳加速。

到底去哪里才能找到谭四……

实际上在新年夜之前，谭四是给梁启捎过口信的。在黄樟和那个学生都开始体力透支，水龙车速度变慢，五个怪物一般的壮汉迅速追上的时候，终于水龙车也冲进了有人烟的市区。

其实，进入市区，大家就更担心了，因为道路变得复杂，各种突发事情都有可能发生。但市区的灯光一出现在五个怪物壮汉视野范围内，立即起了意想不到的作用，他们突然齐刷刷地急停站住，互相用眼神交流了一下，扭头回了市郊。

他们真的消失后，水龙车上的几个人才终于松了一口气。看上去，黄樟已经又急又累又怕得快哭了。

水龙车的速度放慢下来，缓缓地停到了不碍事的一个街角。几个人从水龙车上下来，各个都被汗水给打透了。喘了好久的气之后，黄樟才说起了那个一同驾驶水龙车的学生。这个学生面色白皙，看上去相当文静，虽然也是一身汗，但仍有一种处乱不惊的淡定。

“这是我的同学，叫乔均。好像大招和他也认识吧。”黄樟弯着腰擦着汗，一点也不像是在介绍人。

乔均？确实听大招提起过，这个时候的大招开始认真地和地泽学习各种机械知识，还时常会去南洋公学找一个朋友聊天，偷学些考南洋公学的技巧。好像那个朋友就是叫乔均。还以为会是一个愣头愣脑的家伙，没想到这么温文尔雅。

梁启向乔均笑了笑，点头致谢。

“对了，您就是梁启梁先生没错吧？这是谭先生托我捎给您的。”乔均从他侧挎的一个背包里掏出了一只铜轴，递给了梁启。

“啊？为什么他托你捎信，而不是直接找我？”黄樟忽然愤愤不平地抗议。

“当然是怕你一紧张就给忘了。”

梁启顾不了他们之间拌嘴，拿过这根铜轴看了看，上面布满位置不一的圆头短针，一下子就明白是干什么用的，却还不知具体内容是凶是吉，只好先塞进手提包里，日后再看。

这时大招才终于开口说话，声音有些颤抖地问：“那……那刚才的那五个到底是什么怪物？”

他一定是希望两位南洋公学的精英学生能给他最为确切的答案，但两人只是相互对视摇了摇头。大招又看向了梁启，梁启虽然知道些过身客的事，自己又目击了那些装有各种虫子的玻璃罐，但也仅仅只能算是猜出一半，不好过早就下结论，便只好也摇了摇头。

“不过……那些玩意儿真的不会危及到这里吗？”黄樟也惴惴不安起来。

梁启自然不能说他已经监视这些怪物有一阵子了，并且推测他们要在新年夜动手。因为一来还是不要引起恐慌为妙，哪怕只是如此小范围的也有可能一发不可收拾；二来根据刚才那些家伙回避市区的行为判断，他们一定是受到什么命令不能引起民众的怀疑或者关注。那么，破坏这次即将发生的恐怖袭击，大概就还有办法了。而且刚好这个办法也只有梁启能做得到。

不知算不算歪打误撞，谭四给梁启的那个信号弹烟花，烟花的样式太过出奇，夜空中忽然爆炸出一个猫头样子的烟花……正好可以以此为引子写出一篇新闻来，新闻就来介绍一下那个放了猫形烟花的地方其实是市郊的一栋竹林别墅，记者亲自走访，发现那里不仅仅是豪华别墅，还是一个传播泰西千奇百怪科学的展览室，实在是有趣得很，值得市民关注。如此即可，而竹林别墅与过身客的关系，万不能提。曝光只能适可而止。适度的曝光，对他们来说就是一种威慑，这种威慑至少可以保证他们在新年元旦的计划必须推延了。当然，一旦发表了这篇新闻，自己的安全也就成了问题，但那都交给新年以后的自己再去发愁吧。

想定对策，梁启便安慰了几个年轻人一番，让他们放心，绝不会让那些怪物乱来，随后和他们告别，独自赶回新新日报馆，开始写那篇必须要写的新闻稿了。

谭四托乔均捎来的那根铜轴，正是在将近一年前，梁启还是一个报馆新人重逢谭四时，谭四给他的写稿人偶里的部件之一。现在在妙卿的房间里还有一台用于通讯的写稿人偶，只要把那根铜轴装上，内容自然而然就可被写稿人偶写出来了。

“有变、散”。

只有这三个字和一个顿点……但显然能看出谭四遇到的事情有多棘手。

“散”，也就是说不要再去早已约好的张园安垲第会合了？那么反过来说，他更有可能独自过去。没有什么特别的原因，只是出于对谭四的了解。

那个地方人多，相当多，而且人的构成也相当复杂，谭四必然认为那里是最安全的，可以藏身。

走在大马路上，灯光依旧明亮，但因为过了零点也有半个多小时，聚在街上的人逐渐散了，然而到酒吧酒馆餐馆里的人反倒多了。洋人们就是喜欢这样的热闹，一直热闹到天亮也不会觉得累。

警笛声基本上已经平息。街道显得更加寂静了一些，但这样的寂静到底意味着巡捕放弃了还是已经抓到了谭四，就不得而知了。也更加令梁启心急。

加紧了脚步，却不能过快而让路人特别是偶尔出现的巡捕产生怀疑，梁启一路继续向张园赶去。

要说最为繁华的大马路已经静寂下来，那么张园就可以说是仍处在新年的欢庆之中。在张园里，人多得吓人。安垲第门前的草坪，满是穿着华丽洋装洋服的洋人们，男男女女有的点起烟火，有的三三两两在草坪上跳舞欢歌。草坪边还搭起了几个棚子，棚子里销售着炭烤肉、热红酒等等吃食。

梁启从他们舞动的扭曲的身体之间穿过，闻着热红酒的酒气混杂着刺鼻的香水味道，钻进了安垲第大楼内。安垲第里面也同样成了舞池，曾经是华人们集会演说的地方，现在成了洋人们的乐园。他们同外面的人们一样，有吃有喝，有说有笑，唱歌跳舞，吵闹得让人心神不安。

不过，正是在这个大厅的角落，梁启忽然看到几个已经喝得东倒西歪还在胡言乱语的洋人身旁，地面上有一小摊血迹。

梁启愣了一下，立即追寻着血迹往大厅的角落去找。

果不其然，谭四正坐在地上。只不过，显然他的状态非常不好，虽然看上去出血不多，只是左手受伤，但从眼神和脸色来看，已经疲惫不堪到了极限。

看到梁启出现在眼前，谭四只是虚弱地说了一句：“没遇到乔均？”

“别说那么多，赶紧跟我走。”

反正谭四也无力反抗，梁启半扛着他，从安垲第侧门出来，塞进了早已叫好让车夫等在张园门口的人力车里，并放下了保暖用的车帘。

也许真的是这帮群魔乱舞一般的洋人，无意间保护了谭四。

要抓谭四的显然不是西捕而是清廷的华捕。不然不可能在吹了这么久的警笛的情况下，却根本没有人到最热闹的大自鸣钟附近搜查。就算在租界可以有清廷的巡捕，巡捕也完全不敢在洋人聚集的地方滋事。新年夜的张园，确实是谭四明智的选择。

妓馆里也进入了深夜环节，大厅里寂静无人，所有的客人都在各自的房间里寻欢作乐，没有谁再会有闲工夫去看一个人架着一个伤员进到妙卿的房间。

“总算救回来了……”

妙卿又恢复了懒懒的语调，但动作麻利，帮着梁启把谭四放到床上，又端来一盆热水，帮谭四擦拭了左手的伤，简单包扎了一下。

也是在包扎时，梁启才仔细看了谭四的伤。只是被什么利器砍到左手，没有伤到筋骨，也没有伤到动脉，才终于放下心来。谭四的状况看来并非是手伤所致，恐怕这几天别说休息，就连睡觉都没有过了。

“床上有血迹了，万一巡捕来查怎么办……”梁启忽然又担心起来。

“这还不简单？把他塞到床底下，然后你过来，我就说我来了那个，但梁大爷您还是强要和我睡。”

“确实是个办法……”

“当然了，我办法多了去了。那么……”

梁启正想再次赞叹妙卿的果敢和智慧，忽然听到她这话锋一转，立即意识到不妙……非常不妙！还没等梁启做出反抗，妙卿已经率先笑吟吟地说出了口，那眼神也同样不容反驳，犀利得甚至可以直接刺死竹林别墅里的那些怪物壮汉。

"那么，我既然都帮了这么大的忙，给我额外加钱吧。"

就知道会是这样……

梁启扬起了头，无助地看着天花板，说不出话。

第十八话·前夕

从南洋公学的大门牌楼出来，是跨过法华浜的一座小桥，当年盛宣怀出资创办南洋公学时才搭上，因此直接命名为南洋公学桥。可以说，这座南洋公学桥对南洋公学来说，也是一种寄托和象征了。多少心怀抱负的毕业生，就是从这座桥走过，去往公学之外的大千世界实现报国理想。

黄樟，也再次从南洋公学桥走过，当然"走过"只是因为这是他从公学去 W 实业的必经之路而已。

过了南洋公学桥，走不远是一条不宽的街道，路两旁都是高大的法国梧桐。因为已经过了新年，洋人们的狂欢散去，一时间恢复日常，从而即便是傍晚，街上也还算清静。黄樟正优哉游哉地准备去搭船，忽然看到街边有一个老头向自己走来。大概是因为这个老头相貌穿着都太过稀松平常，一开始根本没有注意到他，直到他已经即将走到自己跟前时，黄樟才突然感到一阵危险的气息。然而，对方是个老头，能有什么本事？黄樟正打算等老头近身时再次施展他那三招迷踪拳关节技，就见还在两米开外的老头一抬手，从袖子里喷出了一个什么东西。随后他便不省人事了。

谭四的伤，实际上并不算重，只是左手在战斗中被刀砍到。而正如梁启所猜测的一样，谭四之所以会几乎丧失意识地躲在安垲第的角落里，只是因为他过于疲惫，完全透支。

足足睡了一整天之后，除了左手还不能动以外，基本上已经恢复。

既然已经被梁启救回到妙卿这里，谭四也没有话可说，吃光了梁启给捎来的整整两只烤鸡之后，跟妙卿道了谢便离开了。

妙卿给谭四包扎得相当仔细，左手不仅用纱布给缠好，还不知怎么懂得了西医外科的方法，用个包袱皮将谭四的手缠好吊在了脖子上。这样吊着，整只手都觉得轻松了许多，谭四一边注意着是否还有搜查自己的巡捕，一边摆弄着自己的左臂，一边思考着接下来到底该怎么办。

就在谭四还没走到黄浦滩找船过江的时候，忽然有个人迅速向他靠近。

谭四心中一笑，别看自己伤了一只左手，但只听这家伙的步法就知道根本不是自己的对手。只不过转念一看，周围人头攒动，如果大打出手，一定会引起骚乱，以自己现在的处境来说可是相当不利的。这家伙果然还是知道自己的底细了？所以聪明地选择了这里？

那人已经迅速靠近到了谭四身边，谭四只好准备见机行事，要是真动手也是没办法的事了。

走到跟前，那人却什么动作也没做，只是低声说："黄樟在我们手上，立即去竹林别墅赎人。"便迅速离开了谭四身边。

谭四本想回身抓住这个人，但还是停手了。在众目睽睽之下，不可能制伏这么一个人当人质，去做交换。看着那人远去的背影。这样的做派，依稀让自己怀念起曾经给大姐头办事时的时光，不过就在元旦，大姐头的队伍算是垮了。

那个竹林别墅，这两天听梁启的描述已经知道个大概。恐怕铁爵爷的那些奇怪私兵，还有刘龙的怪异，都源于那里。以自己现在的状况，去了能应付得了吗？还要把黄樟救出来……顾不了那么多，只能先去会会看。

竹林别墅的位置，谭四早就从梁启那里知道了。直接搭船到了附近，再跑着过去。

这里果然是一条竹林小径。谭四沿着小径往深处走，上了缓坡，就看到了那栋三层坡顶别墅。别墅的大门敞开，正等着谭四到来的样子。

天色逐渐暗下来，别墅里的灯点亮。和梁启所说的一样，四个窗是同时亮起。

事已至此，就算是一群铁爵爷私兵，也只能硬闯了。谭四直接走进院子，推开了别墅大门。

别墅内光线明亮得甚至有些刺眼，倒是借着灯光一眼就能看清内部的布局。

大厅如梁启所述，完全被打通，站在里面如同在教堂里一样，屋顶高高在上。然而，不同的也有，大厅过于空旷了一些，根本就没有梁启所说的那些装满虫子的玻璃罐。谭四又迅速环视了一下，墙面多处都有明显的柜子印迹，也就说明这里是刚刚被清空。而唯独那台突兀的大型装甲机械，还是和梁启所说的一样，坐在墙角。那个是……

还没等谭四再仔细去看，就听有一扇门缓缓打开。

谭四回头，正见一个老头，推着一个样子极为古怪的轮椅出来。轮椅上坐着的正是惶恐不安的黄樟。黄樟一看到谭四，立即张大眼睛，但似乎事先受过什么威胁，并不敢出声。

“有胆识，真敢单刀赴会。”推着轮椅的老头倒是泰然自若、慢条斯理地夸赞了一下谭四，“不过，我劝你别轻举妄动，我知道你的本事，但只要我动一动这个扳手……”老头指了一下他手扶的位置：“他立马就能被撕散架喽。”

听这个老头一口京片子，到底他是什么人谭四已经猜出七七八八。只是一来他看不出那个怪模怪样的轮椅到底是什么机关，二来也还没搞清这栋怪异的别墅里是不是有什么陷阱，因此不动是最明智的选择。

“我也不多说废话了，虽然我是个老人家了，但在咱这儿不讲这些礼数，我自己介绍一下，老夫姓雷，单名一个鲲字。”

听到这个名字，黄樟自然没有什么反应，但谭四确实为之震惊了一下。雷鲲，在早些年里，那也曾是一个赫赫有名的人物，只不过甲午之前就和洋务派的官员百般不合，早早退出朝野。要说雷鲲的本事，那倒也是非同小可，幼年时就进了魏源门下，专攻泰西科学。被当时人称为《海国图志》的一代。只可惜这一批聪明绝顶的学徒，个个都是古怪脾气，从政路上全军覆没，没两年就销声匿迹，无人再提了。最终可笑的是，魏源的《海国图志》反倒传到日本，因为影响颇深，成了日本率先维新成功的重要一环。

雷鲲到底是哪年生人，谭四并不清楚，但算来现在怎么也应该有七十岁了。竟然一直活着，还这么硬朗，仅此一点就足以令人惊叹。更令人惊叹的是，从现在的情形来看，显然他是在甲午之前退隐便去了铁爵爷那里，那么谭四所见到的铁爵爷的那些稀奇古怪的枪炮，甚至后来谭四一直移作他用的死光炮，恐怕都是出自雷鲲老爷子的设计了。

忽然，谭四意识到这个屋里的角落，那台大型装甲机械，大概也是他的杰作之一吧。

这葫芦里到底卖的是什么药……

雷鲲老头自然就是在等谭四脑中生出一百个问号来，看着他微微皱眉、目光紧锁在自己的双手，不禁呵呵地笑了起来。

“开诚布公地说吧，你们到底掌握了多少信息？”雷鲲老头依然慢条斯理，但语气不容争辩。

“什么意思？”

“你似乎没有提问的资本吧。”

“铁爵爷在捣毁所有鸦片窝点。”

“呵，销烟这种事根本不用你来说，是大清国的子民都会做。”雷鲲老头苍老的手紧握在那个机关把手上，“别故意兜圈子了。”

“……”谭四沉吟片刻，“过身客，加入了铁爵爷军团。”

“哦？那他是凭什么加入的，你们应该也已经知道了吧？”

“寄生虫技术。”

这个困扰了谭四近一年的问题，在近期查出过身客的底细和行踪，再加上新年之前梁启亲眼所见的东西，谭四终于搞明白了到底是怎么回事。虽然原理不得而知，恐怕只有过身客才能解释得清，但到底过身客对那些私兵还有刘龙做了怎样的手脚，基本上一清二楚了。过身客从美国回来，或者说他在美国读书的时候，就一直在做相关的研究。只不过恐怕没有足够的活体给他来试验，直到在绍兴附近村子的那场肺蛭病暴发。查到这里时，谭四甚至开始怀疑那一次肺蛭病暴发本身就是过身客搞的鬼。先将寄生虫种到人体内，然后观察它的繁殖速度以及致死量等。十几年前的过身客传说，同样表现出他在做着人体试验。那么多尸体都被啃食，并不是被什么食人癖的家伙咬死，而是过身客研制的不同种类的寄生虫，从内而外地啃食了活人致死。大概真正研制成功是到一年前的事了，过身客终于研制出了多种可控的寄生虫，也就是梁启所见到的那些玻璃罐里的虫子吧。这些寄生虫被种植到人体内，直接在肌肉组织里繁殖，用虫代替了肌肉的纤维，而且还强化了人的运动神经和肌肉力度。谭四不禁想起最初在电厂前用朴刀砍进铁爵爷私兵的腿时那种怪异的手感。

可是现在还有问题……怎么过身客的试验室清空了，雷鲲的大型装甲机械却还在这里。

“有一手！有意思！够厉害！竟然能明白到这一层了，老夫实在都对你心生佩服了。那你看出老夫对那个什么玩意儿过身客一百个看不惯吗？”

谭四不置可否地笑了，等待下文。

然而雷鲲老头却并没有继续说过身客，而是说起了别的。

“你的那个大姐头就是铁爵爷暗中活动多时，朝廷才终于抓到她的。我想你这手也是保护那丫头时受的伤吧？别伤着了筋骨，那可就白糟蹋了你这一身的功夫了。”

“这个就不必您来操心了。”

“好了，那我说正题。”

老头子说完停顿片刻，感觉就像是口干需要用唾液润喉一样。

“你来这儿自然是来做交易的，我有人质，所以你没有选择的权利。”

老头子又停顿了片刻。

“这里原本是我的试验厂，那家伙来了以后，很多事情都停滞了。你们是干了好事，那家伙被你们一搅和，鼠窜逃跑了。现在，只剩下个烂摊子。”

原本想要悄悄靠近寻找时机的谭四，感觉好像有新的转机，便立即停止即将展开的行动，等待这个老头继续说下去。

“你可以过去看看那家伙，”老头子用苍老的下巴微微一抬，指了指墙角的大型装甲机械，“我的宝贝，只有这么一台，叫‘飞霆甲’，和李中堂命名的那艘英国军舰同名，十多年前要是这家伙能动起来，大清国早就强了。”

那台名为飞霆甲的大型装甲机械有双臂，看上去也有厚厚的钢板，恐怕确实是战斗型机械。谭四走到它跟前，又大致地看了两眼，机械臂的关节做得相当精细而且看上去十分结实，如果只是从工艺上讲，绝不比英美列强的新式枪炮要差，或者说已经超过了他们的水平。只不过，谭四在心里还是对老头子的观点嗤之以鼻：“老古董，你根本就不懂世界局势。”

然而，谭四还是拍了拍大家伙的钢板，以示欣赏。

“那家伙我借给你们。”

“啊？”

“不卖关子了。”老头子拍了一下黄樟的脑袋，黄樟吓得尖叫了一声，

"掳他过来，只不过是为了让你能乖乖过来接受我的馈赠。还有，再告诉你们一个消息，你们那个报道算是激怒了爵爷，爵爷决定择日就架炮轰平洋人们的租界区。他老人家已经亲自过来了，开炮时间，也早已定下，正是洋人们的星期一。现在算算，大概还有一星期时间。呵呵，紧张吗？顺便一提的是，他老人家还想看你那个大姐头上刑场的一幕，所以时间上都安排到一起，图个效率，过来上海一次不容易，统一完成。"

谭四已经瞪圆了眼睛，盯着这个说话慢条斯理的老头。

"炮，就架在江南机械制造总局，全是老夫亲自设计的大炮，准星射程全没的说。五十门大炮齐发，转眼英国人法国人美国人俄国人德国人日本人甚至我们大清国人，管他是哪国人，只要在租界区的，全完蛋。"

"您把这些告诉我，目的又是什么？"

"我的目的？我的目的当然就是……借刀杀人了。"

他也太直言不讳了……

"我也老了，不想折腾了。我现在只想看着那个浑蛋过身客死在我面前，别的全都是过眼云烟了。他死了，我就安心隐退。再不问任何世事。"

听了这话，谭四只是冷冷一笑，半开玩笑地说："那不妨来我们W实业吧。"

"少得寸进尺！鼻子刚摆这儿，你就要蹬鼻子上脸了。"

"得得，您息怒，咱还是来正经事，把黄樟交还给我吧。"

"自己过来推，还要老人家给你送过去吗？普通的轮椅，没任何机关。"

谭四一下子畅快地笑了起来。

老头子根本不再理睬谭四，双手松开轮椅，腰也塌下不少，转身缓缓地向别墅大门走去。走到大门前，正要出去，却又回头再次向谭四笑了笑，说："别忘了，时间只有一个星期了。"

原本打算的是等伤养好，自己潜入到狱里把大姐头救出来。状态良好的情况下，不算是太难的事，做好十足准备，一人不杀也照样能完成得了。可是如果把救援时间一下提前到了现在的话……

谭四走到黄樟身边，帮他把手脚松开。

“你到底是怎么让这么一个老头子给掳走的？”

黄樟就把自己被他袖子里喷出来的不知道是什么东西击晕的事讲给了谭四听。

谭四又看了看缓缓走进竹林小径的老头的背影，说：“估计他那身上全是机关了。”

“现在怎么办？”

“麻烦是挺大的……咱们不能眼看着铁爵爷拿大炮轰平了租界吧。”

但黄樟清楚，谭四心里想的一定全都是关于大姐头的行刑时间突然提前的事，然而自己在这件事上又一点发言权都没有，只好沉默下来。又过了一会儿，大概是因为别墅里太过安静，安静得几近尴尬，黄樟就只好没话找话地又说了一句。

“真的就这么简单？”

“不好说，不过两件事倒是有些意思。一个，你安全了，这个轮椅真的什么机关都没有，刚才我还特意扳了一下这个。”

“万一要是有呢！天啊……”

“另一个，咱们想办法先把那玩意儿运回去，我看了一下，那玩意儿没有动力系统。”

向前推了一下轮椅后，谭四忽然又说：“噢，对了，还有第三件事。”

“什么？”

“我一只手推不了这个轮椅，你就不能站起来自己走吗？”

当谭四和黄樟在墙角的飞霆甲周围研究了一番之后，确定这东西根本运不走。虽然这家伙有轮子，但没有动力驱使，轮子是锁定的，根本无法转动。而沿着机件结构很容易就摸到了它的动力系统所在，差不多就是类似于动物的腹部位置。

飞霆甲的巨大机身，除了在尾端是暴露在外的座椅和操作平台以外，整个都是包裹在钢板之中的，看上去相当耐打。而它的动力舱则被保护得更加严密，钻到飞霆甲的底端，才在左右的车轮组之间看到动力舱的舱门。

谭四单手打不开舱门，就又爬出来让黄樟帮忙。

黄樟弯下腰看了看，钻到飞霆甲底盘下面，鼓弄了一会儿，打开了舱门。谭四正想钻过去看看情况，就见躺在地上的黄樟一起身钻了进去。

“咦？这里面是空的。”

听到舱内传来黄樟闷闷的声音。随后，他又钻了出来。

“太黑了，什么都看不见，但里面完全是空的。”黄樟站到飞霆甲旁边，比画了比画，“差不多从这里到这里，然后从这里到这里。”

谭四站在飞霆甲旁边，根据黄樟的描述在脑中构想了一下。那么差不多里面有小半间屋子那么大了。再看它的顶部，左右各有一根长方的烟囱，明白了它所设计的动力系统是什么了。想想雷鲲活跃的年代，蒸汽机是最先进的动力系统，如此设计也的确毋庸置疑。只是，如果是蒸汽机，这个空间确实太小，怪不得雷鲲说这家伙根本就没能动起来。

最终只是送了一堆废铁，还当成什么宝贝了。

不过，谭四还是钻到了动力舱里，摸黑四处探查了一下。再钻出来，跟黄樟说：“这家伙咱确实运不走，现在你去把天泽他们都叫来吧，不好意思让你跑腿，但你也听到了，时间紧迫，刻不容缓。”

黄樟没有抱怨，立即快步出门。

待黄樟离开，整栋别墅也重归萧寂。冬季阴冷的风，吹动别墅外的竹林，说是一种容易令人进入冥想的氛围，也不为过。只是谭四没有工夫去冥想，摆在他面前的是如此两难的抉择。江南制造在城南，大姐头现在被关押在虹口，如果那个雷鲲说的是真的，就真的只能选其一了。在新年前夜，已经逃走无望时，大姐头为了让谭四全身而退说了一句“大义为重”，没想到这个“大义”将会如此沉重。

院子外面有了脚步声，听得出是黄樟他们来了。待他们进到别墅里，看到连荒江也一起到来，倒真是让谭四倍感欣慰和感动。别看她是个爱耍性子、脾气不小的富家大小姐，但确实是一个相当懂得分寸和大义的人。同样，并非W实业成员的梁启也在其中，这样也好，怎么说梁启也不是外人。

想必在来之前，黄樟已经把刚才的情况全跟大家说过了。

“那么……”

“那么先看看那个铁疙瘩到底能不能动起来吧。”

聪明的荒江抢在谭四要说些什么之前，率先向那台从没成功获得过动力的飞霆甲走去。

实际上，所有人心中都有的是要说的，但所有人都在回避，不愿说出那个已经不会有异议的抉择答案。

擅长机械的地泽紧跟在荒江身后，到了飞霆甲跟前，围着它看了又看。荒江则钻进了底盘下面那个动力舱，地泽立即俯身向里询问了一声后，递给了钻进动力舱里面的荒江一盏早就准备好的油灯。

所有人都静静地等待着荒江。

过了好一会儿，荒江才从飞霆甲的肚子里钻出来。把油灯递还给地泽，又登上了飞霆甲尾端的操控台，坐到驾驶座上，比画了比画，便准备下来。地泽伸手把她接下来，安稳地放下。

下来以后，荒江环视了一圈所有W实业成员并包括编外人士梁启，最终把目光落在了大招身上。上下打量了大招半天，看得大招浑身发痒。

随后，荒江终于笑了笑说：“我看这家伙，也只有咱们能让它动起来了。”

第十九话·出征

出征。当所有人都整装待发在临时的新据点“竹林别墅”时，恐怕也是谭四最不想看见的一幕。

谭四不可能真的完全相信雷鲲老头的一面之词，在整整一星期的准备时间中，他托天泽去暗查这些信息到底是否属实。而天泽带回来的消息却是更加肯定了雷鲲老头所言。几天的调查因为不敢打草惊蛇，没能进到江南制造局里面，只是在周围定点观察，就见到陆陆续续聚来了数批穿着胸前“铁”字号衫的私兵。

“能预估出人数吗？”

“很难，但少说也有 20 人。”

谭四计算了一下自己所能制伏的人数极限。可是现在自己的手伤，再加上他们的特殊体质……

“看到铁爵爷本人了吗？”

“没有。”

这又是一层隐性的危机，有可能随时爆发。现在的局势最好的战术自然是擒贼先擒王，但不知底细，无法速战速决，就会平添战友们的危险。

谭四眉头锁得更深。

炮轰租界区，确实应该通告官府，让官府出面阻止，但铁爵爷本身就是官府，再加上他既然真的能征用江南制造局，更是说明铁爵爷是获得了官府的默许来做这件事。因此确确实实别无他法，只有自己带人出击了。

一个星期以来，恐怕最好的消息就是那台甚至可以说是被废弃的古董级战斗型机械飞霆甲，竟真的根据荒江所提出的改造方案改造成功，动了起来。方法，说来也相当简单，就是舍弃掉它原本的蒸汽机动力的设计，直接更换为 W 实业的一个法宝级科技器物——猫电。

当然，带动自行车的猫电，功率上自然远远不足，但通过荒江的计算和设计，在动力舱中布满采电橡胶壁，大大地增加了采电面积之后，整个功率都被大幅度提升。仍旧仅仅一只猫，竟能足够带动起一台大型战斗机械。这是相当了不起的设计，但其中也有难题，就是不能像自行车那样将猫半固定在猫电蓄电箱上，猫绝对不会乖乖地去蹭，因此必须要有一个人全程看管和安抚这只电能提供者。动力舱中相当狭小，再加上新添的橡胶壁，W 实业的人，也只有明显发育不良、骨瘦如柴的大招，才能胜任。

大招倒是十分乐意，带着在电厂旁弄起来的猫园中最喜爱的野猫前来。只是当他看到动力舱的那两根做蒸汽机排气的烟囱被拆除，成为给动力舱打开的两个口径不小的孔道时，多少还是担心了一把。他担心猫会从那个孔道逃走，但实际上，他抱来的猫对动力舱内部给它摆设的小玩具毛绒球更感兴趣。

而真正操控驾驶飞霆甲的任务，自然落在了黄樟身上。原因倒也很简单，这台战斗型机械根本没有安装近些年才有的机关枪，只有两只有机械钳的机械手臂，因此除了谭四之外，恐怕只有黄樟的那三招关节技大概还能派上用场，只是有个前提条件，那就是在操作上真的可以融会贯通。可是这已经是最好的选择，没有别的办法，只能赶鸭子上架。

不过，最终飞霆甲还是需要两只猫才够。

因为在飞霆甲的动力舱改造上，又增加了两个用电设备。谭四将那台死光机安装在了飞霆甲的机甲底盘上，同时设有信号收发双用天线。另外就是在动力舱中装上了一台无线电收报机。

同时，在竹林别墅设立临时的信号站。

两套设备的安装目的显而易见，靠死光机采集图像，发送给身在临时信号站的荒江，由荒江掌控实时战况敌情，迅速发电报给飞霆甲。大招在动力舱中接收电报，并快速把电报纸条读给黄樟听，在电报机旁还装有一盏微小的电灯，供大招在光线不足的情况下可以看到电报纸条，电灯瓦数极低，耗不了多少电。

这样的团队协作设计多少能让这些没有战斗经验的人在协作下更高效安全地完成任务。

出征……

冬季的傍晚，太阳吝啬地收起了最后一丝温暖，默默地沉下。

在上海县城再往南，距离租界有了一段距离，反倒比租界区更有中国自己的年味。刚好这一天又是腊月二十三的小年，入夜后在县城也好或者再往南些的破旧弄堂以及棚户区也好，时不时放起鞭炮。此起彼伏，好不热闹。

在这样的夜晚，飞霆甲的声音反倒更容易被掩盖。至少这一点，让谭四感到略有些欣慰。

而就在飞霆甲已经预热完毕，发出低沉的涡轮转动声时，天泽走到了梁启的身边低声说："也是这两天打探到的消息，明天大姐头将被押送转狱了。如果被押回绍兴，恐怕回天乏术。"

梁启回眼看了看天泽，非常明白为什么他只跟自己悄悄地说。对于这两件事，不能再让谭四痛苦抉择一次了。梁启向天泽点了点头，随后只是和大家说了一句"不想去什么江南制造局，准备回报馆赶稿"，便头也不回地率先下了竹林小径走掉了。

有些措手不及的谭四看着梁启的背影，心中微微叹了口气，想来他就算去了，也帮不上忙，就不多说，开始最终部署队伍。

大招将猫电蓄满，黄樟表情严肃，双眼凝视前方，飞霆甲已经驶下竹林小径。荒江和负责迅速发报的风泽一同登到竹林别墅的顶层。天泽负责维护死光机等竹林别墅里的全部程序正常运转，地泽和雨泽作为后勤一同出征。

因为是小年，梁启走出竹林小径，开始向市区跑去，只有四处起伏的鞭炮声，跑了许久才终于遇到一辆人力车，立即坐上向报馆而去。

梁启的思路非常清晰，对他来说自然不可能做到用武力去救大姐头，但他至少可以用自己的报纸来尽可能地延缓大姐头被押送回绍兴的时间。

抵达报馆，梁启直冲上楼，根本不管其他几位同事看到自己火急火燎的样子而投来的惊异的眼光，拿出稿纸奋笔疾书，以“救救身陷冤案的女侠”为题立即成文。随后，急匆匆拿给经理，要求追印号外立即发行。

然而，当梁启看到经理慢条斯理地接过他的稿子的动作时，就已经意识到不妙。

果不其然，经理只是扫了一眼文章，就笑吟吟地把稿子放到了一边，准备和梁启拉家常，说各种不相干的话。

梁启当然不会遂经理的愿，做出了最后的挣扎。

经理也意识到了梁启这一次的强硬态度，立即换了一副面孔，严厉地盯着梁启，不容置疑地说：“这件事，我早就知道，但我跟你说，她被抓这件事秘不可宣。”随后，拿起那张梁启刚刚写好的稿子，撕得粉碎，并追加了一句“这都是为了你好”，就让梁启出去了。

梁启瞬间只剩下了无望无力。远远地包裹在租界区之外的华界纷纷燃放起来的鞭炮声，整个天空如同闹了肚子一样，叽里咕噜地响个不停。

谭四一马当先，冲到了江南制造局的门前。

入夜已久，有些有钱的人家已经开始放起烟花，江南制造局背面就是黄浦江，除去总局本身的占地面积庞大之外，左右都是码头，反倒可以隐约看到江面，偶尔能看到花花绿绿、五彩斑斓的烟花倒影在漆黑的江面上闪现。

谭四对坐在飞霆甲尾部驾驶座上的黄樟再次嘱咐说千万不要轻举妄动，等待他的信号行事。又对地泽、雨泽嘱咐了一遍，才放心向江南制造局的大门潜行而去。

在上海城南这里的江南制造局算是五十年前李鸿章开设的这个大型兵工厂从虹口迁来后，最为庞大完整的一处。轮船、锅炉、机械、枪支、炮弹、水雷，几乎所有的一切都在这里制造生产。由于属于军用，没有老百姓进去过，更不知道里面到底是什么样子。只是路过可以看到在铁栅栏大门之内的空场、面积可观层层叠叠的厂房、一栋相当气派的洋楼和背后永不停息的机械运转声音以及代表着发展和进步的滚滚浓烟。

谭四的计划，他自己深知绝非万全。在天泽确认了雷鲲所说属实，至少是属实一部分时，他就知道这里面绝对不会那么简单。时间如此紧迫，又有不可测因素。只能先出一招，接着见招拆招了。

带着飞霆甲来，便是给这一招上了保险。万一事态有变，飞霆甲多少能拖住一些时间，不要求他们能输出多少战斗力，只要给自己足够的时间把铁爵爷揪出来，阻止这次炮轰租界的预谋就大功告成。

刚刚翻过围墙跳进总局院内的谭四，就听那道铁栅栏门缓缓地开启了。

谭四倒吸一口气，果然遇到的是预想中最坏的一种。顾不了太多，谭四立即向回冲，这预示着所有计划必须全部取消，立即撤离。但他却发现，飞霆甲在黄樟的操控下已经驶入院中。

还没等谭四向黄樟喊话，就见到原来是在黄樟身后有三个私兵正在追赶。没有办法，只能让他们先到空场再说。再看地、雨二泽，已然被抓。谭四一咬牙，别无他法，只能拼死一搏。从怀里把改造过的转轮手枪掏了出来。

飞霆甲已经被私兵们赶到了总局内的大空场中央。

此时，从空场一侧走出一个人，样貌年轻，穿着相当考究的西装礼服，就像是准备参加一场盛宴一样，只是手里提着一个方方正正的大手提箱，看上去有些怪异。

“死老头，居然敢把这破玩意儿扔给敌人来对付我。倒是陪你们玩玩再说，等爵爷把租界区全都炸干净，我再去揭露死老头的恶行。”

谭四又看了一眼那个自言自语一样的家伙，心想谁管你了，便已经迅速赶到飞霆甲旁边会合，并向飞霆甲简短地喊了一声：“大招！”

此时黄樟已经用架在飞霆甲机甲上端的死光机扫遍全场。

飞霆甲内传来电报声后，听到大招喊道：“左六，右八，中七！”

黄樟补充说：“背后还有四个，两个人押着二泽。”

“炮呢？”

“没有炮！”

“可恶……”

管不了那么多，计划完全重新来过。谭四手握转轮手枪，向前看看。自己对付中间七个人，迅速杀进江南制造局的大楼再说，恐怕里面还有人。飞霆甲能拖住多久是多久，一旦拖不住，谭四再三嘱咐能杀出去就杀，杀不出去就立即不抵抗束手就擒，不要有无谓的牺牲，这些人根本干不掉，一切目的就是协助谭四揪出铁爵爷即可。揪出铁爵爷，谭四会立即回来与这里做交换。

最后谭四又多说了一句给黄樟：“小心那家伙，那家伙恐怕就是过身客。居然还能保持年轻，绝对也对自己的身体动过手脚。”

黄樟点头之际，谭四已经冲了出去。

梁启同样走到了抉择的边缘，事已至此，也许自己真的只有以卵击石一般地去狱里找机会救大姐头了。

一年多来，报馆的窗外景象，已然春去秋来变得再熟悉不过。忽而有人在华界放了烟花，一颗颗火球在空中炸开，远得很，却似乎还是能映得报馆内或红或绿地变换着色彩。

同事们早就下班回家过小年去了。经理离开时，也语重心长地跟梁启说了一声“别做傻事”。只不过，现在已经无计可施。

自己就像幽魂一样，蒙头蒙脑地穿戴整齐，下了楼出了报馆。这路总觉得是要去关押大姐头的监狱，却又似乎是去往城南的江南制造局。

忽然，就在梁启几乎是梦游一样走上望平街时，一个声音一下将其惊醒。

“最近，你一直在找我吧。”

梁启眼前一亮，回头向那声音看去。虽然是冬天，已经添加了棉衣，但他还是敞胸露怀一副地痞的样子。果不其然，是胜七。

看到胜七就在自己身后，梁启心中一凉，难不成自己就命止于此了？可是还有很多想要完成的事情没做，谭四也肯定还在拼死战斗……

梁启心中只剩下一个念头：不行，自己现在还不能死！便不顾一切扭头就跑。

可是胜七一把就将他揪了回来，按在了墙上，笑吟吟地盯着梁启。

“你这是要去哪儿呢？”

胜七阴阳怪气地问。

梁启看到他袖子里的单把剪刀，破破烂烂的样子简直就如同是在哪个鲜鱼市场随便偷来的一样，然而想到他用这个单把剪刀瞬间就杀了空泽。梁启咽了口唾沫，把头扭过一边，无力挣扎。

“我来帮你呀。”

“嗯？”

胜七知道梁启肯定不会再跑，也就松了手，说：“你难道不是要去监狱救那个女侠？”

梁启没有直面回答。

胜七把破破烂烂的单把剪刀从袖子里掏出，在梁启眼前晃了晃，自言自语地说：“好像有点生锈了，大概还得再去弄一把回来。最近用这玩意儿用得很顺手。”

“好了，咱不耽误工夫，我乐意来帮你这个忙，怎么样，求之不得吧？”

“先说条件吧。”梁启基本上恢复了平静，重新凝视着胜七来说话。

“哈哈，够聪明。我的条件当然就是跟我赌喽，我呢，嗜赌如命，自然不会放过这么个机会。一局定胜负，你放心，我现在还没进入连胜范围。”胜七把剪刀放回去，又从袖子里把那个鲁班锁一样的计数器拿了出来，“看，还都没开启。”

计数器上七个扁孔里的弹片都没有弹起来，根据胜七所说，只有统计次数到一定程度时，七个弹片才会弹起，同时他进入独属于他的连胜七次的胜七领域。

“赌什么？我的赌注你也一定早就想好了吧，是什么？”梁启只能孤注一掷了。

“爽快。你的赌注嘛，我喜欢赌命，但要你的命没意思，不妨来赌谭四的命吧。”

“什么意思？”

“你赢了，我就去救那个女侠，当然能不能救得出来，我也保证不了，但肯定会去救。我赢了，我就去把谭四杀了。不用你动手，全都是我来。怎么样，是不是特别划算。”

“为什么一定要他的命……”不过，梁启心中盘算得倒更加清楚，谭四的武功，就以胜七这个样子，怎么可能杀得了。

“因为他让大小姐进了个什么鬼玩意儿组织，非常危险！所以干脆杀了他，这样才能保证大小姐的安全。”

“疯子……”梁启不禁心里嘀咕了一句。

“好，那赌什么？”

“你先把赌注摆出来。”

“哦？你是想知道谭四在哪儿？”

“当然。不摆出来怎么能称之为公平呢？”

“现在在江南制造局。”

那里，他根本不可能接近得了。

就在谭四突袭向前冲去的同时，谭四还是开枪了。他不想杀人，但是这些人原本就已经是被过身客用寄生虫改造过的活死人了。并且，根据那次和刘龙对战的经验来看，一发子弹根本杀不了这些活死人。如果肉搏，七个人全扑上来，单手的谭四根本应付不了。击中他们的要害，让他们迟缓哪怕一秒钟，谭四就有办法杀出重围继续向前。

转轮手枪里的六发子弹几乎同时射出，如果只观看谭四的枪口喷出的火花，甚至会以为是正在天空中炸开的扇形烟花倒影。六个私兵的功力确实比刘龙差得远，被子弹击中之后，几乎全都被高速的子弹所带倒。就像和盛司琮的那一对双胞胎大汉比枪法时一样，谭四只是巧妙地一抖右手的手腕，转轮已经弹出。左手虽然被绷带缠紧，但拇指和食指还可以自由活动，便在一瞬间已经从怀里掏出另一个装满子弹的转轮，装到了枪上。与此同时，第七个私兵已经扑了上来。谭四向右一个滑步，躲闪开，将手枪夹到左腋下，同时一个飞速回旋，拳头重重地击在私兵的后脑，感到他的脑骨已经裂开。

最后一个私兵脸朝下重重地砸在了地上，同时也意味着谭四杀出了重围，冲进了江南制造局的办公洋楼。

而在私兵围剿的另一面，却并没能像谭四这样迅速突围。除去被谭四放倒的七个私兵以外，剩余的十六个私兵全扑向飞霆甲。

飞霆甲在黄樟的驾驶下，时而突进时而旋转，时而拼命挥动双臂，如同一头在非洲大草原上被一群鬣狗围攻苦苦应战的大象。但这头大象，虽然看上去慌乱至极，但一直能在最关键的时刻躲开鬣狗的利齿，这有赖于那位在远程观看实时战况并迅速做出反应指挥作战的荒江。大招不断地在动力舱中大声喊着电报纸条上的指令，黄樟便操控着飞霆甲左闪右避，甚至已经成功地击飞了三个私兵。

谭四的判断没有错，一冲进洋楼，在大厅里，就看到了雷鲲老头。远远的在大厅的另一头，雷鲲老头坐在一个后面架有两根烟囱的轮椅上。

“比我想象的可能干多了。”雷鲲老头仍旧那样慢条斯理。

“铁爵爷在哪儿？”

“你也是个聪明人，你觉得我会告诉自己的敌人这种事情吗？不过，我真是没想到，飞霆甲竟然真的能动起来。我看到它开进来时，差点都被感动哭了。说说你们是怎么弄的。”

谭四不多说废话，立即向雷鲲老头冲去。雷鲲当然不会束手就擒，没看清到底他动了什么机关，两根烟囱冒起黑烟，轮椅一下子后撤进了黑烟之中。因为看不到雷鲲现在的动作，谭四急停住了脚步，不敢贸然行动。

“今晚可是小年儿，根据咱们北方人的习俗，得吃饺子。赶紧买点儿醋去，一会子咱爷儿俩吃着饺子喝一口儿的。”

听着声音，谭四立即判断出雷鲲的位置，即便他手里拿了什么武器机关，现在也必须杀过去先把他制服再去找到铁爵爷。但当谭四冲进黑烟时，却没抓到人，只听已经在洋楼外面黄浦江前传来雷鲲的声音。

“别着急，一会儿等我带爵爷一起先把租界区炸平，再来抓了你慢慢审问飞霆甲是怎么动起来的。”

“我们来赌巷子，简单快捷省事。”胜七依旧是那种鬼魅一般的笑。

胜七提出的赌法确实简单得很，就是望平街旁边的一条小巷，赌小巷从此时起第一个出来的是男是女。一局定胜负，不许反悔。

随后两人同时拿起一块石子在地上写出了自己所押的内容。

这场赌局，看似十分公平，各有二分之一的概率。但实际上，胜七已经提前出了老千。赌法是他提出的，自然他早已做好准备，作为一个常年赌博的人，记忆力和观察力都不会差，在堵住梁启之前，胜七正是从这条小巷走过来。走过来的时候，他将所有在自己身后走来的人都记在脑中，并记住了他们每一个人的走路速度。从刚才和梁启交谈到此时，胜七一直看着走出来的人，计算着接下来将是谁走出。因此，对胜七来说，这已经是稳操胜券。

胜七毫不犹豫，在地上写了一个“男”字。而当他扭头看梁启写的，差点一头磕到地上。梁启写的是：狗（男）。

“你这是什么玩意儿？！”

梁启却只是笑而不语，意思是胜负即将见分晓。实际上，当胜七提出“赌巷子”时，梁启就已经料到他作弊了，赌，从来就不可能基于公平之上。如果把这件事说得更好听一点，那么就是提前看到有人进到小巷里的胜七，是这次赌局的庄家，赌局永远是有利于庄家的。只不过，这一次作为闲家的梁启，却也是手中一副“好牌”。如果赌其他的，梁启自然没有胜算，但算得上是自作聪明的胜七所提出的这个赌局，刚好撞到了梁启的枪口上。胜七是一个记忆力超群的赌徒，而梁启则是一个精于观察的记者。这条街可是望平街，这也是胜七失算之一。再如何善于记忆，怎么可能会比一个在这里工作了一年多的记者更熟悉这条街呢。这个时间点，刚好会有一个家庭主妇带着狗出来遛弯儿。由于狗的生物钟极准，因此出来的时间也几乎是固定的，刚好此时，正是该这条狗一下子蹿出小巷，跑到望平街的电线杆旁边撒尿的钟点。

果然，一条看上去不怎么样的黄狗，从小巷中率先跑了出来。随后才是胜七所看到的那个男人，再随后是黄狗的女主人。

“要不要去验证一下那条狗是公是母？”

“不用了……”胜七脸上的笑容早已消失殆尽，没有笑容的胜七，立刻变得恐怖如厉鬼。

胜七咂嘴说道："居然真的输了。"

随后胜七按动了几下那个匣子上的按键，七个白色弹片一下子弹了出来。这还是梁启第一次见到，紧盯着胜七的那个鲁班锁一样的匣子。

"不过，你看，刚刚好。所以……"胜七特意停顿了片刻，让梁启好好品味一下这个"所以"的意思后才继续说，"所以我并不想浪费这七次机会，我呢，还是要去把谭四干掉，嘿嘿，我就是这么一个无赖的人。只是你放心，该去救的人，我还是会去。"

说罢，胜七把小匣子收回袖子里，扬长而去。

看着胜七的背影，梁启忽然间意识到一件令其不寒而栗的事。如果胜七一直夸夸其谈的"胜七领域"是真的，那么……对胜七来说，赌命也是一种赌，所以只要他那个小匣子的弹片弹起，不仅仅是赌钱，就算是赌命，他照样能赢。所以他才能那样离奇地杀掉武功肯定比他强得多的空泽……

"等等！我好像发现什么了，再转向过身客那边采集一下。"

大招大声地读出了新收到的电报内容。

此时已经陷入困战，不知是黄樟的反应已经开始有些滞后，还是私兵们逐渐习惯了飞霆甲的节奏。方才的僵持局面，基本上迅速崩塌。黄樟几次都险些被私兵的朴刀砍到。

有些力不从心的黄樟，还是按照远程参战的荒江的指示，强行让飞霆甲转头朝向了远远坐着观战的过身客。

"就这么一瞬间够吗？"黄樟立刻又转动飞霆甲用侧面装甲挡住了一刀。

"不知道，应该行了吧……来了！"

随后，只听大招高声念道："没错了！大招！你爬出去，在死光机上有一个操作轮盘，照我这个数字调一遍，快！"念完以后大招才发现这一条原来是发给自己的指令，却被自己统统念了出来，真是丢脸……

不过他立即意识到……爬出去？扭死光机的操作轮盘？现在？怎么可能做得到！这是要干吗？！

电报机又响起，这回只有一个字：快！

谭四顾不了更多，必须速战速决才行，一跃冲出了办公洋楼的后门。前方是一片厂房，绕过厂房，便是黄浦江。正当谭四心急如焚地寻找雷鲲的踪迹时，忽而听到黄浦江中波涛异常汹涌。

有什么东西缓缓地从漆黑的黄浦江下面冒了出来。就像是升出一座江中岛……

第二十话·坠沉

竟有一座岛，从黄浦江中浮起。

湍流的黄浦江涌上这个突然浮出的岛，让在岸边的江浪都汹涌愤怒起来。而在漆黑的江面上，映着远处的斑斓烟花，不甚协调。

登岛！铁爵爷必然也在岛上。

江南制造局迁至黄浦江边，目的就是方便造船，岸边少不了大小船只。谭四在一大堆小型蒸汽船中，找到一艘木船。踢开缆绳，跳上木船，摇着橹便在汹涌的江浪中颠簸着向那座缓缓上浮的岛屿划去。

两只猫已经在动力舱中被颠得东倒西歪，即便只是看着它们，大招心里也已经吼了起来——不能再打了！大招摸了摸两只猫的头，低声跟它们说："再坚持一下，咱们就回家。"

飞霆甲再次旋转震荡，坐在动力舱里也很难保持平衡，但大招还是把两只猫都固定好之后，打开了动力舱下面的舱门，爬了出去。

六个车轮就在大招的左右，像是吃了烟袋油的壁虎一样不断地向前向后转动得毫无规律。假若此时从飞霆甲的底盘掉下去，保不齐会被哪个轮子给碾成肉饼。不巧的是，从一开始，飞霆甲的底盘就没设计可以攀爬的架子，大招半个身子探出底盘，只能抓住搭架死光机的支架试试。这个支架原本就是临时装上，幸好大招身体瘦小得很，爬上去颤颤巍巍，但好歹还没塌掉。

大招正抗拒着无规律的震荡旋转小心翼翼向死光机爬去时，听到黄樟大喊："快呀！大招！我快挡不住了！"忽然也是心神一乱，差一点被甩下来，不禁想骂，又根本分不出神来和黄樟拌嘴。

终于，大招爬到了死光机的尾端。

幸好他对这架死光机熟悉得很，恐怕熟悉的程度在这些人中仅次于谭四了，好歹它也是去年冬天谭四从大姐头那里拿回来就一直是他来给它安装支架调试电源，第一个使用它的人还是大招自己呢。当时也是冬天的夜晚，也是有一群铁爵爷的私兵，只不过那时有谭四，他一下子就把几个私兵全打翻了……

"快呀！"

"好了！调好了！"

"然后呢？"

"我哪儿知道呀！"

"电报！电报来了！"

大招也听到电报机又"嗒嗒嗒"地响了几声，但自己想要反过身再爬回去，至少也需要半分钟的时间。现在已经感受到黄樟开始慌手慌脚，完全没了章法。大招一咬牙，看准时机，跳下了飞霆甲。双脚刚一落地，大招立即向前一蹿，刚刚好从动力舱的舱门洞口钻了进来。此时飞霆甲猛地向前冲了一下，舱门一下撞到了正在空中向动力舱内跃入的大招的肚子上。

值得庆幸的是撞击的角度还算不错，并没有把大招撞出动力舱，而刚刚好给撞了进去。大招到了动力舱里，根本顾不上被撞得想吐的疼痛，立即把舱门关上，以保不会掉出去。

“好了！发射！”大招只是如实地读了那条电报。

“什么发射呀？！”

“我不知道！”

但就在黄樟已经抓狂，觉得自己立即就要被这些难缠的私兵砍成肉酱却完全无计可施的时候，他推动操纵杆，右机械臂一抡，竟又打中击飞了一个。这次击中的手感简直如同打了一记本垒打一样爽快到了心窝里去，就连黄樟本人都为之大吃一惊。接下来又击飞一个。接二连三，忽然觉得自己有如神助，越战越勇。

梁启却感觉自己已经糟透了，永远会把所有事情搞砸。在这条街上，他已经生活了一年有余，却从没能做出任何像样的事情。甚至于就算他赢了胜七的赌局，却还是如同输掉了全部一样，他根本没有办法阻止胜七。

转过望平街便是四马路。只要入夜，这里就永远是如此的灯红酒绿、歌舞升平。人们欢笑着玩闹着，把兜里最后的银子全都花光，从来不会在此刻想到下一秒到底会迎来怎样的命运。

而眼前，梁启已经走到了妙卿所在的妓馆。他站在妓馆门口，定了定神，打起了精神，这是最后一搏。

“大招，到底怎么回事？”

不仅自己一口气将所有的私兵全都打飞，看到地泽和雨泽也都挣脱开了掳住他们的私兵，黄樟才终于回过神来，知道一定是刚才远程的荒江用死光机做了什么，才会有这种效果。

“我好像明白了。”大招对着舱外一边说，一边把两只猫从皮带上松下来，抱在怀里安抚着它们，“当初这个死光机本来就是从铁爵爷那里抢来的。恐怕是我们一直错用了它的真正用途，这玩意儿……大概就是用来控制那些私兵的。”

“荒江可真是厉害，靠传过去的图就发现另有一台死光机，还能立即算出干扰频率？”

“可怕得近乎魔鬼了……”

“喂！大招！”刚刚松下一口气的两个人正聊着，黄樟忽然又紧张起来，向着孔道里喊。

“怎么了？”

“那个！那个过身客冲过来了。”

“就他一个人，怕什么？打飞他，我看好你。”

“没电了呀！快让猫蹭蹭呀！”

“啊？那也来不及了呀！”

“算了，就他一个人。你快给飞霆甲充电，我直接把他制伏。”

说着，黄樟跳下驾驶座。

黄樟会的三招，全是擒拿手关节技，换言之就是反击时才能派上用场的招式。因此，在过身客歇斯底里地冲到他面前却没有出手时，黄樟只能摆好架势，挡在过身客面前。

完全地升了起来。

还在拼命地向那个从水下浮起的巨形物靠近的谭四，看到了这一幕。

这完全就不是什么江中岛，一开始谭四认为它会是一艘大型的潜水艇，但当看到比万吨巨轮还要大的雪茄形庞然大物已经浮出水面并继续向天空升起时，谭四才意识到这是一个藏在水下的巨型飞艇。

飞艇的气囊部分已经完全浮出水面，如同升起一座四面都是瀑布的山一样。飞艇继续自动解开一组锚，听到铁链脱落的声音，一阵扩散开来的巨浪再次袭向谭四的小船。但眼看这个巨型飞艇就要飞出水面，就算船翻在黄浦江里，谭四也要杀上去。

一旦它飞离，谁也阻止不了。所谓的炮轰租界区，原来是用巨型飞艇来轰……就算是想到雷鲲的话里有诈，也完全没有料到他们能造出如此惊人之物，这样的实力，恐怕也只有铁爵爷这样地位的人才能调集足够的财力物力来支撑。假若他手下的人能齐心协力，观念能不固化到如此地步的话，真有可能逆转出什么新世界也不好说了。

谭四恨起这些势力的不公，咬着牙在一波波巨浪中继续奋力前行。

巨型飞艇的吊舱也逐渐浮出水面。由于飞艇藏在水下，因此这个吊舱完全看不到有窗。已经近在咫尺的谭四感受到仅仅吊舱就已经有了巨大的强烈压迫感。

谭四摇着橹，让小船穿过如同倾盆大雨时屋檐下的水帘，终于到了飞艇的近前。站在小船里，靠橹掌握着平衡，谭四仰头看着这个在自己面前缓缓升起的庞然大物。虽然吊舱没有窗，或者说为了防水，原有的窗全被挡上了严严实实的钢板。谭四将别在腰间的转轮手枪再固定了固定，毫不犹豫，一跃而起，单手抓住了吊舱上的一条缆绳。待整个身体保持住平衡后，便静候可以进到吊舱内部的机会。

飞艇脱离黄浦江之后，上升的速度变快，转瞬间已经距离江面有大约十米的距离。飞艇还在上升，同时可以听到有机械开始运转的声音。谭四顺着缆绳滑到吊舱的最低端，果然看到一排直径一米有余的排水口，开在吊舱底端。排水口已经将水排净，缓缓地重新闭合。谭四一闪身，如同弹跳起来的蜘蛛一样钻进了排水口中。

在排水口完全闭合之前，谭四已经从通道爬进了巨大的储水箱中。借着最后的光线，他很轻松就找到做清洁和维修用的门。当一片漆黑之时，他已经摸到了门前，三两下将门打开。

推开储水箱的清洁口，看到的正是预料之中的景象——红通通几个高功率的蒸汽锅炉，两个样貌几乎相似的烧火工，正在给锅炉添煤，另有一个人在扳动各种阀杆。

必须速战。谭四扫了一眼三个人的位置，在他们发现自己并做出反应之前，已经规划出了最佳路线。 谭四直接奔上左侧锅炉脚架，在那个人低头检查表盘的时候，将其一拳击晕，同时夺过扳手甩向锅炉房另一端的那个烧火工。在扳动阀杆的那个人，即便已经发现谭四这个侵入者，也为时已晚。谭四已经站在了他的面前，同样也只是一拳，直接击晕。

正在此时，蒸汽机运转中的隆隆声下，意料之中的人终于出现——刘龙。

刘龙还是那一身旧时武馆里的短打扮。不过，显然刘龙的身体又受到了进一步的改造。他没了辫子成了光头，而左侧头骨明显是被卸下，现在用曲度还算合适的钢板替代。不知这些是出自雷鲲还是过身客之手了。

站在远端锅炉房入口的刘龙双手背后，左右抽出了两把匕首。右手正握微收左手反握在前的双匕首起式。

谭四把转轮手枪从腰间拔出，用余光又看了一下现在的场地。面对面两台高温锅炉之间，算是有一小块空地，延伸的长度因为有锅炉的体积，还算不错，足够跑得开，但宽度，目测顶多只有三步的距离，太过狭窄，对于谭四来说相当不利。

然而再不利，只要面对的是刘龙，就必须迎战了。

谭四一个侧身，跳至锅炉之间的夹道。但谭四的脚也只是刚刚落地，只见刘龙仅仅用右脚蹬了一步，就如同子弹一样冲到了自己面前。幸好已经基本站稳才被刘龙如此神速地突袭，谭四狼狈不堪地滑步侧身，多少算是躲开了刘龙的第一击。

十年来的同门兄弟，就在上海满是烟花的夜空中，已是波涛汹涌的黄浦江上，无声地开始了这一场再度重逢的死斗。

招式实在太过熟悉，因此就算第一步躲得踉跄，谭四还是立即站稳，抬右手去格必然会来的一记补刀。然而，就在即将格在刘龙左手手腕上的一瞬间，这家伙已经将左手缩回反向划向谭四左腿。虽然谭四已然料到这个套路，但完全比他所预想的快了太多。再想躲已经来不及，幸好做出反应，只是被划破不深的一道。

谭四知道现在的刘龙绝对比上一次树林恶斗时又有所不同，在没探清都有怎样的突变之前决不能轻易出招，便立即跳出战区，重新调稳步伐。

在梁启看来，这正是他拼死才能做到如此的最后一搏。

妙卿看着双眼涨红满是血丝的梁启，都开始可怜起他来，主动从床上坐起来，在自己屋里固有的炉子里用铁钎拣了一块烧得红通通的煤，放进自己用的铜手炉里，再用棉布口袋套好，递给了梁启。

梁启将妙卿房间里的所有设备统统打开，先是读取了近一个月来 W 实业的数据库中所存储的所有新闻数据。四台小型写稿人偶一起将梁启想要的信息写出，梁启便逐一阅读，然而结果如其所料。没有，没有任何一家报馆报道过大姐头秘密被捕的消息。唯一涉及到的仅有几家报馆报道了跨年夜那天四处响起的巡捕警笛声，然而也都只是讲了事件，没有讲事件的起因和结果。

想到经理所说，这件事他是知道的，到底知道多少，梁启无从猜测，但至少不会一无所知。新新日报馆是一个微不足道的小报馆，经理都已经收到秘不可宣的通知，那么大报馆恐怕也都不会例外。自从“苏报案”之后，这条线就一直绷在这里。只是现在，估计即将要有所不同了。

梁启下定决心，自己来做这第一个打破死寂绝望的人。

将电报机打开，梁启双指按到电键重锤上，轻轻向下一沉，重锤触击，第一道电流瞬间成为信号，发送出去。

虽然现在，W 实业全员都在为了阻止铁爵爷炮轰租界区而战斗，但在陆家嘴的那家废弃而后再次利用起来的蒸汽发电厂，此时一切必然都还在运转，那里已经永不会当机。

梁启将大姐头的消息按其所知的一切，事无巨细地统统发送。而接受的对方，就如每一次他来妙卿的房间发送当天的见报新闻一样。只是将这些信息，存储到了 W 实业的数据库中。

然而，这一次，最大的不同就在于，这条信息并非见报内容，而是一条真正的未加报道的新闻线索，共享到了数据库中。明天一早，近几个月来所有被天泽游说而加盟的报馆，他们的记者都会看到。而这个已加盟到 W 实业的报馆联盟中的报馆已经覆盖到的是——全上海。

如释重负。

梁启逐字逐句将女侠事件的始末如实用电码录入到了庞大的数据库中。

只要有人可以看到，就一定会有人开始行动的。新新日报馆无法报道，不代表其他报馆也都不敢，《申报》不敢，《新闻报》不敢，但总有谁会敢，上海数百家报馆，以至全国，一旦出现……梁启将一条信息，像一粒绝佳的酒曲一样扔进了数据库的米舱之中，只要一定时间，佳酿必会出产。

这才是谭四组建 W 实业的真正目的吧。而自己，只不过是这个巨大齿轮转起来的一个小小推动力而已，依然微不足道。而这种微不足道，恐怕也是梁启渴望追求绝对的中立的必备条件，并无任何的遗憾。做好一个“隐身人”，窥视整个世界以及历史，才会变得更有可能。

过身客根本不屑于和他交手，在黄樟挡在路上时，他只是从腰间像是取弹夹一样抽出一根注射器，毫不犹豫地将其中的不明液体注射到了右肩上，随后扔掉注射器，走到了黄樟面前。

因为幼年就去了美国，又在美国长大，过身客根本就没有留辫子，戴着一顶圆帽，穿着样式考究的西装，俨然是一个洋绅士。

没想到过身客的面容会是这么年轻。黄樟多少知道些他的传说，如果是容闳带去的第一批留美幼童中的一个的话，现在至少也要四十岁以上近五十岁了。但从面容上看，竟是和自己的同学们都没什么太大差别，一丁点苍老的痕迹都没有，除了眼神完全没有一丝稚嫩，和在绅士圆帽檐底下散露出的乱蓬蓬苍白的头发。

只是他的一半脸部肌肉似乎完全僵化，歇斯底里的表情只存在于另半张脸上，看上去又平添了几分恐怖气氛。况且黄樟深知他那一针绝对有什么特殊功效，见过身客步步靠近，原本摆好架势准备迎击，却感觉腿已经抖了起来，不由自主地一点点向后撤步。

大概没有多少人近距离看到过身客的脸后还能活着，黄樟心中不禁有了这样的想法。与此同时，过身客已经走到他的身边，就像是要赶走一条野狗一样，右手向黄樟抡去。

只要对方出招，黄樟就有办法应对。看过身客的来拳方式，根本没有一丁点武术基础，在一瞬间黄樟脑中感觉放下心来。黄樟向右撤下半步，用右臂外侧贴住来势，并向其前胸推格。对付一个纯外行来说，黄樟的整个动作一气呵成，可以说是无懈可击。接下来只要用左臂由下而上一搓，就可以借势将过身客锁住按倒在地了，如果再下手狠些，他的右臂也可以直接在推出时被顺势拗断。

然而，就在黄樟借势前推时，就已经感到完全不对劲了。虽说过身客根本没变换什么招式，但这外行的一拳，该借的势有些过于凶猛……黄樟，整个人已经直接被过身客的这一拳带飞，重重地摔到了两米开外的地方。

地泽、雨泽赶了过来。雨泽立即到黄樟身边察看他的伤势。没有受到重伤，这也幸亏刚才黄樟先是躲开侧身借势，如果直接硬格这一拳，恐怕双手的骨头全都要断了。

本想协助雨泽来扶黄樟的地泽，看到过身客已经走到飞霆甲附近，便不顾一切冲了过去，就像是要抢回自己的爱人一样。

当然，其貌不扬的地泽根本不是过身客的对手。他从背后扑上去抱住过身客，想要扭身把他摔倒在地。结果过身客轻松就挣脱开来，转过身来，用那只注入了蛮力的右臂重重地捶在地泽身上。幸好过身客根本没有武功，这一拳虽重却没有命中什么要害，打在了地泽的左肩上。恐怕有了多处骨折，地泽疼得哀号着在地上打滚。

过身客对待地泽就像刚才他对黄樟一样，完全不放在眼里，甚至都没有关心过这些被自己打伤的到底是些什么，他只是一心地向飞霆甲而去。

只不过，此时黄樟已经趁刚才的空当，跑回飞霆甲上。看电力虽然还没充满，但足够使用，就立即重启机械，投入战斗。

看到飞霆甲又动起来，过身客立即再次陷入癫狂，号叫起来。嘴里骂着:“永远是你这个死老头！老不死的玩意儿！在我前面当绊脚石！永远坏我的事！都给我去死！”便转身也向飞霆甲冲去。

雨泽立即赶去把倒在地上的地泽拖了起来，躲远后帮他做基本的接骨和止血处理。

大招当然不知道外面到底都发生了什么，还在奇怪为什么过身客会那么歇斯底里，就听到右侧的钢板被重锤一样的东西击中。像被敲响的闷钟一样，震得大招差点呕出晚饭来。

“妈呀！外面怎么搞的呀。”

“一会儿再解释……啊！”

听到黄樟又是一声惊叫的同时，钢板再次被重重击中。

“你这个破烂玩意儿老古董！”过身客吼叫着，用他那只注射过怪异药剂被增强的右臂重重地捶在了飞霆甲的钢板上。

“我去！他根本就把我给无视了……”虽然黄樟感觉好像自己是安全的，但同时也油然而生了一种失落。

“求你了，别再让他捶了，我已经快被震吐了。”

“好，看我的！”

坐在动力舱中的大招感觉飞霆甲突然来了一个急速转弯，然后整个车身颠了一下。

“啊！不好，好像轧到他，给碾到轮子底下了……”

过招四五个回合之后，谭四基本上判断出了刘龙的新变化。不知做了什么，刘龙的爆发力异乎寻常，同时，谭四还发现这家伙的反应速度也超出了人类的正常范畴。只要出拳被察觉，刘龙必然能在最不可思议的时间内做出反应，再加上他的爆发力，躲开每一拳似乎都轻而易举。而他刺出的每一刀却都更重，角度更奇诡难防。此时谭四身上已经有了四处刀伤，幸好都不重，姑且不会影响谭四的动作和力道。

要说谭四的枪，还是满膛六发子弹。但肯定是不可能用枪来解决眼前的危机。上一次树林恶斗，已经证实了除非用枪击杀，不然子弹对刘龙来说毫无效果。虽然在江南制造局里，谭四也开枪打过那些私兵，但显然他们之间的意志力和武功都不在同一个层级。对那些私兵起作用的，几乎不可能对刘龙起到作用。而另外在于，如此狭窄的空间，开枪本身就成了劣势，子弹必然只能击中枪口前直线上的东西，太容易预判，加上刘龙现在的爆发力，只要看到谭四抬枪口，刘龙立即就能把他封住。

不过，不一定每一方面都处于劣势就一定会败。利用好劣势，反倒有可能扭转。如何利用？自然就是靠劣势诱骗。越是眼看就到手的胜利，就越容易引其上当。

大概是肌肉的爆发力太过凶猛，有几次谭四都发现刘龙会不小心把招式给打老了。虽然刘龙有超人的反应和肌肉爆发力，但招式用老这一点，足可以把他所有优势扯回到平常人的水平上来。只要捉到他一次用力过度，就可以逮到。在这一点上，谭四是完全的机会主义者。

谭四毫不犹豫，开始扔出诱饵。他抬起枪来虚晃一下。果不其然，刘龙预判的是谭四要开枪，便猛地直切他的射击路线，右手匕首狠狠地刺了出来。显然是因为刘龙同样预判这一刺已定胜负，定要了谭四的命，匕首刺得又重又狠。早已猜到这一刺的路线，谭四尽最大可能地闪身让开。虽说还是被划到左肩，但刘龙刺空收招的全过程便统统在谭四面前近在咫尺的地方上演。谭四毫不犹豫，单用右手借势一扭，脚下一蹬，终于将刘龙擒拿在了手下，并用枪口指在了刘龙的脑袋上。

被枪指到，刘龙却根本没有一丝败北的懊悔，而是轻蔑地笑出了声，喊道："这东西对我根本没有用！废物！"便一脚重重地踹在了谭四腹部，谭四一下飞出有四五米的样子，撞到了锅炉拐角的护栏上。

不过对谭四这种高手来说，一回生二回熟是绝对可怕的。当刘龙脑子还没有跟着谭四的新战术开始转动思考起来的时候，谭四已经在又被划到四五刀的情况下一而再，再而三地捉到刘龙，枪也一次次指到他的脑袋上。

当然，每一次逮到刘龙，谭四也都会受到重击，原因很简单，以他这个正常人范围内的力量，根本不可能真正擒拿住近乎怪物的刘龙。

将谭四第九次踢飞之后的刘龙，同样也愤怒至极了。

"为什么就一定要用那种没有用的玩意儿？！你的长剑呢？你为什么不跟我堂堂正正、痛痛快快来打！"

"你终于肯跟我对话了。"

"再给你最后一次机会，要不要和我一起去杀洋人？我再适应适应这个身体，就可以无敌于天下了。今晚炸了租界区之后，我们就脱离这里自立门户，杀光所有洋人。"

"你太天真了。况且……"谭四没有把话说完，只是向刘龙挑衅地一笑，又抬起了手枪。

看到谭四的手枪，刘龙就对其怒不可遏，一下就又要杀来。但当他刚一用力蹬地，突然就全身无力地摔倒在地了。与此同时，谭四用枪口远远对着刘龙，嘴里轻声地说了一声“啪”，继续微笑着看着刘龙。

“你……”刘龙立即检查自己的身体到底发生了什么。

“你的身体，自愈能力居然也有这么强，一开始没有发现，真是万分地失策疏忽。我开始割下的那几刀都太浅，害得全白费不说，还白白挨了你好几刀。”说着，谭四把一发未发的转轮手枪插回腰间，把绑在左手上已经破破烂烂的绷带解开，露出一把利刃握在谭四的左手掌心。

“专门为了和你决斗准备的，我这只手呀，虽然伤还没痊愈，但本来也没伤到筋骨，根本没什么大碍。上次跟你打了一次就知道，你身上已经没有痛感了，那么想制服你反倒变得更加容易，反正你也发现不了我动的手脚，把筋骨全都挑断，什么人、什么样的身体都不可能动弹得了了。”

“卑鄙！你怎么现在变得这么卑鄙！”

“好了，铁爵爷是不是在上面？”

“……”

“你不说就是说明在了。”

随后转身要出锅炉房准备上到飞艇的吊舱第二层。

“你去找铁爵爷有什么意义？你根本连一只猫都不会杀，这个世界上根本不需要你这样的懦夫。”

“我去说服铁爵爷。”

听到这句话，刘龙突然笑了，笑得歇斯底里，笑够了，说：“你连我都说不服，你还想去说服爵爷？”随后，他笑着倒在了地上。

在锅炉房里恶斗了太久，又没有窗，根本不知道飞艇飞到了什么位置。刚才感到飞艇摇摆得厉害，恐怕是开始提速。

谭四推开锅炉房的门，看到外面是条狭长的走廊，和任何一艘轮船的内舱没什么两样。走廊的两侧或近或远有几个舱门，可以听到各种机械运转的隆隆声在走廊中回旋碰撞。

现在有两个选项给谭四，其一是在这些门中找到大炮控制室，运气好的话直接找到大炮，然后捣毁，阻止行动大功告成。这个选项看似完美但问题很多，如何找到大炮，在根本没有飞艇内部设计图的情况下，只能四处乱撞。这是关乎整个租界区居民生命的事，决不能把成败简单推给“运气”。况且以刚才观察刘龙身体的自愈速度来看，刚才挑断的筋骨，顶多半个小时就能恢复。等他恢复了，再打一次，能赢的可能性几乎为零了。无论从哪方面来说，时间都极为紧迫。四处乱撞碰运气的选项绝不可以了。因此，谭四毫不犹豫地选择了选项二：继续去抓铁爵爷本人。

一艘雪茄形状的庞然大物——巨型飞艇，就像是从黄浦江里探出头的雷龙一样，缓缓升到天空。黄樟不可能注意不到，但他也根本没精力去注意。

“我好像真的轧到他了！怎么办呀？”

“问我干吗？我这里舱门被卡住了，也打不开。快下去看一眼呀。”

黄樟还年轻，从没见过死人。在战斗的时候，他也从没有真切地考虑过这个问题，而此时，当他意识到一个刚才还活生生的人，压在了自己操作的机械车轮下面，终于有了第一次要面对尸体时的慌张。

这么沉重的大型战斗型机械，当它碾过一个人时，就算这个人身上有什么变异，那也不可能完好地活下去了吧。黄樟思索着现在过身客的存活率，跳下驾驶座，去看现场。

过身客果然已经被碾进了车轮下面，半个身子完全被右侧的车轮给轧烂。现状惨不忍睹，在考究的西装里面，整个人都扭曲。当年的天才幼童，第一批留美的人才，竟就这么飞蛾扑火一般地将死在车轮之下……

他还在挣扎，扭动着整个上半身。

黄樟很想帮他从车轮下出来。正在黄樟爬到底盘下面打算做点什么的时候，忽然看到这家伙没有僵化的那一半脸上，根本没有痛苦的表情，要说愤怒确实有之，但更多的竟然是笑。笑得简直恐怖，并且完全无视就在身边不远的敌人。

“死老头，你算计我。”咬牙切齿、自言自语的过身客脸上却还是轻蔑的笑，“你算计我到这种地步……但你这个破铜烂铁……”

忽然过身客从腰间又抽出一根注射器，狠狠地插入自己的颈部，将里面的液体统统注射进了动脉。

黄樟见到过身客这一连串的动作，吓得连滚带爬往外跑，并且向着飞霆甲里喊：“大招！快出来！”

“啊？怎么了？舱门打不开呀！好像是被那家伙给卡住了！”

听到大招的声音从飞霆甲顶端两个方形孔道里传出的同时，被压在飞霆甲轮子底下的过身客，也忽然大喊了一声。

“只有我才与生命同在！”

所有人都还没反应过来到底怎么回事的情况下，只见飞霆甲下方的过身客突然爆炸了。就像是一条青虫一样炸开，搞不清到底是什么东西，全是黏稠的黑色液体，满满地粘在飞霆甲底盘。然而最可怕的事情是，在过身客身体爆开的同时，他的双手用什么东西打出了一道电弧火花。

黄樟刚要返回看如何把大招弄出来，就见飞霆甲的底盘一下子燃起了熊熊烈火。

“妈呀！外面怎么了？！”

也感到不对劲的大招在动力舱里极为不安地问。

黄樟还有地泽、雨泽已经顾不上回答大招的疑问，纷纷冲到了飞霆甲前。地泽看了一眼火势，大喊：“快铲土来！”便拖着受伤的胳膊和雨泽一起往厂房方向跑。一般来说，工厂厂房里都会有消防设备，至少有铁锹。

而黄樟彻底慌了神，站在飞霆甲前，竟是不知所措。

不用谁来回答，在动力舱里的大招很快也猜到外面发生了什么。因为整个动力舱里已然闷热。他再次去开下面的舱门，把手已经被烧得滚烫根本没法触碰。被烫得使劲吹了半天手的大招，愣了一下，随后立即向外喊道："黄樟！快到顶上来！快！"

黄樟被大招一喊，才醒过神儿来，但看到飞霆甲已经完全被大火笼罩，不知道该怎么上去。此时，一盆冷水从头泼下来，随后听到赶回来的雨泽的声音。

"还愣着干吗？"

再看雨泽也是一身湿漉漉的，已经跑到飞霆甲的火海前。黄樟立即跑过去，雨泽双手一托黄樟的脚，黄樟就跳到了飞霆甲的顶上。可是上飞霆甲上面有什么用？这东西全是钢板，上面没有舱门，根本打不开……

只见一只猫头从通气孔道里探了出来，并听到里面喊："快救猫！"

"啊？"

"快！"

黄樟立即伸手把猫从孔道里拉了出来，用力向外一扔。猫在空中漂亮地翻身越过了火墙，安全着陆。随后，再是一只。

"好了，你快逃吧。"

大招竟然在这个时候还故作成熟。

然而，同时也听到飞霆甲下面的雨泽喊着："黄樟！快跳下来！快！不然跳不出来了！"

没有办法，黄樟只好奋力一跳，身上带着焦煳的味道摔在了硬邦邦的夯土地上。

雨泽正在奋力地把沙土向飞霆甲扬去。但是，一来从过身客身体里炸出来的到底是什么根本搞不清，完全扑不灭，二来火基本上是在飞霆甲的底盘向上燃烧，沙土也好，泼水也好，都够不到。结果只能眼睁睁地看着火越烧越大，而大招完全出不来了。

大招也真切地意识到恐怕是没希望了。

真是讨厌呀，总想着以后有机会，张园的过山车还一次都没坐过呢。也才刚刚下定决心好好学习科学，去考南洋公学，像乔埳那样堂堂正正地成为一名大学生。那种生活不知偷偷憧憬过多少次了。真是太讨厌了……好像什么都才刚刚开始，就……那次去救梁启，驾驶着水龙车多神勇呀，哪怕再神气一次也好，哪怕……

好羡慕乔埳，好羡慕黄樟，好羡慕荒江，好羡慕他们所有人，好羡慕……

橡胶开始燃烧起来，刺鼻的气味迅速布满整个狭小的动力舱。

真是太讨厌了……想要向外面喊“别忘了喂猫”，却发现嗓子已经完全哑掉，根本喊不出声来。或许还有什么想说，但似乎也都来不及了……黄樟他们好像也在喊着什么，却根本听不清楚。转眼间，连那两个可以让猫钻出去的孔道也看不见了……

什么……都不见了。

一路狂奔，谭四冲上了飞艇吊舱的顶层。雷鲲老头，微笑着坐在蒸汽轮椅上，迎接着谭四的到来。

“好像过身客他们完事了。”雷鲲用下巴指了指朝向浦西一边的窗。

这一层呈半弧形，应该是从水中出来以后，才打开了窗板，现在的弧面全是玻璃窗，视野极佳。

谭四朝雷鲲所指方向看去，果然可以从上空看到黄浦江边的江南制造局。同时，看到那里冒着滚滚黑烟。谭四心中不禁更加焦急起来，不知道那些孩子都还安好与否。

“要不要坐下来喝杯龙井？这里看烟花可是全上海一等一的角度了。”雷鲲依然说话慢条斯理，不紧不慢。

飞艇正沿着黄浦江缓慢飞行，已经快到向北而去的转弯处。

“别闹了老人家，您喜欢看烟花，咱们慢慢看。现在火急火燎的，多没情调。而且就咱俩人，也不够热闹，不如把铁爵爷也叫上，咱爷儿仨一块过小年儿？”

“放肆！爵爷是你叫的吗？”

“得，我跟这儿赔不是了。但咱这不是着急吗？要不咱爷儿俩聊聊？咱就光看烟花，别自己放炮了，还图个省事，好不好？”

“你这都跟哪儿学的油嘴滑舌没正形？”

“我从小长在通州，那京城还不就是隔壁大叔一样。”

“行了！”反倒是雷鲲先绷不住这个劲。

谭四脸上的笑容也一下消失，把转轮手枪又拔了出来，指向雷鲲，没再多说一个字。

“我只是爵爷您老人家的代理。你要是真想谈判，还是直接跟您老人家来吧。当然了，您老人家赏不赏这个脸，我就不好说了。”

谭四依旧没有说话，只是用枪指着雷鲲。

“就知道刘龙是个废物……”雷鲲自己嘀咕了一声，开着轮椅向谭四方向而来，“别激动，爵爷他老人家在你后面。”

谭四并没有立即回头，因为他知道雷鲲的那架蒸汽轮椅上全都是机关，决不能掉以轻心。顺着雷鲲驶过面前，谭四才转过身去，看到雷鲲将蒸汽轮椅停在了半弧大厅直线的一面。

停下轮椅，雷鲲缓缓站起来，走向唯一一扇门前，将门打开。又坐回了轮椅上，回头说：“我老了，站久了腰疼。请进吧。”

谭四依旧小心，让雷鲲先进，他跟在雷鲲的蒸汽轮椅后面，进了房间。走进以后，谭四却意想不到地愣住了。

面前，或者说这间巨大的房间里，并没有人，根本没有人。当然，所谓没有人不意味着这间面积恐怕可以占整个吊舱七成之多的房间里就是空空如也，什么都没有，而是满满全是……连组的巨型差分机。

简直就如同一间超大型机房。一排排巨型差分机还有解析机联动在一起，由蒸汽带动，金红色的铜轴还在有规律地前前后后上下左右转动，声音铿锵有力，只要是稍微热爱一点机械的人，恐怕都会被这间超大型机房里如同音乐一般的运算声音所迷住。

整个机房都在运转着，有条不紊。

想必雷鲲早就预料到了谭四会被震惊，他便又得意起来，有意低声地回身跟谭四说：“这就是爵爷了，还不赶紧叩拜？”

确实，谭四完全说不出话来。但仔细想，又再合理不过，雷鲲老头都已经老到这种程度，是当今光绪帝亲叔叔的铁爵爷，岂不是更老，老到根本动不了身才对……

“我说过，我只是爵爷他老人家的代理。他老人家深谋远虑，早在几十年前就将自己还有他的铁的意志一起，灌进了伟大的机械之中，获得了永生。我，只继承着他老人家铁的意志而已。所以，你想谈什么，就直接谈吧。爵爷根本不在乎那些世俗礼数。”

“这……怎么谈……”

谭四立即明白了刘龙说过的那句“你连我都说不服，还想说服铁爵爷”的另一层意思。

雷鲲开动蒸汽轮椅，领着谭四走到一张电报桌前，指了指桌上唯一的发报机，说：“会用吧？”

谭四哼了一声。

“得，那你直接敲就行了。爵爷会用那盏灯回复。”

顺着雷鲲所指，可以看到有一盏泛着奇怪的幽红灯光的白炽灯，在正中央的差分机前面。

“你们聊聊看，没准爵爷会欣赏你。”然而雷鲲说完这句话却笑了起来，笑得轻蔑。

时间确实不多了，不能再继续耽误下去。谭四立即到发报机前，快速敲了要求撤回飞艇的电报信息。

敲完之后，就见整座机房一下变得更加热闹起来，“咯嗒咯嗒”的运算声音四起。随后，那盏红灯闪动起来。

确实和谭四所猜的无差别，灯光传递信息靠的是摩斯电码。然而，当谭四看完红灯闪烁的全部信息后，发现这其中所带的语句完全是断断续续不成句子的，要比市面上的民用电报文还要简略。

说来也的确可以理解，这样每闪动一次所消耗掉的能源都足够烧开一壶水了。

“我来翻译给你听吧。没有谁再能理解得了爵爷的简略了。爵爷他老人家说：‘杀光洋人就隐退。’”

“根本没有必要杀戮。”谭四立即敲击发报机，“我们只要比洋人走快半步，就赢了世界。”

“那死去的将士们的仇谁来报？”

“站到世界之巅还要什么仇恨？”

谭四发完这句之后，并没有再等许久，就见那盏红灯闪了几下。

雷鲲呵呵一笑，说：“爵爷说：‘你可以滚了。’”

谭四知道如果出于节能考虑，铁爵爷也不会继续跟自己这个话不投机的人来继续谈判。那么只有……

突然，机房的大门被什么人一脚踹开。是刘龙，是那个又自愈完成跑来复仇的刘龙。

这下麻烦可大了……谭四心里暗自叫苦。

而当谭四已经做好再战的准备时，却见刘龙一个爆发，直接扑向了雷鲲。雷鲲虽然是个老头，面对刘龙的神速完全不可能做出什么反应，但他的蒸汽轮椅却如同自动的一般，精准地射出一把飞镖直刺入刘龙的左胸。

刘龙高喊着“没有用！”，就已经扑在了雷鲲面前，匕首深深地刺进了雷鲲的咽喉。

而雷鲲竟然没有立即断气，而是微微扭头看向整座机房，声音漏了气似的说：“我死了，谁来陪爵爷聊天……啊……”

刺死雷鲲之后，刘龙扭过头来，看向谭四，擦了擦脸上雷鲲的血，说：“我想明白了，现在我该得到的力量全得到了，只要杀了你们这两个老妖怪，我就能掌管天下了。杀洋人，还要杀光大清国的所有恶人。兄弟，你就答应了来协助我吧。”

然而，谭四却只是喊道：“不要拔！”

为时已晚，刘龙已经将雷鲲射中他的那支镖拔了出来。镖的末端有一道弹簧机关，只要用手一拔，镖头就会立即被装置在里面的弹簧撑开，又因为镖带有倒刃，在强力弹簧的作用下，刺中的部位会立即划开巨大的创伤，如果再拔出甚至连内脏都会一同带出。而这支镖射中的正是刘龙的心脏。

根本没有血喷出来，只看到些细小的扭在一起的虫被带出。

刘龙看到自己一下子受了如此重创，也是大吃一惊，虽然可以愈合，但一时间因为心脏功能受损，也开始有些站立不住。又没几秒钟的时间，在心脏愈合的过程中，他倒在了地上。

走到刘龙面前，谭四又看了看他的伤势，不禁咂舌。从又深又长的伤口可以看到半个心脏在跳动，而它的周围，满满的都是不知名的虫在迅速生长并用身体像织网一样重新勾连。

谭四正打算把刘龙扶起来，突然听到一阵打开舱门的声音。谭四立即冲出机房，趴到外面的玻璃窗上向外看。飞艇已经沿着黄浦江飞到了公共租界和法租界交界的洋泾浜，灯火通明的黄浦滩就在下方，有不少人好奇地聚到黄浦滩岸边仰望这艘缓缓飞来的巨型飞艇。而也是此时，飞艇吊舱的最底层，谭四看到那里打开了一排舱门，同时探出了乌黑的大炮。

看到大炮，谭四立即跑回了机房。而此时，躺在地上的刘龙还在缓缓地说话，就像是在抽水烟一样泛着咕噜声。

“没事，下面的所有烧火工全都被我杀光了。那个废铜烂铁的老妖怪，也根本活不长。”

谭四只是从他身边跑过时，甩了一句：“只要你别再添乱就阿弥陀佛了！”

“你为什么就偏要跟我对着干？！”

谭四根本不想搭理他，跑到了发报机前，打算再和铁爵爷谈判。

“好！你不是我队伍的人，我就杀了你。”

匕首一下飞来，谭四一侧身倒是躲开了，但那匕首也直接戳在了发报机上。

瞬间，谭四感觉一切都完了。大炮都已经探了出来，只要铁爵爷不主动停止，就算现在冲下去找到火炮再捣毁，也已经来不及了。

谭四思考片刻，想了想现在飞艇下面正是黄浦江……立即做出了新的决定，转身拖起躺在地上仍旧移动困难的刘龙，直接出了机房，朝向玻璃窗冲去，侧身弓腰，连带刘龙一起，撞破玻璃窗，飞出了飞艇的吊舱。

飞艇已经蓄势待发，即将开炮。

谭四在坠落的空中，转身拔出那把转轮手枪，六发子弹，统统射向飞艇的巨大气囊。

气囊里是氢气，遇火立即爆炸。

夜空中突然炸出一团照亮了半个租界区的火球，而后火球伴随着绽放的烟花一同，缓缓坠落。在空中燃起熊熊烈火的巨大骨架，完全无视黄浦滩边围观群众的惊叫，如同一具愤怒的魔鬼一般，坠向了乌黑却波涛汹涌的黄浦江。

From *The New Daily News*

MECHANICAL WONDERS

尾声：
两个葬礼或者更多

阳光，不为世事所动地再次洒在上海这座异乎寻常的城市的每一条街巷。

或许冬季很难能有如此的阳光，在上海生活的每个人，无论华人还是洋人，似乎都在打开窗的那一瞬间，心情舒畅。

这些人里，到底有多少见识到了仅仅是前夜，那艘巨大到如同空中怪兽一样的飞艇，在整座城市的上空缓缓掠过。就算是亲眼见到那艘巨型飞艇化为火球坠入黄浦江中，恐怕也只是成为一时的谈资，没有多久即将淡忘。

谭四躺在浦东岸边破破烂烂的小码头上，一动不动，仰望着难得晴朗的天空。而在他的身边是刘龙，一具已经死透了的刘龙的尸体。

他根本不知道在自己坠入黄浦江后到底都发生了什么。大概是逐渐恢复过来的刘龙救了自己，但之后又发生了什么……

谭四起身来检查刘龙的尸体。

他的前胸、后背、左肋等有七处中刀，统统是精准地直刺入心脏，如果是普通人，每一刀都会直接毙命。再加上飞艇上已经受过一次重创，刘龙的心脏恐怕正是在这种不堪重负的情况下终于停止了跳动。

谭四又努力回忆了一下，依稀好像记起了些断断续续的场景。

除了汹涌的江浪拍打河岸的声音以外，似乎是听到有什么船靠岸。之后是靠近的脚步声，那时的谭四想要挣扎着起身，但整个身体已经沉重得让自己完全陷沉在意识的黑洞之中。

随后记得的是刘龙的声音："我的兄弟只有我才能杀！"

那个人没有说什么，似乎只是默默地将刀刺中刘龙的心脏。谭四看着刘龙的尸体，不知这其中到底哪一处是第一道伤。

又是靠近的脚步声，还有刘龙迅速爬起扑来的声音，紧接着又是倒地的声音。反反复复、反反复复，直至最终一切都静寂下来。

最终还有什么？那人似乎也被累坏，咂了咂舌，说了句"无聊"，就走了。

谭四从刘龙的尸体边站了起来，远望着江对岸，那边仍旧是繁华喧嚣的黄浦滩租界。随后，谭四将刘龙的尸体扛在肩上，回了自己的电厂。

被烧得焦黑不成样子的飞霆甲，也已经在那里了。

同样用重获新生一般的心情，迎来了这个异乎寻常晴朗的清晨。梁启并不知道自己到底能点燃多大的焰火，而且他也根本不想去靠近。此时的妙卿还是那个样子，一切俗事皆不关心，转瞬间，梁启倒发觉也许真的只有妙卿是自己的同类。

从妙卿的房间出来后，他直接去了报馆。同事们都早早地来上班，气氛完全是进入过年状态。没有什么人还埋头苦干，都在聊着昨晚去哪里吃了什么大餐，还有就是黄浦江上空的爆炸。

爆炸当然要见报，有人已经开始写相关的新闻稿。标题个个吓人。然而，梁启却一点也不关心，他只是在等待，等待一定会发生的事情爆发。

终于，在第三天，大姐头见报了。内容十分简单，仅仅只是夹杂在家长里短、杂七杂八的新闻之中出现，窄窄的一小条关于女侠意外被捕的消息。

但这已经足够。

再过了一个星期，传来了新的消息，有位豪杰单枪匹马地去劫了狱，还创下了连杀七名狱警的壮举，但最终仍旧未能成功，豪杰也身负重伤逃离现场。大姐头回天无力，被迅速推上了刑场，行刑处死。

报界集结在了张园安垲第，为这位女侠开起了不可名状的追悼会。

一切就此都启动了。

然而，谭四却并没有去参加这场追悼会，而是独自一人去了宝山县。

大招离开那个小渔村已经两三年的时间了，要真的想找到大招的家人，却并不算难。只是谭四不打算对他的家人说什么，无非是找到些想要找到的东西来慰藉自己。

在外国坟山的后面，浦东荒僻的树林中，多了一小片空地和空地上的两座不成样子的墓碑。这其中一座墓碑旁，立着一台巨大的战斗机械，它已经被擦拭得干干净净，却永不再用。只是，偶尔会有些野猫跑来，跳到飞霆甲的机舱上，好奇地从方形的孔道钻进去玩耍。

谭四时常会独自过来，陪陪这两座孤零零不成样子的墓。只是从来都是静默地来，静默地去，除了最后一次从宝山县小渔村回来时，对着飞霆甲自言自语了一句：“原来，你叫顾亚宽呀，臭小子。”

出品／上海最世文化发展有限公司
官方网站／www.zuibook.com
平台支持／最小说　ZUI Factor

新新日报馆：机械崛起

ZUI Book
CAST

作　者　梁清散

出 品 人　郭敬明
项目总监　痕　痕
监　　制　与　其　刘　霁
特约策划　卡　卡　董　鑫
特约编辑　小　河　周子琦

*装帧设计　ZUI Factor　(zui@zuifactor.com)
设 计 师　付诗意
封面插画　熊小熊

图书在版编目（CIP）数据

新新日报馆：机械崛起 / 梁清散著 . -- 长沙：湖南文艺出版社，2016.10
ISBN 978-7-5404-7789-9

Ⅰ . ①新… Ⅱ . ①梁… Ⅲ . ①科学幻想小说 – 中国 – 当代 Ⅳ . ① I247.5

中国版本图书馆 CIP 数据核字（2016）第 220324 号

上架建议：青春文学 · 科幻

XIN XIN RIBAO GUAN：JIXIE JUEQI

新新日报馆：机械崛起

作　　者：梁清散
出 版 人：曾赛丰
出 品 人：郭敬明
项目总监：痕　痕
责任编辑：薛　健　刘诗哲
监　　制：与　其　刘　霁
特约策划：卡　卡　董　鑫
特约编辑：小　河　周子琦
营销编辑：杨　帆
装帧设计：ZUI Factor (zui@zuifactor.com)
设 计 师：付诗意
封面插画：熊小熊

出版发行：湖南文艺出版社
（长沙市雨花区东二环一段 508 号 邮编：410014）
网　　址：www.hnwy.net
印　　刷：三河市百盛印装有限公司
经　　销：新华书店
开　　本：875mm×1270mm 1/32
字　　数：212 千字
印　　张：8.5
版　　次：2016 年 10 月第 1 版
印　　次：2016 年 10 月第 1 次印刷
书　　号：ISBN 978-7-5404-7789-9
定　　价：28.80 元

质量监督电话：010-59096394
团购电话：010-59320018